PARIS, 1899

Séverine Mikan

Paris, 1899

Les Fragments d'Éternité

En application de l'art. L.137-2.-I. du code de la propriété intellectuelle, toute reproduction et/ou divulgation de parties de l'oeuvre dépassant le volume prévu par la loi est expressément interdite.
© Séverine Mikan 2025
© Yooichi Kadono, pour la présente couverture et les Chara Design.
© Yaya Chang pour les illustrations intérieures
Édition : BoD · Books on Demand, 31 avenue Saint-Rémy, 57600 Forbach, bod@bod.fr
Impression : Libri Plureos GmbH, Friedensallee 273, 22763 Hamburg (Allemagne)
Dépôt légal : Juin 2025
ISBN : 978-2-8106-2872-8

Chapitre 1

Si l'on devait reprendre depuis le début, on parlerait de cette fête immense qu'était la capitale en cette année 1899. L'Exposition universelle allait avoir lieu et Paris se couvrait de pavillons de toutes les nations. Le Champ-de-Mars et les bords de Seine étaient un chantier immense, et les formes les plus surprenantes s'élevaient, inspirées des créations extravagantes d'architectes mégalomanes. Partout on fêtait les arts et les temps heureux, et s'ouvraient toutes grandes les portes de la Belle Époque. En cette année électrique, ils arrivaient du monde entier : ouvriers et chercheurs de fortune, artistes fauchés et riches négociants. L'atmosphère était pleine de toute cette énergie d'entreprendre et de jouir du siècle naissant. La ville en était presque étourdie. Essoufflée, comme pouvait l'être le jeune manœuvre qui traînait avec peine un lourd faîtage métallique sous le terne soleil de décembre. Encore quatre mois pour terminer l'outrageusement décoré pavillon de l'Allemagne1. Il releva les yeux en s'essuyant le front du revers de la main. La tour à horloge était déjà sur pied et les couvreurs œuvraient à présent dans les hauteurs de cet édifice de carnaval.

Déjà décembre…

Henryk était arrivé cette année-là à Paris, en juin, quand la poussière des rues se dispute avec les rayons de l'été. Il s'était installé à Montmartre, dans ce quartier cosmopolite, qu'on disait coupe-gorge et fréquenté par les rapins et les catins, mais qui avait le mérite de proposer aux artistes désargentés des toits à moindre coût. Alors il logeait là, dans une mansarde, au quatrième étage d'un immeuble délabré ayant gardé le charme rustique des piaules de domestiques. La faune de ses voisins y vivait en fourmilière, debout dès l'aube ou couchée aux aurores. Les bruits de la vie grouillante et populaire ne s'arrêtaient jamais. Il ignorait si cela lui déplaisait ou non, souvent enfermé qu'il était dans ses nostalgies du passé et ses colères du présent. Quand les cauchemars vous suivent à la trace, il est bien difficile de savourer la vie de bohème, à moins de s'y noyer.

Henryk était né en Pologne, dans une famille de petits commerçants juifs. De son père immigré russe, il avait hérité sa taille élancée, ses cheveux aux reflets blonds et cette allure racée de fils de Slaves. Miriam, sa mère, lui avait légué un sens obstiné de l'honneur et des prunelles grises qui pouvaient passer de la plus terrifiante froideur au plus doux des sourires en un instant. En lui, les mots et les images de cette enfance

---

1 Pour l'Exposition universelle de 1900, l'Allemagne est de nouveau présente avec un pavillon trônant sur les quais de la Seine. Ce pays avait boycotté l'Exposition de 1889, car le conflit franco-prussien était encore frais dans les mémoires et il n'était pas de bon ton de célébrer le centenaire de la révolution.

disparue, les réflexes d'une éducation modeste et besogneuse étaient encore vivaces ; même si cet héritage et ces racines n'existaient plus qu'à l'état de cicatrices dans sa mémoire. À vingt-sept ans, Henryk avait déjà vécu plusieurs vies, ponctuées de drames et de recommencements. Il était bien conscient qu'au crépuscule du XIXe siècle, malgré les lumières du Progrès qui gonflaient le cœur des peuples d'une vive bouffée d'espérance, la pauvreté dictait encore ses lois.

Le son d'une cloche. L'heure de la pause et de la rotation pour les équipes du chantier. Henryk ramassa son paletot et sa casquette laissés sur les bancs le long des palissades. Il se dirigea rapidement vers la table du contremaître pour recevoir les quelques sous de sa paie du jour.

— Henryk Lublieski. Mouais, voilà.

L'homme bourru tenant les comptes lui tendit une poignée de pièces. En tant qu'étranger, Henryk avait été embauché comme extra et pouvait du jour au lendemain se voir donner son congé. La paie, pour lui, se comptait en heures de labeur journalières. Nombre de ses collègues étaient soumis au même régime. Les chantiers de l'Exposition constituaient une aubaine pour les hommes en situation précaire à la recherche de quelques sous. Il ne dit rien, empocha l'argent et quitta le lieu qu'habitaient déjà les bruits de reprise des travaux.

Il était 11 heures. Un froid humide lui glaça la nuque tandis qu'il traversait les beaux quartiers s'étirant entre le tout nouvel Opéra de Paris[2] et les grands boulevards. Il avait la casquette vissée sur les oreilles, le col relevé et les mains enfouies dans les poches de toile grossière de son manteau. Les riches bourgeois, eux, se pavanaient en pardessus garnis de fourrure.

---

2 L'Opéra s'appelle de nos jours du nom de son architecte Charles Garnier. Garnier n'avait que 36 ans à l'époque où il gagna le concours pour construire cet édifice prestigieux, qui sera inauguré en 1875.

— Fichu hiver parisien, marmonna-t-il. Rien à voir avec le Midi.

Quel beau soleil il avait connu, là-bas ! Trois belles années d'art et de lumière, de vie légère et de petites débrouilles. Une contrée de jeunesse offerte et d'insouciance où sa pauvreté ne l'avait pas gêné, pourvu que ses conquêtes du moment lui fournissent du pain et un coin de lit. Mais il y avait eu le manque de chance, les rumeurs. Et il lui avait fallu partir. En Province, il ne fait pas bon avoir les médisants contre soi. Si la capitale avait au moins un mérite, c'était celui de l'anonymat. On y cachait sans peine vices et petits larcins dans les faubourgs écrasés de misère où la maréchaussée ne se risquait plus.

Les ruelles parisiennes devinrent plus sinueuses à mesure qu'Henryk s'approchait de son quartier. Il arriva enfin à son logis, une baraque bancale aux volets vert pâle, sorte de pension pauvrement meublée dont chaque pièce était louée à un traîne-misère de son espèce. Depuis que les moulins avaient disparu des flancs de la colline de Montmartre, de telles bicoques poussaient par dizaines, abritant toute l'engeance de la Bohême : artistes et ouvriers, soiffards et marmots, dans un joyeux pêle-mêle de pauvreté et de vie. De la porte d'entrée de la maison, éternellement ouverte, s'échappaient de grands cris. Une jeune femme d'une beauté tapageuse, sorte de mulâtresse mâtinée d'Espagnole, sortit dans un flot de jupes carmin.

— Allez tous vous faire foutre, yé né donnerai plus oune pièce à cé connard. C'est avec mon cul que yé gagne cé fric, c'est dans ma poche qu'il va finir !

Carmen Murillo. Cette jeune calabraise habitait juste en dessous de la mansarde d'Henryk. Elle était belle, vive et sulfureuse. En arrivant en France, elle s'était rêvé un destin à la Caroline Otero[3] : une diablesse des salons régnant sur le Tout-Paris avec ses danses dénudées et ses amants richissimes. Mais de telles vies ne s'offraient que très rarement et, pour toutes les orphelines du genre de Carmen, il n'y avait bien souvent qu'un seul chemin pour survivre : la prostitution. Les esclandres entre elle et Victorio, son souteneur, faisaient régulièrement résonner tout le quartier. C'était lui, justement, qui apparaissait dans l'embrasure de la porte. Un Italien à la peau tannée, à la tignasse noire comme la nuit et au visage tranché de cicatrices, qui se donnait des airs d'apache[4] et, pour tout dire, avait la parfaite gueule de l'emploi. Il ne parlait pas, ou presque. Carmen hurlait pour deux. Comme l'argument reprenait sur le pas de la maison et qu'il n'était pas près de finir, Henryk se faufila, sans attendre, entre les deux belligérants. Il n'était pas de ceux qui se mêlent de la vie des autres, il avait déjà bien à faire avec la sienne et avec la cohorte de fantômes qui lui collaient aux semelles. Henryk monta résolument les marches branlantes de l'étroit escalier, arriva jusque chez lui et claqua enfin la porte.

Une belle lumière blanche éclairait l'unique pièce. Elle provenait d'une fenêtre basse, insuffisamment grande pour faire de ce lieu un véritable atelier d'artiste comme on pouvait le rêver. Mais Henryk n'avait pas eu l'embarras du choix pour se loger. Dans un angle : un matelas posé à même le sol, une malle couverte de livres, de larges feuilles de papier roulées et nouées par une corde. Un gros fauteuil garni d'une tenture pourpre peignait une tache de couleur opulente dans ce décor plus que modeste. Le reste de la pièce était meublé d'une petite table

---

3 La Belle Otero est une célèbre courtisane. En 1899, elle est au faîte de sa gloire. Elle a même tourné comme vedette dans un film pour le cinématographe Lumière un an plus tôt.

4 Les apaches étaient les mauvais garçons de cette époque. Les journaux faisaient leurs gros titres des méfaits de ces bandes de jeunes gens insolents, que l'on reconnaissait à leur foulard noué au cou.

de bois de caisse sur laquelle trônait un vase où quatre roses finissaient de sécher. Une cuvette de porcelaine fêlée contenait un fond d'eau claire. Des cartons à dessins envahissaient tout l'espace libre, laissant échapper une partie de leur contenu et une odeur humide d'encre fraîche. Henryk jeta son paletot sur la chaise et empoigna le restant de son pain du matin. Il en mâchonna une bouchée distraitement, tout en récupérant un fusain et une esquisse laissée inachevée sur le lit de fortune.

Artiste, le beau métier que voilà !

Son père n'aurait certainement pas apprécié que son fils unique tombe dans ce genre d'occupation pour crève-la-faim. Mais Henryk avait cela dans les doigts. Cette envie de laisser quelque part une trace des images qu'il voyait en fermant les yeux. Les images et surtout les ombres. Le noir, beaucoup de noir, sur du blanc, c'est pour cela que la gravure l'avait toujours fasciné. L'art de dessiner avec des ombres.

Il griffonna sans conviction les contours d'une porte, les lignes d'un réverbère, et une petite scène nocturne prit rapidement forme. Il la noircit de nombreux traits, la pulpeuse jeune femme qui en était le centre se mua en ensorceleuse aux yeux fous. L'image en devint inquiétante, bizarre. Mais l'inspiration s'échappa de ses doigts. La figure dessinée était trop vulgaire, pas assez intrigante. Il allait devoir retravailler tout ça.

L'horloge de l'église sonna au loin. De longs coups traînants pour annoncer les treize heures. Henryk laissa là son croquis. Il avait encore une demi-heure pour se laver et se redonner quelque allure. Son deuxième métier commençait à 14 heures. Deux boulots pour avoir tout juste de quoi payer le loyer, sa pitance et surtout son matériel d'artiste. Le jeune homme poussa un soupir résigné et se releva. Il avait les épaules endolories par les efforts du matin.

Vingt minutes plus tard, il était en bas de l'escalier, fraîchement rasé et les cheveux domptés. Carmen et Victorio n'étaient plus là. La rue n'en était pas moins bruyante, des marchandes des quatre saisons s'étant installées avec leurs étals de fortune sur la petite place toute proche. Les conversations des commères remplissaient l'air et réchauffaient l'atmosphère. Henryk se paya une rasade de soupe[5] pour compléter son déjeuner frugal et, ragaillardi, prit résolument le chemin des grands boulevards. Depuis quatre mois, en plus de travailler sur les chantiers de l'Exposition, il était embauché à l'Hôtel Drouot[6], la célèbre maison de ventes aux enchères. Il y faisait un métier de commis, consistant à porter les objets en vente sur l'estrade de démonstration, à emballer les pièces acquises, à aider au chargement des achats dans les voitures des livreurs.

Quand il arriva sur place, il y avait déjà toute une foule aux portes arrière du bâtiment. Le lieu dégueulait ses caisses énormes, ses antiquités bringuebalantes et ses précieux objets d'art dans un va-et-vient de suants déchargeurs et de guindés valets de pied. Henryk avisa une tête connue. Il rejoignit un gaillard hirsute aux muscles saillants. Celui-ci l'accueillit d'une bourrade sur l'épaule.

— Salut, l'artiste. Alors, t'as pris le temps de te refaire une beauté ? Tu sais que tu risques pas de te lever une belette, dans ce clapier ! À moins qu'tu sois branché vieille veuve !

— Merci, Jules. Et toi, t'as pensé à te laver depuis une semaine ?

---

5 Les marchandes de soupe sont légion dans les rues de Paris à la fin du XIXe siècle. Commerçantes itinérantes, elles servent les clients de passage dans des bols qu'elles prêtent pour l'occasion et récupèrent une fois la soupe consommée.

6 En 1899, l'hôtel des ventes Drouot est au centre du marché de l'Art mondial. Avec ses quatorze salles d'enchères et ses monte-charge hydrauliques, les plus riches collectionneurs et les curieux s'y pressent !

Henryk se fendit d'un sourire tandis que son collègue émettait un grognement amusé. Il appréciait ce grand type, aussi brutal que sympathique, et leurs échanges de saillies continuelles. Jules était chef des commis de Drouot. Ancien fort des Halles[7], ce costaud avait tout un réseau de contacts et de bons plans dans Paris. Sous ses airs de rustaud peu amène, c'était lui qui avait déniché à Henryk une mansarde à Montmartre et qui l'avait même rencardé sur de petits travaux de typographie dans l'atelier d'imprimerie d'un de ses cousins. Alors, même si Henryk, avec son fichu orgueil et sa méfiance de chat trop souvent échaudé, était peu enclin à s'encombrer de l'amitié de qui que ce soit, ce gaillard valait la peine d'être brossé dans le sens du poil.

— Grouille-toi, l'artiste, ils vont commencer là-dedans. T'es en salle 2, au rez-de-chaussée, lança Jules.

Les deux mains sur le cœur, Henryk prit un air d'enfant aimant.

— Ah, Jules, toujours aux petits soins, tu es une vraie mère pour moi !

— Pff, casse-toi, p'tit trou du cul, le rembarra amicalement le manutentionnaire.

Henryk tourna les talons. Derrière lui, Jules mimait l'exaspération. En rentrant dans le bâtiment, l'artiste esquiva de justesse deux manœuvres qui portaient une armoire. Celle-ci s'ouvrit d'un coup, laissant tomber une planche intérieure sur le pavé. Au fracas du bois se mêlèrent les éclats des jurons des deux hommes. N'en tenant pas compte, Henryk fila jusqu'aux réserves, où il enfila son uniforme à col rouge, puis cavala jusqu'à la salle où avait lieu la vente.

---

7 Un fort des Halles était un manutentionnaire pouvant porter de très lourdes charges et travaillant dans les Halles de Paris, un immense marché alimentaire à l'époque.

À son arrivée, le commissaire-priseur n'était pas encore là et il prit le temps de s'installer dans un coin de la salle. Il aimait se tenir caché derrière les piles de chaises tendues de riches étoffes et les meubles en fin de vie. Là, comme un tigre en chasse, il pouvait surveiller les spectateurs, les clients fortunés, les antiquaires loqueteux.

Toute cette faune de collectionneurs est aussi bigarrée que pathétique, jugea-t-il avec cynisme. *Se battre pour ces breloques dorées, un vrai passe-temps de richards oisifs.*

Henryk méprisait ces gens, mais il n'aurait pu nier qu'après les efforts physiques de sa matinée, retrouver l'ambiance feutrée de Drouot était un vrai plaisir.

Aujourd'hui, comme à l'habitude, il se tenait donc en peu en retrait, caché entre une Vénus alanguie de plâtre terne et une chauffeuse style Empire. Les murs couverts de velours rouge donnaient à la salle une atmosphère douce, poussiéreuse et assoupie. Henryk détailla avec nonchalance la foule du jour. Il commençait à reconnaître les habitués, il en saluait même certains. Une petite dame potelée au premier rang semblait fascinée par une jardinière rococo, elle frétillait d'impatience dans l'attente de la mise en vente de son numéro. Au fond, le public qui n'avait pu trouver une place assise s'entassait debout.

La masse de gens gigota un peu. On grogna et grommela. Un retardataire venait de rentrer dans la salle déjà comble et désirait visiblement trouver une bonne situation. Ce qui relevait de l'impossible, chaque chaise était prise. Même l'auguste canapé Louis XV qui allait être mis en vente dans l'après-midi avait trouvé utilité en la personne d'un couple d'Anglais s'y étant affalé.

Les suffisants retardataires : un vrai bonheur de les observer interagir avec leurs semblables, observa-t-il.

Le sourire aux lèvres, Henryk focalisa son attention sur le nouveau venu. C'était un homme important, cela se voyait à sa mise. Le menton haut, la redingote serrée, le sourire confiant de celui qui se sait entouré par les gens influents et l'assurance de celui qui croit en la stabilité de son avenir. Le malappris parvint à se glisser en bonne place, debout, certes, mais bien en vue.

Qu'est-ce qu'il cherche, celui-là : voir les œuvres ou se faire voir ? se demanda Henryk, un brin agacé par l'arrogance assumée du bourgeois qui venait de bousculer une dame fluette n'osant rien dire.

L'homme se retourna et s'adressa à quelqu'un derrière lui. Il prit un ton irrité, dédaigneux. Violemment, il saisit le bras d'un jeune homme qu'il ramena à ses côtés. Ce dernier se dégagea vivement et se tint résolument en retrait, envoyant à celui qui le sermonnait encore un regard noir.

« Un regard noir », c'était une figure de style, car ce regard abritait au contraire une flamme éclatante, brûlante, dénuée de noirceur. Henryk sentit tout son corps s'animer d'un violent frisson. Des yeux bleus. Intensément bleus et brillant si ardemment que l'artiste resta hypnotisé. Il devina que ce jeune homme ne devait avoir guère plus d'une vingtaine d'années. Des mèches brunes, un teint de porcelaine et surtout des lèvres incroyables. Rouges à en être obscènes, des lèvres délicieuses et pleines, des lèvres, se dit Henryk, pour lesquelles il aurait vendu ce qu'il restait de son âme. Ce garçon semblait tout droit sorti d'un tableau de ces peintres anglais qui dessinaient des muses sensuelles vouées au désespoir[8].

Il y eut quelques mots échangés entre le bourgeois et celui qui devait être son fils, bien que la ressemblance ne soit

---

8 Les tableaux des artistes anglais du mouvement préraphaélite sont alors très à la mode. Ils influencent l'Art Nouveau et le Symbolisme avec leurs figures de femmes mystérieuses et sensuelles.

pas frappante. Le père prit un air particulièrement obtus, les sourcils froncés, et gronda une menace. Puis il finit par hausser les épaules et tourna son attention vers l'estrade, où le commissaire-priseur venait d'apparaître. Henryk ne prêta pas d'intérêt à l'entrée du maître de cérémonie. Il y eut un bruissement dans le public, puis, au geste solennel du marteau qui frappe sur le bois, ce fut le début de la vente : un va-et-vient de commis, d'objets vendus, de mains levées, d'échanges de billets. Une effervescence réglée comme un métronome.

Cependant, toute cette danse des enchères ne tira pas Henryk de sa contemplation. Il aurait dû aider ses collègues commis, mais il ne pouvait s'empêcher d'observer le jeune inconnu. Celui-ci s'était détourné de la vente avec lassitude et parcourait la salle du regard.

On croirait qu'il a été traîné là de force, se dit Henryk.

Une corvée de riches bien peu contraignante. Que leurs mondes devaient être différents, radicalement différents ! Quelle demeure cossue ce jeune homme pouvait-il bien habiter ? Il étudiait le droit, sans doute, comme cela se faisait souvent, et devait se régaler de vin et de glaces dans les cafés à la mode, avec sa bande d'amis nantis et délurés prompts à dilapider la fortune familiale et à engrosser les bonnes. Un autre monde, répugnant de fatuité. Tout ce qu'Henryk exécrait. Un tel personnage, d'ordinaire, ne lui arrachait pas un coup d'œil. Mais, étrangement, cette fois-ci, il resta fasciné.

Le bel inconnu posait à présent son regard azur sur tout ce qui l'entourait : les objets dépareillés, les figures cosmopolites du public de la salle des ventes. Il détaillait tout avec un air d'intelligence innocente, un intérêt pour chaque chose et chaque personne. Henryk lisait une vraie curiosité dans ces prunelles brillantes. La franchise se peignait sur sa figure et ouvrait ses traits en une attitude pleine de dignité et de confiance en soi. L'artiste prit mentalement le maximum de notes. Ses doigts le démangeaient de ne pouvoir fixer sur le papier cette figure si expressive.

Soudain, Henryk retint son souffle. Leurs regards venaient de se rencontrer. Il lui sembla que la foudre traversait son corps ; une décharge crispa son cœur, qui fit un bond presque douloureux dans sa poitrine. Sur le visage du jeune homme, il y eut l'empreinte d'une vive surprise : de l'étonnement d'avoir été attrapé à son propre jeu ou de la timidité, Henryk n'aurait su le dire, son esprit à lui restant figé. L'impression était très étrange, et c'était la première fois qu'une telle chose lui arrivait.

Le jeune bourgeois ne détourna pas les yeux. Il observait Henryk avec intensité. Il semblait hypnotisé, lui aussi, par cet instant d'intimité suspendue en pleine foule. Seuls, ils l'étaient presque, jetés ensemble dans ce vide impénétrable à d'autres qu'eux-mêmes que crée souvent le véritable coup de foudre. Au loin, comme étouffée par une couverture, la voix du commissaire-priseur énonçait les enchères. Les numéros se succédèrent. Henryk perdit la notion du temps, absorbé tout entier par cet échange à la frontière du rêve et de la réalité.

Quand l'un de ses collègues lui indiqua d'un coup de coude qu'il était temps qu'il présente un objet, il s'arracha à son rêve pour saisir avec automatisme le vase qu'on lui tendait, enrageant des précieuses secondes volées à sa délicieuse contemplation. Ce n'était que quelques instants de perdus, mais l'impression étrange était restée là. Plantée en lui. Plus qu'une curiosité, un besoin qui lui ordonnait de ne pas perdre ce contact ténu, de ne pas laisser s'envoler ce moment d'union fugace avec ce parfait inconnu. Il marcha, mécanique et détaché, vers l'estrade. Attendit que les prix s'envolent, récupéra le vase, le tendit à un autre commis. Automatismes du métier, efficaces. Henryk reprit sa place, un peu en retrait derrière les tables des experts, et chercha le jeune homme dans le public. Celui-ci n'avait pas bougé et ne l'avait pas quitté des yeux. Il rattrapa son regard immédiatement et un éclat de sourire vint illuminer encore davantage les prunelles bleues. L'artiste ne put s'empêcher de lui répondre d'un clin d'œil. Cette fois, c'est presque un rire, bien vite caché d'un geste discret de la main, qu'Henryk surprit sur le visage du jeune bourgeois. Il était adorable.

Une voix les tira tous deux de leur dialogue muet. Le père venait de surenchérir sur une toile. Il la disputa férocement à un autre collectionneur et, pour finir, emporta la vente. Un sourire satisfait rida son visage. Il bomba le torse, fier comme un toréro. Un petit homme guindé vint lui réclamer la somme et la signature du cahier d'enchères. Le bourgeois pédant s'exécuta avec force gestes d'apparat.

— James, va surveiller l'empaquetage de cette toile. Je me méfie des manipulations hasardeuses des larbins ! tonna-t-il.

Henryk crispa la mâchoire.

Des larbins… nous ne sommes rien d'autre pour eux, fulmina-t-il.

— Je voulais assister à la fin de la vente, répondit le jeune homme d'une voix posée qui fit se retourner deux dames bien mises, sans doute surprises de l'aplomb, à la limite de l'insolence, de son ton.

Son père lui renvoya un regard sombre qui ne souffrait pas la contestation. Henryk vit le jeune homme s'exécuter, ne préférant probablement pas défier en public l'autorité paternelle. Il fut dirigé vers les réserves, à la suite d'un commis qui emportait le tableau. En passant près de l'estrade des ventes, il se tourna vers Henryk. Son visage ne reflétait qu'une expression neutre, mais ses yeux, habités, laissaient filtrer un chaos de sentiments. Et Henryk sentit son esprit bourdonner. Cette rencontre lui semblait un miracle, mais elle était plus probablement une malédiction. Vers quels tourments le mèneraient ces yeux-là ? Vers quels plaisirs ? En

lui ne résonna plus que deux simples mots, un ordre presque :
« Suis-le ! »

Chapitre 2

Les lourdes portes à battants venaient de se refermer dans un bruit sourd. James suivait le commis dans le couloir menant aux magasins de stockage. Il faisait sombre, une odeur de poussière et de renfermé embaumait l'air. Devant lui, l'homme en uniforme noir à liserés rouges marchait d'un bon pas, le tableau dans les mains. Le passage qu'ils empruntèrent était encombré de paquets divers, mystérieux et entassés, en attente d'être emportés par les acheteurs. Les coulisses de Drouot auraient pu l'intriguer, mais James avait l'étrange impression d'être désincarné. Son esprit était resté dans la salle des ventes. Il ne pensait qu'à ce regard clair, intense, à ce sourire et à cet inconnu.

Dire qu'il avait failli ne pas venir ! Pour une fois, James pouvait remercier son tyran de beau-père, qui l'avait arraché à ses chères études pour le forcer à l'accompagner à cette vente. Un rôle de porte-manteau bien sage, rien de plus ; une bien mauvaise place pour lui, qui détestait être le centre de l'attention, évalué, soupesé comme un sac d'or. Et il le savait, les ragots allaient bon train dans les salons où l'on glose. Il était l'héritier Aylin, l'une des grosses fortunes de Paris, le fils d'un célèbre érudit anglais, noble de surcroît. On pensait à lui comme à un bon parti, bien qu'un peu freluquet. En vérité, ce que la bonne société ne commentait pas encore, c'est qu'il vivait sous le joug du second époux de Grace Aylin, un certain Ernest Autiero, un bourgeois arriviste ayant le goût des investissements douteux. Malheureusement, les arnaques de bas étage, cela ne manquait pas dans cette capitale de toutes les folies où l'on risquait sa fortune pour des inventions miracles et des tentations improbables. Il ne restait plus grand-chose de la fortune des Aylin, à part des dettes soigneusement dissimulées derrière un faste de façade. Autiero dilapidait le patrimoine familial sans aucun scrupule. Son ambition était de se faire un nom dans Paris, pour cela il employait son temps à faire le coq pour s'attirer les bonnes grâces des nantis. Bientôt, les créanciers seraient à leur porte, mais, pour le moment, Autiero jouait les nouveaux riches dans l'espoir que la fortune attirerait la fortune.

C'est en grande partie pour cette raison que James n'avait pas souhaité venir à cette vente. Il n'avait pas voulu être traîné là, obligé d'assister à ces duels de gros sous pour l'acquisition d'une croûte peinte ou sculptée. Une énième breloque qui terminerait dans la salle de réception de leur hôtel particulier déjà engorgée d'horreurs dorées. Son beau-père n'avait aucun goût. Il ne faisait cela que pour impressionner la galerie et se piquer de culture, lui qui détestait l'art viscéralement. Une « activité de fainéant », clamait d'ailleurs Autiero en privé.

Pourtant…

Pourtant, si James n'était pas venu, il n'aurait pas croisé ce regard-là : le regard de cet homme. Gris, peut-être vert, des yeux d'abord assombris par un air de colère, de rancune froide. Mais attirants, hypnotiques, des yeux qui vous captivent. Et ce sourire ! À la simple vue de ce sourire rayonnant, tout son corps s'était soudainement et inexplicablement embrasé. Cet inconnu était fascinant, il y avait quelque chose en lui, quelque chose comme… de la défiance, ou plutôt de la liberté. Une liberté que lui enviait James. Libre de choisir. Libre de partir. Libre de vivre. Libre de… si seulement !

— Martin, attends !

Le commis, devant lui, s'arrêta et se retourna. James également, surpris d'avoir été tiré de sa réflexion, encore davantage lorsqu'il reconnut celui qui les avait rattrapés. L'inconnu qui occupait ses pensées était là, un peu haletant et ramenant en arrière, d'un geste irrité, une mèche de ses cheveux blonds.

— Attends, je m'en occupe, il y a une commode à déplacer en salle et ils ont besoin de toi. Il faut croire que tu es plus soigneux que moi, ils m'ont demandé de t'appeler. Je m'occupe de ça.

Et d'autorité, il saisit le tableau des mains du commis, qui fronça les sourcils. Mais qui, pour une raison inexplicable, ne répliqua rien contre cette excuse douteuse et haussa les épaules avant de tourner les talons pour reprendre le couloir vers la porte de la salle des ventes.

James en resta bouche bée. La situation était assez cocasse. Son mystérieux inconnu semblait tout aussi surpris que lui que son mensonge soit passé sans plus de remous. Il n'y avait pas de meuble à cette vente avant au moins vingt bons numéros. Cela, James en était sûr. Alors, pourquoi cette invention bancale ? Pour rester seul avec lui ? Qu'est-ce que cet homme lui voulait ?

— Suivez-moi, je vous prie.

L'inconnu avait repris son air confiant, presque insolent. Son accent était indéfinissable, un mélange surprenant de consonnes heurtées et de voyelles chantantes, le tout flottant sur le timbre d'une belle voix grave. James poursuivit son chemin dans le couloir à la suite de l'homme, dont il pouvait à présent détailler la silhouette. Plus grand que lui, peut-être bien d'une bonne demi-tête. Une taille étonnement fine, qui s'ouvrait sur des épaules dessinées. Un physique attractif, qui n'aurait pu être que cela s'il n'y avait eu dans sa démarche cette surprenante grâce. Le genre de virilité élégante qui faisait facilement tourner les têtes des domestiques ou des lingères, mais qui, habillé d'une redingote, aurait pu tout aussi bien échauffer les esprits dans les salons de la bonne société parisienne.

Ils arrivèrent rapidement à une grande salle encombrée de caisses de toutes tailles, de paquets suspendus aux poutres de la charpente, de tapis roulés et de cadres entreposés en piles bancales contre les murs. Des sculptures protégées dans des papiers d'emballage bruns esquissaient des formes fantomatiques dans les recoins sombres. L'éclairage succinct de trois appliques murales accentuait encore davantage les ombres de cette caverne aux merveilles décrépies. Ils étaient seuls.

Le commis posa le tableau sur une grande table et retira ses gants blancs. D'un geste sûr, il déroula et coupa une large feuille destinée à protéger l'œuvre. Ses mains, remarqua James, étaient longues et fines. Ses doigts étaient tachés d'encre noire. Un écrivain, peut-être, ou un poète ? Il ne put réprimer un ricanement discret : vraiment, il fallait qu'il se débarrasse de ces pensées ridiculement romantiques !

— Ma tenue vous inspire-t-elle de la moquerie ?

James sursauta et ravala sa bonne humeur. La voix du commis avait coupé le silence feutré qui régnait dans la pièce. Il ne s'était même pas donné la peine de se tourner vers lui pour l'interpeller de cette manière abrupte. Il continuait sa tâche avec efficacité, choisissant une mesure de ficelle pour emballer le paquet. Les gestes raides. Loin d'être choqué par le ton cinglant, James se sentit immédiatement coupable que son attitude ait été mal comprise.

— Vous vous méprenez. Je me moquais plutôt de moi-même. Une pensée saugrenue qui m'est venue soudainement, rien de plus.

Pour se donner une contenance, James s'appuya nonchalamment à un petit bureau, les bras croisés sur la poitrine. Le commis finissait l'emballage du tableau.

— Et quelle était cette pensée ? Faites profiter au « larbin » que je suis d'un peu de l'hilarité des riches.

Il trancha d'un mouvement vif la ficelle trop longue, puis posa le paquet à plat sur la table. James ne savait que répondre. L'attaque était directe, incroyablement effrontée, et pourtant, il sentait que l'amertume du propos n'était pas dirigée réellement contre lui.

— Je n'ai pas à me justifier devant vous, mais sachez qu'à la différence de mon beau-père, je n'ai pas l'habitude de juger un inconnu à sa seule mise et, si je puis me permettre, vous pourriez faire preuve de la même retenue.

L'homme se tourna vers lui. Tout, de son attitude à son regard glacial, évoquait la colère froide et digne de la fierté outragée. Il s'avança vers James, qui releva le menton et serra les poings, bien décidé à ne pas battre en retraite. La muflerie des mâles parisiens ne lui était pas étrangère. Il avait affronté bien pire spécimen dans sa courte vie. Mais un éclair passa dans les yeux gris et James retint son souffle. Quelque chose d'animal avait surgi dans ce regard. Un éclat de… désir ?

— Vous avez raison, répondit le commis.

Le ton avait changé, évoluant de glacial à brûlant. Sa voix était comme transformée, devenant grave et chaude, prédatrice et séduisante à la fois. Il fit un pas de plus vers James.

— Je n'ai pas fait preuve de retenue, je vous prie de m'en excuser, ajouta-t-il.

Il n'avait fallu qu'un instant pour que James se sente de nouveau possédé, projeté dans le vide comme quelques minutes plus tôt dans la salle de ventes. Le commis s'avança encore et James se redressa alors, sentant soudain qu'il était bien à l'étroit entre le meuble derrière lui, les caisses à ses côtés et cet homme qui s'approchait lentement, beau et conquérant, les traits de son visage vibrant d'une intensité électrisante. James ne parvenait pas à retenir ni sa respiration qui s'emballait ni son cœur qui battait à se rompre. Son esprit était un chaos, il ne voyait plus rien, hypnotisé par ce regard qui s'approchait encore jusqu'à ce qu'il se retrouve prisonnier entre deux bras tendus. L'inconnu venait de poser ses deux mains à plat sur le bureau, où il s'était appuyé, le plaquant de son bassin au bois du meuble. Son visage était si près du sien qu'il eut soudain le vertige en plongeant dans les iris à présent d'un magnétique gris acier. James ferma les yeux, mais ne parvint pas à reprendre contenance. Il était enivré de sensations. Inexplicablement possédé par un désir incontrôlé, quelque chose qui s'imposait à lui de façon tout à fait nouvelle, la soif étrange de ce corps masculin pressé contre le sien. Un frisson le parcourut de la nuque au creux des reins, réveillant sa peau, le faisant frémir d'anticipation. Sous la fine barrière de leurs vêtements, il sentait la tension brûlante de leurs deux sexes. C'était de la folie. Jamais il n'avait connu cela… jamais un homme n'avait… Il ne pouvait pas… Il devait… Il perçut le souffle de ce fascinant inconnu venir réchauffer ses lèvres. La gorge atrocement sèche, James avala sa salive. Sa raison se débattait encore, mais son corps avait déjà rendu les armes ; il s'entendit murmurer :

— Faites-le.

C'est alors qu'un éclat de voix résonna violemment dans la grande pièce :

— JAMES ! Mais où est-il enfin ? Croit-il que j'aie tout le temps du monde, celui-ci !

Le commis s'écarta de lui si soudainement qu'on aurait pu croire qu'il avait été électrocuté. Les deux jeunes hommes se regardaient, le souffle court et les yeux écarquillés, encore sous le choc de cette interruption, et surtout de l'intensité avec laquelle ils avaient été attirés. Ernest Autiero parvint enfin jusqu'à eux, accompagné d'un employé de la salle de ventes. James rajusta maladroitement sa mise. Il sentit qu'il avait le rouge aux joues et cette sensation d'être presque pris en faute par son beau-père l'horrifiait. Vers quel abîme avait-il failli tomber ?

— Ah, te voilà ! Alors, ce tableau, est-il prêt ?

Autiero était visiblement très pressé, comme toujours, et son visage crispé par l'énervement lui donnait des airs de bouledogue. Il dévisagea son beau-fils avec un sourcil relevé, un mélange de mépris et de dégoût au bord des lèvres. Il n'avait rien pu voir de leur étreinte éphémère, mais James ne put s'empêcher de frissonner d'une crainte instinctive.

Le commis était affairé à la table d'emballage. Il reposa un crayon dans une boîte d'outils et prit la toile empaquetée, qu'il tendit à Autiero. Celui-ci le regarda comme s'il lui était poussé une deuxième tête.

— Mais, qu'est-ce que vous croyez ? Que je vais prendre ça sous le bras ? Pourquoi donc êtes-vous payé, on se le demande ? Suivez-nous jusqu'au fiacre !

Affolé, l'employé obséquieux qui avait suivi son beau-père vint surgir au milieu d'eux en se fendant d'une courbette.

— Oh, il va s'en occuper, bien sûr. C'est un nouveau, un étranger, un peu simple. Je vous prie d'accepter toutes nos excuses pour ce contretemps malheureux, dit-il en fusillant du regard le commis, qui ne broncha pas.

James en était mortifié, mais ne put que soupirer et suivre son beau-père, qui amorçait la marche vers la sortie d'un pas de conquérant. Ils passèrent la porte de la maison de vente et Évariste, leur cocher, descendit de son siège où il les attendait pour prendre le paquet des mains du séduisant commis. Celui-ci, une fois libéré du tableau, saisit élégamment la poignée de la porte du fiacre et l'ouvrit avec un mouvement de tête qui avait tout de la révérence d'Ancien Régime[9], un large sourire lui barrant le visage.

— Si ces messieurs veulent bien prendre place, avec les compliments des établissements Drouot ! lança-t-il avec une emphase provocatrice.

Son patron en resta trop estomaqué pour réagir. Quant à James, il ne put réprimer un rire qu'il transforma en toux soudaine lorsqu'il observa qu'Ernest ne goûtait pas l'ironie.

— Cette maison ferait bien de revoir la bonne tenue de ses employés, gronda son beau-père.

Il monta en premier, lourdement et en grommelant. Le commis fit mine, en lui présentant son bras, d'aider à son tour

---

9 C'est-à-dire, une révérence comme au temps des rois et des empereurs, ce qui n'est pas si loin : en France, le Second Empire a pris fin en 1870 avec la chute de Napoléon III.

James à monter sur le marchepied. Mais au moment où celui-ci allait saisir cette main tendue, il sentit qu'on lui glissait quelque chose dans la poche de son manteau. James resta un instant interloqué. Un sourire dansait dans les yeux de l'homme face à lui, qui se pencha à son oreille pour lui murmurer :

— Je vous attendrai.

Trois mots, à peine soufflés, mais James les avait bien entendus. Il plongea une dernière fois dans le regard clair de cet inconnu terriblement séduisant, et qu'il ne reverrait sans doute jamais, puis, ne laissant rien paraître de son trouble, monta enfin dans la voiture dont la porte couverte d'un tissu opaque claqua d'un bruit sec.

***

« Pavillon de l'Allemagne, demain midi. Henryk. »

Et c'était tout. Tout ce qu'il y avait d'écrit sur le petit morceau de papier plié que James avait trouvé dans la poche de son manteau en rentrant à l'hôtel particulier familial qui se dressait sur la colline de Passy, à l'ouest de Paris. Un rendez-vous et un prénom : *Henryk*. Ce fascinant inconnu s'appelait Henryk. Il le prononça tout bas pour en tester le son. *H. e. n.ry. k.* Cela lui allait si bien, l'ouverture sur une voyelle aspirée forçant le souffle en un premier soupir, puis les consonnes vives et tranchantes. Henryk. James avait à nouveau le cœur battant. Ces quelques heures, ces quelques minutes, ce presque baiser et maintenant ce rendez-vous ! Tout cela était totalement incroyable, terrifiant. Déraisonnable. Nouveau. Interdit.

— JAAAAAMES !

Le susnommé cacha immédiatement le message dans un tiroir de son bureau. Une cavalcade dans l'escalier, suivie d'une tornade de jupons mauve qui débarqua avec fracas dans sa chambre. C'était Lisbeth, sa petite sœur. Quoique. Petite ?

À dix-sept ans, elle était déjà plus grande que lui ! Ses longues boucles blondes, attachées par des rubans parme, cascadaient sur ses épaules. Elle avait les pommettes rondes, le teint éclatant à la lumière d'un sourire communicatif. Elle était charmante, si vive et si belle. James l'adorait.

— Alors, qu'as-tu vu là-bas ? Y avait-il du monde ? Comment étaient habillées les dames ? As-tu rencontré des artistes ? Des marchands étrangers ? Des bohémiens ? Raconte-moi !

Elle le regardait avec de grands yeux, trépignant, n'en tenant plus de l'entendre narrer ses aventures. Mais il ne savait vraiment pas quoi lui dire. Impossible de lui livrer le moindre détail de l'ouragan qui venait de traverser son existence.

— Oh, tu sais, c'est d'un ennui mortel. On s'entasse tous dans une salle qui sent la poussière et c'est à celui qui fera montre du portefeuille le plus fourni. Une fois les poches vides, tout le monde quitte la place et c'est bien tout.

Il haussa les épaules en prenant un air un peu blasé. Lisbeth soupira de dépit.

— Et voilà, toi, tu as le droit de partir en promenade, de voir du monde, de voir des gens, et moi, je dois rester enfermée ici où, au mieux, on m'ignore et, au pire, on m'exaspère. Et tu ne fais même pas l'effort de me raconter ce que je manque. C'est injuste !

La jeune fille prit une moue boudeuse. Depuis quelques mois déjà, James avait bien senti que l'ambiance morose de leur hôtel particulier lui pesait. Lisbeth avait tendance à affûter avec lui son caractère de quasi jeune femme, et, il devait se rendre à l'évidence, il ne resterait bientôt presque plus rien de la petite poupée qu'il adorait dorloter étant enfant. À son grand regret ressurgissait chez sa sœur beaucoup de l'égoïsme capricieux de leur défunte mère. Malgré tout, et comprenant en partie sa frustration, il voulut se montrer réconfortant :

— Tu es mieux à la maison, tu sais. Les rues de Paris ne sont pas la place d'une demoiselle comme il faut.

Ce n'était pas ce qu'il fallait dire et il le comprit trop tard.

— « Comme il faut » ! Comment « comme il faut » ? Comment puis-je savoir si je suis « comme il faut » si je ne peux même pas rencontrer des personnes de mon âge ! Avec l'Autre qui me séquestre à la maison et toi qui m'infantilises. Autant vivre au couvent !

Elle avait haussé le ton, se moquant bien d'être entendue de toute la maison. Son dédain pour son beau-père n'était un secret pour personne. Mais elle ne risquait pas grand-chose : celui-ci ne se préoccupait de son existence que pour essayer de lui faire épouser un riche grabataire avec lequel il pourrait se mettre en affaires. James n'en avait que trop conscience, et faisait tout pour désamorcer les alliances répugnantes qu'Ernest projetait à l'insu de sa belle-fille, et dans l'indifférence de son épouse du temps où celle-ci était encore en vie. Leur mère, Grace Aylin-Autiero, morte un an plus tôt, avait quant à elle abandonné tout attachement maternel, préférant se noyer dans les vapeurs d'opium, et laissant au jeune James la responsabilité de l'éducation de sa ravissante et turbulente sœur. Pas facile de savoir doser entre tolérance et chaperonnage quand on n'a soi-même que vingt et un ans, et des envies de liberté plein la tête. Hélas, il sentait que, les mois passant, Lisbeth devenait de plus en plus indépendante et que, bientôt, son ton paternaliste ne servirait plus à rien.

— Écoute, ma chérie, essaye d'être raisonnable : je ne peux pas te laisser courir les rues, ça ne se fait pas et si tu veux trouver un mari qui…

Une voix railleuse les interrompit :

— Qui paiera pour vous entretenir, ma Chère, plutôt que de rester à vivre comme un parasite à mes crochets !

La phrase grossière les fit se retourner. Ernest Autiero se tenait dans l'embrasure de la porte de la chambre de James. De toute sa hauteur, il regardait le frère et la sœur avec morgue. James sentit la colère le gagner. De quel droit cet homme se mêlait-il des affaires de famille ? De quel droit lui, qui avait vampirisé la fortune de son défunt père jusqu'à les mettre sa sœur et lui en danger de banqueroute, s'autorisait-il à dire que Lisbeth était à sa charge ? James serra les poings à s'en enfoncer les ongles dans les paumes des mains. Garder son calme, absolument, pour que la situation ne s'envenime pas. À côté de lui, sa sœur prit une inspiration pour rétorquer, mais James intervint avant qu'elle ne le fasse :

— Je ne crois pas que ces questions vous intéressent, Monsieur. Lisbeth a simplement envie de se délasser un peu. Les journées d'hiver sont très monotones à Paris.

Hélas, aujourd'hui, son beau-père n'avait pas envie d'apaisement.

— Oui, « se délasser » et traîner comme une gourgandine dans les passages couverts[10] ! Comme si je n'avais pas suffisamment de mal à lui trouver un parti sérieux sans qu'il y ait besoin, en plus, de devoir masquer la déshérence de son éducation !

Devant une telle vulgarité, la jeune fille se tendit d'indignation et son frère n'eut que le temps de lui saisir le bras pour la retenir de souffleter son beau-père. James, lui-même, tremblait de rage ; Ernest venait de sous-entendre clairement que l'éducation qu'il avait tant de mal à donner à

---

10 Les passages couverts étaient de petites galeries marchandes où les jeunes ouvrières flânaient souvent pour se distraire et où les étudiants venaient pour les séduire.

sa sœur était médiocre. Il se contint pourtant. Il ne gagnerait rien à braquer Ernest. Celui-ci avait le pouvoir de leur faire vivre un enfer. Lisbeth ignorait, par exemple, que si elle avait échappé au quotidien monacal d'un sordide pensionnat pour jeunes filles, c'était uniquement grâce au sacrifice consenti par James, qui avait renoncé à ses cours du soir à l'université pour pouvoir payer de sa bourse des professeurs particuliers à sa sœur. Alors, il inspira longuement et déclara, du ton le plus posé qu'il puisse trouver :

— Je vais veiller tout particulièrement à ses sorties, vous n'avez pas à vous en soucier. D'ailleurs, demain matin, je compte passer chez mon ami : le docteur Adrien Guimard.

Lisbeth se tourna vers lui, les yeux ronds d'espoir : sortir avec son grand frère, rencontrer ses amis, il savait que la jeune fille en mourait d'envie. Il lui sourit et continua :

— Et Lisbeth m'accompagnera. C'est un jeune homme très convenable et nous pourrons prendre tous les trois un chocolat dans le quartier du nouvel Opéra. Les salons de thé que l'on trouve là-bas suscitaient l'engouement des amies de Mère.

Ernest haussa les sourcils et eut soudain un ricanement méprisant.

— Vous voilà bien renseigné sur les bonnes adresses féminines, James. Je vous croyais uniquement préoccupé de vieux livres poussiéreux et de cabinets de curiosités. Si vous arrivez à dégoter une héritière dans une de ces bonbonnières parisiennes, on finira peut-être par faire de vous un homme !

James eut le plus grand mal à contenir sa colère, qui montait irrépressiblement à l'assaut de son flegme. « Être un homme », la belle affaire ! La définition de la masculinité pour son beau-père se résumait à le vouloir ressembler au fils de son frère, un cousin côté Autiero, aussi abruti que violent, parti depuis des mois en voyage « d'études » dans tous les bordels de Méditerranée. James se mordit la joue. Ne pas répliquer. Cela ne le mènerait à rien. Le bal, marquant les débuts de Lisbeth dans le monde, aurait lieu dans moins de deux semaines, pour la nouvelle année. Un bal somptueux où le Tout-Paris des ambassades et des résidents étrangers serait là pour fêter le siècle nouveau. L'occasion de faire des rencontres avantageuses pour la jeune fille et de lui permettre de trouver un mari convenable qui pourrait la libérer de la maison Autiero. Au vu de l'état désolant de leurs finances, il n'y aurait pas de seconde chance, ce bal allait être le seul et dernier organisé avant que tombent les échéances des créances de leur beau-père. Ainsi, il ne fallait pas qu'il pousse Ernest à bout. L'avenir de sa sœur avait bien plus d'importance que sa virilité outragée. James accusa donc le coup encore une fois, à regret. Il parvint à sourire en se tournant vers Lisbeth, qui semblait n'avoir plus qu'une idée en tête : la sortie du lendemain. Tant mieux, il voulait la voir heureuse.

— Je vais voir avec Helen pour qu'elle m'aide à choisir ma tenue, il me faudra une capeline et un manchon de fourrure ! Il fait si froid ! déclara-t-elle.

Elle filait déjà dans le couloir, ignorant totalement son beau-père, qu'elle bouscula presque. Celui-ci la suivit des yeux et, le visage fermé, tourna un regard dur vers James.

— Ne jouez pas trop au maître de maison avec moi, jeune homme. Pour avoir la paix, je vous laisse faire, mais il se pourrait que ce petit jeu commence à me déplaire.

James lui renvoya son air le plus princier.

— Croyez bien que dès que j'en aurai la possibilité, vous serez débarrassé de notre présence.

Il sortit à la suite de sa sœur. Il n'y avait nul besoin de poursuivre cette conversation. En passant près d'Ernest, il sentit une impression glaciale le parcourir. Cet homme le haïssait. Comment pouvait-on mépriser ainsi quelqu'un qui ne vous avait jamais rien fait de mal ? James chassa ces sombres réflexions de son esprit. Il devait pour l'instant urgemment écrire un mot à son ami Adrien, pour le prévenir de sa venue du lendemain. Ce rendez-vous impromptu, né de son imagination, n'ayant été décidé qu'une minute plus tôt !

***

11 h 17.

Cette horloge posée près de la desserte à gâteaux et sa petite aiguille qui courait après les secondes allaient le rendre fou ! James ne parvenait pas à se concentrer : impossible. Un prénom venait envahir chaque parcelle de son cerveau : Henryk, Henryk, Henryk ! Henryk, qui lui avait donné rendez-vous à 12 heures. Henryk, qui était la personnification du danger autant que du mystère ; Henryk, qui semblait avoir allumé l'étincelle de chaos dans sa vie. Henryk, qu'il aurait été bien plus raisonnable de ne pas revoir.

En cette fin de matinée, Adrien, Lisbeth et James étaient attablés devant un délicieux café à la crème et des douceurs en partie grignotées trônant dans de délicates assiettes de porcelaine. Le salon de thé était idéalement chauffé. L'ambiance douce, les voix discrètes des rares autres clients et la lumière de la matinée d'hiver : tout était infiniment agréable. Et pourtant, James brûlait de partir, de se sauver. D'aller rejoindre cet homme, cet inconnu, Henryk. C'était absurde, il avait tant de choses à penser, à prévoir : le bal du Nouvel An, pour commencer. L'altercation qu'il avait eue, la veille, avec son beau-père, lui avait glacé le sang. La pression se faisait de plus en plus forte sur lui et sa sœur, et James avait à cœur de tenir son rôle de tuteur auprès d'elle. En tant que frère aîné, il était de son devoir de lui assurer un mariage convenable. La société patriarcale faisait retomber sur ses épaules la lourde responsabilité de tout décider pour une jeune fille qui n'était manifestement pas prête à la soumission. Mais la laisser faire à sa guise était hors de question, de même que la livrer aux plans oiseux d'Ernest était inenvisageable. Avec toutes ces préoccupations en tête, James n'avait pratiquement pas fermé l'œil de la nuit. À cela s'ajoutait le rêve brûlant qui l'avait réveillé, cette voix chaude qui était venue le tirer de son sommeil. « Je vous attendrai. »

James sentit ses joues rosir, il déglutit et se tourna en souriant vers son ami, Adrien Guimard. Il était heureux d'avoir pu organiser au pied levé cette sortie avec lui. James n'avait pas tant de camarades que cela. Ces relations mondaines se comptaient sur les doigts d'une main et les quelques personnes dont il appréciait la conversation étaient bien souvent d'anciens compagnons d'études, lunaires et peu fêtards. Pour Adrien, ce portrait se doublait d'une capacité étonnante à la naïve gentillesse, ce qui en faisait un garçon adorable, mais affreusement manipulable.

Le jeune médecin, génialement précoce, avait reçu depuis peu l'autorisation d'exercer en tant qu'assistant auprès d'un honorable professeur dans un hôpital réputé de Paris. James le croyait promis à un avenir brillant, s'il n'avait pas la fâcheuse tendance à passer son temps libre à soigner les nécessiteux de l'hospice plutôt que de courtiser les riches aristocrates migraineuses. Adrien était un jeune homme discret, doux et sans aucun sens du profit ni le moindre intérêt pour la course au prestige qu'offrait une haute situation. Chaperonné par une tante excentrique qui lui accordait la plus grande liberté, il se laissait littéralement porter par la vie et ses évènements, sans souci pour son devenir. Né dans une famille de la petite bourgeoisie, après le lycée, il avait pu poursuivre son instruction à l'université de Médecine, une option inenvisageable lorsque l'on était de noble extraction[11]. Il exerçait à présent comme médecin par pur goût pour les sciences et par curiosité pour l'espèce humaine, et faisait peu de cas de ses finances, vivant dans une sorte d'ascétisme dénué de frustrations. Mais la médecine semblait bien loin de l'esprit d'Adrien en cette belle matinée. En effet, en découvrant, deux heures plus tôt, la charmante Lisbeth, rayonnante dans sa capeline neuve, il avait paru particulièrement timide et pataud. Et depuis, à la place de son habituelle conversation enthousiaste sur telle ou telle découverte de la science que James affectionnait, il ne cessait de balbutier, de remonter ses lunettes et de rougir en baissant les yeux. La jeune fille, bien plus dégourdie que James ne l'aurait souhaité, minaudait sans vergogne et jouait de ses charmes naissant sur le sage médecin. Elle souriait joliment, le regard lumineux. Adrien lui plaisait. Et à n'en pas douter, le sentiment était réciproque.

11 h 25.

Les minutes s'écoulaient pour James, infiniment longues et beaucoup trop rapides. *Henryk*. Il avait si hâte d'être à ce rendez-vous et tout autant peur d'y aller. S'il voulait rejoindre les pavillons de l'Exposition universelle, de l'autre côté de la Seine, il lui faudrait bien trente minutes à pied, et encore, en marchant d'un bon pas. Lisbeth et Adrien échangeaient des paroles désarmantes de fraîcheur et d'innocence. Les deux jeunes gens étaient si pris dans leur discussion qu'ils l'ignoraient royalement. Et James ne parvenait pas à détacher son regard de l'horloge en faïence qui baladait le temps en d'horripilants tic-tac.

11 h 26.

— James ? Tu es perdu dans la lune ?

---

11 Pour les hommes de la noblesse, seules sont tolérées les carrières militaires ou diplomatiques, politiques éventuellement. L'étude des sciences ne peut être qu'un passe-temps.

Lisbeth venait de le tirer de ses réflexions. Elle riait, les yeux brillants.

— Pardon, tu disais ?

La jeune fille sourit gentiment de sa distraction.

— Le docteur Guimard vient de nous raconter la surprenante histoire de cette dame polonaise. Avec son mari, ils ont découvert un nouveau métal : le radium[12], n'est-ce pas ? Cela a des propriétés tout à fait étonnantes, tu sais !

— Oh, mademoiselle Lisbeth, James est déjà au courant de cela, voilà bientôt un an que cette découverte a été présentée à l'Académie par les époux Curie. Votre frère est toujours très au fait des progrès de la science.

— Oui, je sais maintenant de qui il tient son savoir ! répliqua Lisbeth en envoyant un sourire mutin à Adrien, qui en rougit de plus belle.

Décidément, la jeune fille en faisait ce qu'elle voulait. James s'amusa de la candeur de son ami. Adrien n'était pas très au fait des jeux de la séduction. À vingt-cinq ans tout juste, il n'avait que très peu sorti son nez des livres et des amphithéâtres de la faculté de médecine, sauf pour suivre son professeur et maître à l'hospice. La vie mondaine l'effrayait sans doute un peu. Mais, derrière son tempérament lunaire, le jeune docteur était d'une confondante générosité, et James ne le remercierait jamais assez de lui avoir permis de partager gratuitement nombre des enseignements dont il profitait à la faculté. Alors aujourd'hui, il était heureux de le voir recevoir des compliments.

---

12 La découverte du radium a eu lieu presque exactement un an plus tôt par Pierre Curie et son épouse Marie Skłodowska-Curie. Ils présentèrent leur découverte à l'Académie des sciences le 26 décembre 1898.

11 h 30.

Henryk.

— James, je pensais passer au Bon Marché[13] afin de m'acheter une nouvelle paire de gants en soie, pour aller avec ma robe crème. Veux-tu bien que nous y allions ? demanda Lisbeth.

James soupira. Il avait promis à sa sœur des distractions pour la journée et voilà qu'il n'avait qu'une envie : c'était de fuir pour rejoindre un parfait inconnu sur un chantier de foire !

— Je… En fait, il me revient à l'esprit que j'avais prévu un rendez-vous à 12 heures. Ne pourrions-nous pas décaler cela à demain ? hasarda-t-il, cédant à la tentation qui lui mangeait la raison.

— Oh, s'il te plaît ! Adrien – oh, pardon –, le docteur Guimard pourrait nous accompagner ! insista-t-elle dans un petit rire.

Toutefois, James garda, malgré le sourire désarmant de sa sœur, le sens des convenances.

— Je ne sais pas si c'est une très bonne idée, ce genre d'endroit… Tu sais qu'une jeune fille comme il faut ne va là-bas qu'accompagnée d'une domestique ou de sa mère. Avec deux hommes, ce serait risquer de te faire passer pour je ne sais quoi.

Lisbeth commençait déjà à froncer les sourcils lorsqu'Adrien, surprenant James par sa soudaine témérité, lui vint en aide :

---

13 Le magasin du Bon Marché, ouvert en 1869, est l'un des plus anciens grands magasins de Paris. À l'époque, on dit qu'il est malséant pour une femme d'y aller seule. Tant de tentations (vêtements, accessoires, parfums) et tant de monde sont susceptibles de la mettre dans un état d'excitation immaîtrisable !

— Veuillez m'excuser, il est vrai que les grands magasins ne sont pas des lieux recommandables pour une personne de votre qualité, Mademoiselle Lisbeth. N'y aurait-il pas une autre promenade que vous souhaiteriez faire ?

James vit sa sœur, sans doute radoucie par le ton du jeune médecin, changer d'expression et, en un instant, repartir sur une autre idée :

— Vous avez sans doute raison… Hum, eh bien… j'adorerais aller découvrir la nouvelle patinoire du Palais des Glaces[14], c'est très à la mode, même Helen y est allée ! Elle m'a dit que c'était un lieu très bien fréquenté. Et ce n'est pas si loin, c'est sur les Champs-Élysées. Je peux bien juste regarder les patineurs depuis la balustrade si tu ne veux pas que je m'aventure sur la glace.

11 h 35.

En voyant l'enthousiasme briller dans les yeux de sa sœur, James fit taire sa frustration. *Henryk*. Non, c'était de la folie. Que pouvait-il attendre de ce genre de rendez-vous ? Un frisson le parcourut. Cet homme. *Henryk*. Cet homme affolant d'insolence avait le parfum de liberté, du mystère et de toutes ces passions que l'on ne devait pas suivre quand on faisait partie d'un monde respectable. Tout cela était bon pour les livres d'aventures, les voyages d'un Jules Verne ou les exotismes d'un Pierre Loti. Dans sa vie à lui, effroyablement réelle et dénuée de fantasques péripéties, James ne pouvait se permettre cette liberté. Ni maintenant ni jamais. Tout cela était interdit. C'était jouer avec le feu, c'était… C'était impossible.

« Je vous attendrai. »

James soupira et sourit à sa sœur.

---

14 La patinoire du Palais des Glaces, devenue le théâtre du Rond-Point de nos jours, avait ouvert en 1893. Elle avait un succès fou à la Belle Époque.

— Bien. Va pour la patinoire. Je vais régler nos consommations et nous y allons.

Chapitre 3

Il était bien plus de midi.

À présent, Henryk s'en voulait de sa naïveté. Comment avait-il pu être aussi bête, inconséquent, ridicule ? Il ne vivait pas dans un roman de cape et d'épée, que diable ! Assis sur un tas de poutres en bois, la tête, couverte d'un béret, appuyée en arrière sur la palissade du chantier du pavillon de l'Allemagne[15], Henryk regardait le ciel. De gros nuages moutonneux passaient dans l'azur. La journée était belle et presque douce et, lui, il perdait son temps à attendre un jeune bourgeois dont les yeux trop brillants lui avaient agrippé le cœur. Il soupira.

Autour de lui, les bruits de chantier remplissaient l'air du fatras de sons métalliques des outils. Les

---

15 La grande Exposition universelle s'étendait tout au long de la Seine, sur les quais faisant face à la tour Eiffel, au Champ-de-Mars et même jusqu'à la gare d'Orsay (actuel musée d'Orsay).

cris d'ouvriers résonnaient dans toutes les langues, le quai de la Seine était une tour de Babel à l'horizontale, un formidable marché aux exotismes. D'ici peu de mois, la grande scène de l'Exposition universelle ouvrirait et des millions de visiteurs allaient se presser à la découverte du monde entier offert en spectacle. Pour l'instant, c'était surtout un amas de musculeux manœuvres et de poussiéreux contremaîtres. Sueur et labeur, l'envers du décor. Beaucoup de drames, mais aussi beaucoup de vie dans ce monde des petites gens du peuple de Paris. C'était tout cela qu'il avait voulu montrer à James.

James. Son père, ou plutôt son beau-père, l'avait appelé *James*. Un Anglais, évidemment ! À sa mine et à son accent, il l'aurait parié. James. Le prénom lui allait bien. Quelque chose de royal et de digne, une intelligence naturelle qui crépitait derrière ce visage de jeune lord. Henryk aurait bien voulu en savoir davantage, découvrir les détours de cet esprit et, il ne devait pas se mentir, le goût de ces lèvres appétissantes. Il rejoua, sur la toile de ses souvenirs, l'après-midi de la veille. Cette pulsion de désir qui l'avait saisi soudainement. Quelle mouche avait bien pu le piquer ? Il s'étonnait encore d'avoir eu un tel comportement. Il s'était senti possédé et étrangement à la merci de ce jeune homme, qui représentait tout ce qu'il haïssait : l'arrogance de l'argent, la domination de l'injustice sociale.

Des bourgeois qui cherchaient à se faire mettre par un gaillard de son espèce ? Oui, il en avait croisé bien sûr, comme la plupart des ouvriers de l'Exposition. Tout le monde savait, dans cette grande franc-maçonnerie du vice[16] qu'était la pédérastie parisienne, que pour se faire quelques francs, il suffisait souvent d'attendre près des quais ou non loin des

---

16 Expression pour désigner le milieu homosexuel que l'on trouve dans la bouche des élites françaises de la fin du siècle, à l'exemple de François Carlier qui l'emploie dans son ouvrage *Études de pathologie sociale : les deux prostitutions* (1887).

vespasiennes qu'un riche amateur de virilité prolétaire vienne à passer[17].

Était-ce cela qui lui avait donné cette audace complètement irrationnelle, le poussant à s'approcher, à conquérir, à contraindre, défoulant ainsi toute une haine refoulée depuis des années ? Il aurait voulu l'embrasser ; il se voyait, comme extérieur à lui-même, prêt à dévorer cette bouche trop rouge, à laisser de douloureuses marques bleues sur cette peau blanche. Toute cette beauté fragile qu'il aurait pu ternir en quelques instants, lui qui avait fini par se convaincre qu'il ne savait que détruire tout ce qui pouvait le rendre heureux.

Leur baiser avait été tranché avant même que de naître. Non pas par le beau-père : ce fat ridicule. Non. Avant l'arrivée de l'importun, il y avait eu ce murmure : « Faites-le. » Ces mots, ils avaient eu sur Henryk l'effet d'une douche froide. Comme si on l'avait soudain tiré des eaux profondes pour le ramener à la lumière. « Faites-le. » On aurait dit que James lui tendait l'épée destinée à briser ses chaînes, comme si un baiser avait pu le sauver des limbes. « Faites-le », avait-il dit. « Disposez de moi, emmenez-moi, sauvez-moi », aurait-il pu sous-entendre. Et la voix du jeune bourgeois n'avait été qu'un souffle, cependant elle n'avait pas tremblé. Ce n'était ni la contrainte d'un ordre ni une supplique pathétique. Si cela avait été le cas, Henryk en aurait reconnu le ton, lointains échos des voix de son passé : les ordres, les suppliques, les gestes violents, les mains tendues, un autre mois de décembre, une autre ville, et d'autres fantômes.

---

17 Écoutons à ce sujet François Carlier, chef de la police des mœurs à la Préfecture de police de Paris, qui raconte avec effroi ses souvenirs : « La passion est tellement impérieuse pour les véritables adeptes de la pédérastie qu'elle amène, au point de vue social, les accouplements les plus monstrueux. Le maître et son domestique, le voleur et l'homme sans casier judiciaire, le goujat en guenille et l'élégant s'acceptent comme s'ils appartenaient à la même classe de la société. » Une infamie pour l'époque.

Mais non, cette voix, la voix de James, était une prière, douce et résolue, qui lui avait violemment remué le cœur et troublé l'âme. Henryk voulait tellement le revoir. Il voulait comprendre ce qui s'était éveillé en lui à cette demande si profonde. « Faites-le. »

Y avait-il une seule chance que James vienne à ce rendez-vous romanesque ?

Hum… fort peu probable, apparemment…

Henryk ferma les yeux. Le soleil d'hiver venait le caresser et il profitait de cette chaleur comme le ferait un gros chat sur un toit parisien. Il repensait à ces yeux bleu saphir, à cette rougeur d'innocence sur ces joues pâles. Il avait essayé de dessiner le visage du jeune bourgeois une bonne partie de la nuit, le résultat était médiocre. Autant de lumière et de couleur : ce n'était, à l'évidence, pas son domaine. Il était un artiste de l'ombre. Henryk sourit, réaliste. Un signe de plus que cette rencontre n'allait pas dans le sens de son destin.

— Je vois que mon retard ne vous a pas fait perdre le sourire !

Cette voix ! Henryk sursauta et dégringola presque du tas de bois en bondissant sur ses pieds. Il était venu ! James, finalement là, devant le chantier et son brouhaha populaire, en redingote et chapeau haut de forme !

— Pardon, je vous ai surpris ? Vous ne m'attendiez plus, sans doute. J'ai été retardé par un autre rendez-vous, s'excusa-t-il spontanément, dans un français distingué où filtrait une charmante pointe d'accent anglais.

Évidemment, fulmina intérieurement Henryk. Leur rendez-vous n'avait pas été sa seule priorité de la journée ! Il devait en avoir bien d'autres, plus mondaines, plus importantes !

— J'avais espéré que vous viendriez, mais j'aurais dû m'attendre à ce qu'une personne de votre rang ne soit pas à l'heure. C'est une tradition dans votre milieu, d'être en retard, non ? cracha Henryk, amer.

Il n'avait pu s'empêcher cette pique. Pour une raison absurde, la simple vue de cet habit bourgeois en contraste violent avec son propre accoutrement – un pantalon de travail à bretelles et son vieux paletot raccommodé aux coudes – l'avait soudain humilié. Toutefois, le jeune homme ne se laissa pas démonter par son coup de griffe et avança d'un pas vers lui.

— Eh bien, je vois que je vais avoir bien du mal à mériter votre estime. Je m'excuse pour ce retard, Henryk, c'était impoli de ma part.

James lui souriait en lui tendant amicalement une main gantée. Henryk avisa la main habillée de chaud velours noir. Ses propres mains à lui étaient nues, sales et froides. Il hésita. Une pudeur de pauvre, une peur de salir. James dut le remarquer, car il retira son gant dans l'instant, ôta son chapeau et lui tendit de nouveau sa main blanche. Le geste avait plus d'insistance et Henryk, dépassant sa gêne, la serra enfin en retour. Elle était douce et chaude, comme il s'en doutait, et ferme et réconfortante, comme il l'avait espéré. Il la garda dans la sienne, quelques secondes de plus que la bienséance ne l'admettait.

— C'est moi qui m'excuse, je n'ai pas toujours les réactions les plus appropriées en votre présence, James.

Le jeune homme rougit et lui lâcha la main.

— À propos d'hier… commença-t-il, les yeux baissés.

Henryk le coupa ;

— Hier, je… j'ai agi de façon assez peu…

Il balbutiait, ce n'était pas son habitude.

— Assez peu... euh...

— Professionnelle ?

Henryk le dévisagea, surpris. Devant lui, James avait un regard pétillant qu'animait encore davantage un sourire moqueur. Il se retenait visiblement de rire. Henryk sentit la chaleur lui monter aux joues. Il se prit à sourire à son tour, amusé de son propre embarras.

— Oui, très peu professionnelle, finit-il par admettre.

Il souleva son béret pour se passer la main dans les cheveux. Ce jeune bourgeois avait l'art de lui vriller les nerfs. Et il devait admettre que ce n'était pas si désagréable.

— Partons sur de nouvelles bases, si vous le voulez bien, et essayons tous deux d'oublier les luttes de classes. Je m'appelle James Aylin.

— Henryk Lublieski. Et je ne vous promets rien, mais je ferai l'effort d'essayer, Monsieur Aylin.

James éclata de rire.

— Je n'en attends pas moins de vous, mon ami !

Ce jeune homme avait vraiment du répondant et, malgré son petit gabarit, ne se laissait pas intimider. Henryk était charmé, il ne pouvait pas s'en empêcher. Il y avait un défi pour lui à lutter contre son attirance, à garder son cynisme froid devant cette flamme si chaude. Avec un aplomb retrouvé, il amorça un pas vers le quai de Seine et lui lança par-dessus son épaule :

— Bon, vous avez du temps devant vous, *my lord* ? Car je me targue de vous sortir de votre quotidien feutré !

Henryk avait le sourire aux lèvres, joyeusement hardi. La réplique qui lui fut renvoyée le surprit :

— Qu'est-ce qui vous permet de penser que j'ai un quotidien feutré ? Je pourrais être un coureur de fortune, aventurier et sans scrupules !

Henryk se tourna vers lui. James soutenait son regard, de l'insolence plein les yeux, un caractère bien trempé dans des atours de bourgeois. Un paradoxe. Oui, il pourrait être tant de choses, avec sa fortune et sa prestance. Tant d'avenirs, tant de possibilités. Et pourtant, quelque chose sonnait faux. La réplique s'était voulue simplement provocatrice, mais Henryk sentit qu'elle résonnait étrangement. Il y avait de l'amertume derrière la bravade. Il s'approcha alors de James et, doucement, presque tendrement, vint écarter du bout des doigts une mèche un peu longue de cheveux bruns qui tombait sur des sourcils froncés. James s'était figé, le laissant le frôler. Il avait cette manière confiante de se laisser faire, de résister puis de se plier qui électrisait Henryk. Celui-ci se permit de dire ce que lui dictait son intuition :

— Aventurier sans doute, mais « sans scrupules » ? Non. Pas avec ces yeux-là.

James entrouvrit les lèvres : pour reprendre son souffle, pour répliquer ? Henryk ne lui en donna pas le temps, préférant briser ce moment bien trop dangereusement intime pour le lieu où ils se trouvaient. Autour d'eux, Paris appelait à la découverte : les bruits de la rue, le trot sec des chevaux, les débardages sur les bords du fleuve, l'air frais et vif qui s'engouffrait dans les manteaux, les fumées de charbon et de vapeur qui s'échappaient des toits et des machines. Cette grande respiration de la Ville. Son élan d'audace et de vie. Henryk saisit le bras de James.

— Suivez-moi !

Et l'entraîna à sa suite dans les méandres des chantiers.

***

À travers la haute verrière métallique, le soir de décembre teintait d'éclats d'or et de rubis les dalles du passage couvert. Il était près de cinq heures et les petites boutiques aux vitrines remplies de bibelots fermaient progressivement leurs rideaux de bois.

Henryk avait d'abord entraîné James dans les ruelles éphémères des chantiers des bords de Seine. Il lui avait montré les pavillons en devenir, les carcasses de sculptures et de bâtiments qui dressaient leur ossature nue vers le ciel. De véritables squelettes de géants animés par une armée de microbes. La Ville lumière qui se transformait.

James avait grimpé sur les amas de briques, serré la main des hommes de force, rit avec un Irlandais à la voix de crécelle, récolté de la boue sur ses souliers vernis et de la poussière jusque dans ses cheveux, que ne couvrait plus le chapeau haut de forme depuis longtemps perdu. Ce dernier avait été oublié quelque part au pavillon des États-Unis et abandonné là à son triste sort.

James était rayonnant et enthousiaste, avec son air d'insolence insouciante et ses yeux clairs. On aurait dit un charmant gavroche. Il posait mille questions et vibrait d'une soif de tout voir et de tout comprendre. Et Henryk, grisé par cette énergie si pure, l'avait ensuite guidé dans les passages couverts du quartier de la Bourse. Il voulait tout lui faire voir : la librairie encombrée et sombre où il venait chercher l'inspiration dans les livres illustrés, la boutique à l'angle de la galerie des Panoramas et de celle des Variétés[18], où il achetait son matériel de gravure.

---

18 Dans ces deux passages couverts, on peut encore voir, de nos jours, la devanture du graveur Stern inchangée depuis 1834, ainsi que la librairie Jousseaume, un éden de bibliophile, datant de 1826 !

Le jeune bourgeois avait été fasciné d'apprendre comment se préparaient les plaques de cuivre et les bois gravés. Il lui avait fait tout détailler, l'invitant à lui montrer les encres et les feuilles humides, les burins et tampons, mimant ses gestes pour prendre le coup de main. Le brave artisan, qui tenait l'échoppe, avait sorti de bon gré les différents outils et avait laissé faire les démonstrations, trop content de voir un peu d'animation dans son commerce. Et qui pouvait résister à l'enthousiasme de James ? Il dégageait de lui une telle vie, une telle lumière que l'on se sentait enclin, sans s'en rendre compte, à la même joie de vivre.

Puis ils avaient marché au hasard, ne voulant pas se séparer, retardant la tombée de la nuit qui signerait la fin de cette après-midi délicieuse. En oubliant leurs différences de classes, Henryk s'était peu à peu livré. Au fil de leurs pas, il lui avait dévoilé des images de son monde et lui avait parlé sans retenue de sa vie, de son quotidien, et un peu de son passé, de la Provence aux grands jardins d'abricotiers, de l'Amérique des immigrés, de la fière Pologne, belle et triste aux portes de l'Empire russe, de ses expériences de soleil et de ses années de misère. Il avait laissé les mots s'échapper sans crainte, James lui faisant tout dire d'un regard, d'un sourire. Le charmant jeune homme l'écoutait à présent attentivement, les coudes posés sur le bord de la petite table ronde de café où ils avaient fini par s'arrêter, après avoir traversé tout Paris. Autour d'eux, des clients discutaient devant des verres de vin. Certains fumaient la pipe, et l'odeur du tabac et de la soupe réchauffée en cuisine alourdissait l'air de la salle. Les peintures défraîchies étaient dissimulées par de grandes affiches colorées vantant les spectacles du moment. L'endroit était calme et convivial, prêtant à la confidence. Henryk ne s'était jamais autant confié auparavant. Était-ce dû au charme de James et au fait qu'il soit encore pour lui un quasi-inconnu ? Dans ces yeux aux éclats de ciel, il ne pouvait que noyer sa méfiance et engloutir ses doutes. On avait envie de se confesser à ce regard-là.

Le soleil venait de disparaître. Le soir finissait de couvrir les murs d'ombres. Henryk chercha dans sa poche les quelques pièces qui couvriraient le prix de son café. Il ne trouva pas et rougit de confusion. Mais James avait déjà posé un franc sur la table. Henryk réagit aussitôt :

— C'est bien trop ! Et vous n'allez pas payer pour moi !

Pourquoi fallait-il qu'il se sente si offusqué dès qu'il était question de richesse entre eux ?

— Allons, Henryk, ne faites pas un scandale pour si peu. Je paye cette fois et vous m'offrirez la prochaine.

« La prochaine », il y aurait donc une prochaine fois. Henryk se leva en souriant, apaisé aussi vite qu'il s'était emporté.

— Oui, c'est entendu. Je ne vous serai pas redevable longtemps, je vous le promets.

Ils récupérèrent leurs manteaux sur les patères de l'entrée, puis sortirent dans la ruelle couverte. James continua :

— Vous ne l'êtes pas. C'est moi plutôt, vous m'avez fait découvrir tant de choses.

— J'ai surtout l'impression d'avoir déblatéré pendant des heures. Vous devez en avoir la tête farcie.

— Absolument pas. Vous savez, je vis dans un monde où on s'écoute beaucoup parler, mais où les gens n'ont pas grand-chose à dire.

Henryk sourit à cette remarque pleine de bon sens. Au fur et à mesure de l'après-midi, il avait fini par oublier que James venait d'un milieu où les fastes et les mesquineries abondaient. Le jeune bourgeois l'avait considéré en égal. Et, par petites touches, s'était créée entre eux une esquisse d'amitié faite de complicité et de séduction voilée. C'était une attirance d'un charme diffus, subtilement équivoque.

Les deux hommes quittèrent le café et s'enfoncèrent dans les ruelles parisiennes. La nuit était bel et bien tombée, et les réverbères au gaz s'allumaient progressivement, donnant à la ville une atmosphère intime. Mystérieuse.

— Je vous raccompagne ? proposa Henryk galamment.

— Eh bien, ce n'est pas vraiment à côté, je… je vais probablement prendre un fiacre.

James avait baissé les yeux. Henryk lisait dans cette attitude la gêne de montrer qu'il avait les moyens de se payer une voiture pour rentrer chez lui, alors que son camarade regagnerait sa mansarde à pied. Cette prévenance n'était pas déplaisante.

— Laissez-moi au moins vous conduire à une avenue où vous trouverez votre fiacre.

Henryk voulait l'accompagner encore quelques mètres. Il voulait encore être son guide dans le dédale des rues. Il voulait même, ingénument, pouvoir lui prendre la main, le toucher. Quelques minutes encore de lui. Il en était affamé, soudain, alors qu'ils venaient de passer plusieurs heures ensemble. Des heures pendant lesquelles Henryk avait tu son désir et où il s'était laissé porter par leur tendre amitié naissante. Et maintenant, à quelques instants de le perdre, il ressentait une urgence à lui voler un peu plus de lui.

— Très bien, je vous suis.

Ils marchèrent en silence, enveloppés dans la froide nuit de décembre. Leurs souffles formaient une brume blanche et le bruit de leurs pas claquait sur le pavé. Henryk leur fit traverser les ruelles sombres et ralentit de quelques détours leur parcours déjà sinueux. Il les mena jusqu'aux galeries du Palais Royal[19]. James marchait à ses côtés. Présence confiante et rassurante. Quelques pas encore et ils seraient dans la tonitruante avenue de l'Opéra, quelque pas et il le rendrait à la foule des boulevards.

Les arcades des boutiques du Palais-Royal étaient éclairées parcimonieusement. Des becs de gaz ponctuaient un pilier sur quatre, créant des halos de lumière jaunâtre sur les dalles grises des pas de porte et faisant se refléter des ombres fantomatiques dans les vitrines, encadrées de bois verni. Les commerces de la journée étaient clos, mais un autre marchandage s'éveillerait sous peu. Les prostituées du quartier avaient fait du jardin, ornant le centre de cette large cour abritée, leur terrain de racolage favori. Des petits bruits furtifs, des tissus que l'on froisse, des ricanements parvenaient déjà aux oreilles des deux hommes. Ces dames commençaient leurs rendez-vous clandestins. Le lieu suintait d'un érotisme trouble, interdit, mais su de tous.

Une tension étrange alourdissait leurs pas. Il ne leur restait qu'une poignée d'instants avant de se séparer et tous deux sentaient cette atmosphère d'orage, électrique, ce manque, déjà, qui allait les dévorer. Ce fut James qui brisa le lourd silence en premier :

— Je vous reverrai, n'est-ce pas ?

Il s'était arrêté sous un des piliers éclairés. La lumière tombait sur lui comme une lampe de scène sur le tragédien d'un dernier acte dramatique. Ses yeux brillaient d'un éclat

---

19 Le Palais-Royal fut très scandaleusement connu pour être un haut lieu de la prostitution à la fin du XVIIIe siècle et au début du XIXe siècle. En 1899, après la destruction des anciennes galeries de bois où les prostitué.es racolaient, l'ambiance sulfureuse s'est drastiquement atténuée, sans disparaître totalement.

particulier. Implorant. Hypnotique. Henryk soupira et lui répondit d'un ton résigné :

— La raison voudrait que je vous dise non.

— Pourquoi ?

Un mot, une question, que le jeune homme avait arrachés à sa gorge. Henryk sentit son cœur se serrer cruellement. Il ne voulait pas répondre. Il le fit pourtant :

— Vous savez très bien pourquoi.

— Non, expliquez-moi.

James s'adossa contre le pilier, les bras croisés sur la poitrine avec cet air digne qui lui allait si bien. Henryk n'aurait pas dû être tenté à ce point, il n'avait pas le droit. Mais il se rapprocha malgré tout, attiré instinctivement vers cette étoile, vers ce feu qui émanait de ce garçon rencontré la veille et dont tout son être était possédé.

— James, tu… pardon : vous… vous ne devriez même pas me demander cela.

Il baissa les yeux. Et regarda ses mains, couvertes de taches d'encre, des mains d'ouvrier, des mains de pauvre. D'autres mains vinrent saisir les siennes, doucement, l'attirant plus près, sous la lumière vacillante du bec de gaz. Une voix douce, un murmure :

— Henryk, non, je ne devrais pas. Je le sais. Je le sais, mais je n'ai pas envie d'être raisonnable. Pas avec toi. Pas ce soir.

Et comme cela, d'un simple geste d'une grâce exquise, en glissant sa main sur sa nuque, James l'attira à lui, vers son corps, vers ses lèvres. Là, tentatrices, l'invitant, le suppliant de venir les cueillir. Le contact de cette main chaude sur sa peau électrisa son échine, ce souffle si près et ce regard, Henryk s'enivra. Il ne put résister, il ne voulait plus être raisonnable.

Là, entre les bruissements des étreintes clandestines, là, à quelques pas des avenues du beau monde. Là, il l'embrassa passionnément, goûtant sa bouche, apprenant la douceur de ses lèvres, étreignant sa taille.

Un gémissement de plaisir échappa à James, qui l'enlaçait à présent sans retenue. Il se laissait presque soulever sur la pointe des pieds, les bras autour du cou d'Henryk, mêlant ses doigts à ses cheveux, se fondant en lui, avide de sa chaleur. Celui-ci, profitant de ces lèvres entrouvertes, y glissa sa langue, lui faisant découvrir une caresse plus intime, plus profonde. Il ne se rappelait plus avoir un jour embrassé comme cela pour un premier baiser. Il n'avait jamais chuté aussi profondément et aussi vite pour qui que ce soit.

Ils mêlèrent leurs respirations, haletant, ne voulant pas rendre les armes, chacun pliant et dominant tour à tour dans ce duel sensuel. Enfin, à bout de souffle, l'esprit chancelant, Henryk brisa leur baiser passionné pour venir enfouir son visage dans les mèches brunes de James. Dans les bras de ce jeune homme, il sentait qu'il accédait à une forme de grâce, à un état proche de la folie. Il voulait s'imprégner de son odeur, graver toutes les sensations à jamais dans sa mémoire. Il ne voulait pas le quitter, pas le rendre à son monde, ce monde auquel il n'appartenait pas. Il en aurait pleuré. Il était perdu. De longues secondes s'écoulèrent où il n'entendait plus que les battements anarchiques de leurs deux cœurs.

— Quand… quand puis-je te revoir ?

James avait la voix animée d'espoir. C'était bien plus qu'une question. Une prière.

Henryk aurait dû le repousser, mais il ne pouvait pas. C'était comme si son esprit ne lui appartenait plus. Rien, ni raison, ni prudence, ni morale, ni lois, ni interdits ; il n'y avait plus rien. Son cœur était une immense page blanche sur laquelle toutes les possibilités de création étaient concevables. Pour l'artiste qu'il était, c'était une sensation aussi terrifiante qu'exaltante.

Il lui souffla sa réponse au creux de l'oreille :

— Bientôt, je te le promets, bientôt...

... Et il supplia le destin de les épargner tous les deux.

Chapitre 4

On ne l'avait pas attendu.

C'est la première chose que constata James en entrant par le grand portail de l'hôtel particulier familial de l'avenue de Passy. Comme chaque soir, sa sœur et son beau-père avaient dû dîner à 19 heures, et personne ne s'était soucié du fils aîné. Personne ici ne pouvait imaginer, en dégustant le repas millimétré et roboratif servi par des domestiques en gants blancs, qu'au même moment, il était en train de découvrir le plaisir d'être embrassé avec désir, avidité et même passion par un homme. Un artiste, un bohémien qui plus est ! Comment avait-il pu se permettre une folie pareille ?

James ne parvenait pas encore à assimiler tout ce qui lui était arrivé durant cette journée. Sa soudaine résolution de rejoindre Henryk, alors qu'avec sa sœur et son ami Adrien, ils avaient décidé d'aller se divertir à la patinoire du Palais des Glaces, n'avait aucun sens. Cette audace, il l'avait eue subitement en observant au loin les chantiers de l'Exposition universelle. Le squelette étrange de la future Grande Roue semblait alors lui faire signe, le tenter, tout proche, à quelques pas, le long de la Seine. Il avait confié sa sœur à Adrien ; une véritable hérésie qu'en d'autres circonstances, il n'aurait jamais autorisée. Les deux jeunes gens en avaient été ravis. James avait sauté dans un fiacre pour rejoindre au plus vite le pavillon de l'Allemagne, priant pour qu'Henryk l'ait attendu, priant pour que tout cela ne soit pas une mauvaise farce.

Décidément, qu'est-ce qui avait bien pu lui passer par la tête ? Certainement que beaucoup parleraient de caprice. Mais lui savait qu'il s'agissait de bien plus, c'était un véritable besoin, irrépressible. Un besoin de se sentir libre, d'aller rejoindre cet inconnu captivant qui lui avait donné rendez-vous en glissant un mot dans son manteau comme le faisaient les amants des romances surannées. Un besoin d'étancher la soif que cet homme avait fait naître en lui. De réveiller le désir qui avait toujours été là, tapi dans les ombres de son cœur et qui s'imposait brutalement aujourd'hui.

Le reste ? Le reste relevait du roman ou du rêve. Il ne savait plus très bien. Ces heures avaient été les plus troublantes, les plus heureuses, les plus marquantes de toute sa vie. Henryk était un jeune homme séduisant, à l'intelligence vive et à l'humour incisif. Il était passionné, passionnant. Rageant contre la société et ses injustices, il y voyait pourtant les beautés partout : dans les mains des artisans, dans les sourires des grisettes de passage, dans le progrès des techniques. Il l'avait entraîné dans des lieux extraordinaires, gorgés de vie, dont James soupçonnait à peine l'existence. Il lui avait confié ses espoirs, quelques-unes de ses blessures avec une honnêteté rafraîchissante. Les heures avaient filé trop vite. Et, pour finir, James ne cessait de repenser à ce baiser, aux mains d'Henryk, à ses lèvres, à leur goût, à sa promesse de le revoir. Comment ? Quand ? Ne pas savoir était une torture.

Sans surprise, la demi-heure passée dans le fiacre qui le ramenait chez lui n'avait rien fait pour calmer son état d'excitation. Il avait envie de rire, de pleurer, de crier, il était traversé par des dizaines d'émotions. Celles-ci ouvraient les fenêtres de son esprit en violentes tempêtes, renversaient tout, détruisaient tout et ne laissaient rien qu'un chaos d'euphorie. L'euphorie de la liberté. Henryk. Cet homme était l'étincelle du chaos. Un chaos purificateur dans lequel il voulait se jeter.

James entra dans la salle à manger. La table était desservie et les lumières du grand lustre en cristal éteintes. Il évita le fumoir, ne voulant pas se risquer à croiser son beau-père, et descendit plutôt dans la cuisine à la recherche d'un peu de nourriture. Son dernier vrai repas remontait à la veille et, malgré son immense fébrilité, il avait une faim de loup. Il avala rapidement quelques galettes sucrées qui étaient restées à l'abri dans la panetière et fit un sort à un bocal de poires au sirop. Il monta ensuite le grand escalier et se dirigea vers sa chambre. Elle était située dans l'aile ouest, qui comprenait en outre le cabinet de travail d'Ernest et la chambre de ce dernier. Sa sœur et Miss Meryll logeaient dans l'aile est, les domestiques sous les combles. Il ôta ses chaussures avant de traverser le couloir. La lumière perçait sous la porte du bureau d'Autiero et James voulait s'épargner un sermon pour son retour tardif. Malheureusement, à peine quelques minutes après être entré dans sa chambre, il entendit le pas lourd de son beau-père dans la pièce d'à côté.

Une chaise que l'on repousse, un grognement, le bruit de la poignée que l'on malmène. L'homme ne mit pas plus d'une dizaine de secondes à ouvrir la porte de la chambre de James, ne frappant même pas. Le jeune homme était en train de retirer son veston. Il était en bras de chemise et pieds nus.

Ernest le scruta de la tête aux pieds en s'attardant sur son pantalon passablement couvert de poussière. Il fit craquer sa mâchoire et dirigea vers son beau-fils un regard méprisant. James, encore galvanisé par l'euphorie de son après-midi, ne baissa pas les yeux.

— Bonsoir, cher beau-père.

— Où étiez-vous ! aboya celui-ci.

— Avec un ami, répondit James calmement en reprenant son déshabillage.

Il déboutonnait à présent ses bretelles, qu'il avait fait glisser de ses épaules. Ernest fulminait de cette attitude indifférente. Outre le fait qu'il détestait être ignoré, elle lui rappelait trop qu'il n'avait presque plus de pouvoir sur son beau-fils, à présent majeur.

— Votre sœur est rentrée seule, à plus de 4 heures de l'après-midi.

Sa voix était sourde, très basse ; il ne voulait pas être celui qui s'emporterait, tentant d'être le maître de cette querelle qu'il était seul à vouloir déclencher.

— Elle n'était pas seule, le docteur Guimard l'accompagnait, répliqua James, toujours aussi calme.

Il avait toute confiance dans son ami Adrien, qui était bien trop sage et timide pour ne pas avoir fait les choses dans les règles strictes de la bienséance. Sûr de lui, il se tourna enfin vers son beau-père et le regarda droit dans les yeux. Les deux hommes se jaugèrent. Ernest s'avança de plusieurs pas. Arrivé juste devant le jeune homme, il tendit la main pour saisir avec dédain le revers de sa chemise. À ce geste, James avait failli reculer, par réflexe, par peur d'un mauvais coup. Mais il n'en avait pas reçu depuis qu'il avait atteint ses vingt et un ans[20], depuis plus de huit mois. Il resta donc stoïque, inspirant lentement, le laissant examiner les traces de poussière et d'encre sur le tissu.

— Pff, vous avez l'air d'un rat des rues !

Il le repoussa mollement d'un geste faussement las.

— Aucune dignité, aucun charisme, rien. Il est clair que je ne pourrai rien faire de vous. Votre sœur, elle, a au moins pour qualité d'être suffisamment décorative pour se trouver un mécène, ajouta-t-il, goguenard.

James crispa les poings.

— Un mari, vous voulez dire ! Je ne doute pas que, dans votre esprit, les choses ne soient pas claires, mais en ce qui la concerne, ne confondez pas mariage et mécénat. Lisbeth n'est pas une courtisane ! Elle épousera un homme qui l'aimera et qui lui fera quitter cette prison !

Le bourgeois ricana.

— « Cette prison », comme vous y allez ! Vous avez plus que le gîte et le couvert, il me semble. Je vous habille, même, bien que je voie que vous ne faites pas grand cas de vos vêtements. Soyez heureux de votre sort. À la différence d'une prison, les murs de cet hôtel garantissent votre sécurité.

Son visage se fendit d'un sourire cruel.

— Un freluquet tel que vous, seul, dans les rues de Paris ? Je ne donne pas cher de votre peau ! Vous n'auriez pas grand-chose pour gagner votre pain. Mendier, peut-être, ou… pire…

---

20 En 1899, l'âge de la majorité pour les hommes est encore à 21 ans. Dans le cas des remariages, puis veuvages, il est bien difficile aux orphelins, même majeurs, de réclamer les héritages ; les cas de spoliation par des tiers sont légion. Les femmes, quant à elles, restent toute leur vie des « mineures civiles » soumises à l'autorité de leur père, de leur tuteur ou de leur mari.

James fut soulevé par un haut-le-cœur.

— Vous êtes répugnant, souffla-t-il en se reculant, incapable de rester à moins d'un mètre d'Autiero.

Il en était malade, de devoir vivre sous le même toit que lui et d'avoir à subir les injures, maintenant que les coups ne tombaient plus.

— Hum, hum, si prude et si fragile. Une vraie jeune fille !

— Sortez de ma chambre !

L'homme souleva un sourcil. Puis éclata de rire. Il se dirigea vers la porte et, avant de sortir, lança avec un air satisfait :

— Quel ingrat vous faites, moi qui avais une grande nouvelle à vous annoncer ! Un de mes plus proches collaborateurs a demandé la main de votre sœur, cet après-midi !

James se figea.

— Quoi ? Qui !

Autiero laissa deux bonnes secondes s'écouler, s'amusant du suspense autour de sa réponse et des yeux effarés de son beau-fils.

— Oh, vous ne le connaissez probablement pas. Monsieur Thomas, Charles Thomas. Très bel homme, la cinquantaine alerte, intelligent et riche. Il a de la poigne, il va savoir la prendre en main, lui. Vous devriez être ravi.

Autiero passa enfin le seuil de la porte et jeta dans un dernier rire :

— Ah et, comme vous n'étiez pas là, je lui ai donné mon accord de principe !

James bondit vers lui.

— Vous n'en avez pas le droit ! Lisbeth est sous MA responsabilité !

Il l'aurait assommé de ses propres mains, mais Ernest, riant toujours, lui claqua sa propre porte de chambre au nez. De rage, le jeune homme frappa un grand coup contre le bois. Il ravala le flot d'invectives qu'il voulait hurler à son beau-père. Pourquoi ? Pourquoi passait-il son temps à le torturer ? Il était épuisé de ces manigances, de cette perpétuelle guérilla domestique. Il n'avait plus la force d'en pleurer. Il voulait s'enfuir, tout quitter, vivre de rien, vivre libre.

Henryk…

James soupira, résigné. Henryk n'était qu'un rêve, si loin de sa portée que c'en était ridicule. Il finit de se déshabiller et se débarbouilla sommairement au petit bassin se trouvant à son cabinet de toilette. Sa main droite le faisait souffrir, elle avait déjà commencé à bleuir après le violent coup asséné contre la porte. Il allait devoir la panser, plus tard, avec un des baumes que lui avait fabriqués Adrien. Il la plongea quelques minutes dans l'eau froide. Dans sa chambre, sa cheminée diffusait une lumière chaude. La pièce, garnie de multiples étagères encombrées de livres, restait toute l'année d'une température agréable. Il avait là pour sa sœur et pour lui-même un confort relatif, matériel tout du moins. Jusqu'à présent, c'était tout ce qui avait compté, mais maintenant qu'il était majeur et que Lisbeth avait atteint l'âge d'être mariée, la pression de leur beau-père, peu enclin à garder avec lui des enfants qui ne lui étaient rien, s'était accentuée. Autiero était aux abois, James ne le savait que trop bien. Les dettes qui s'accumulaient devenaient chaque jour plus pesantes, et bien qu'il soit possible de vivre à crédit dans un milieu comme le leur, cette situation ne pourrait pas durer éternellement. Autiero avait besoin de liquidités, quitte à vendre la jeune fille au plus offrant et à jeter son frère à la rue. Dès demain, d'ailleurs, James allait devoir reprendre les armes pour tirer Lisbeth des griffes de ce prétendant douteux. Il n'avait que ce soir pour répit avant d'affronter la journée à venir.

En enfilant sa chemise de nuit, le tissu caressa sa peau nue. James ne put s'empêcher de penser à d'autres caresses. À des mains, impatientes, qui l'avaient parcouru une heure plus tôt. Elles avaient laissé une sensation de chaleur intense sur sa taille, son dos, ses fesses, partout où elles avaient osé le retenir. Il les avait senties brûlantes, malgré le froid vif, malgré la barrière de ses vêtements. Il s'allongea sur son lit et laissa son esprit dériver. Progressivement, la maison, la chambre, le lit, les draps disparurent, il n'y avait plus que des sensations derrière ses paupières closes. Des fantômes de caresses qu'il jouait à croire réels, des mensonges sensuels qu'il s'offrait pour un moment.

Il imaginait les mains d'Henryk, des mains d'artiste, des doigts longs découvrant sa peau, descendant le long de son torse, de son aine, réveillant ses sens, lui faisant tout oublier, ne lui laissant que cette sensation d'être désiré au-delà de la morale, au-delà de ce qui était permis. Jamais un homme ne l'avait touché de la sorte. Jamais il n'aurait cru que cela l'aurait à ce point affecté, aurait autant éveillé chez lui cette faim de plaisir, ce besoin viscéral de s'offrir à un autre. Non. Pas un « autre ». Lui. Juste lui.

Le désir l'emplit progressivement, délicieusement, coulant dans ses veines, le faisant frissonner lorsque, de sa main, il écarta ses cuisses. Il voulut croire que c'était la main d'Henryk qui glissait sur son sexe. Henryk qui l'empoignait doucement pour le caresser en de longs va-et-vient lascifs, faisant monter lentement son plaisir, plus fort, plus vite, le poussant au bord du gouffre. James perdit pied et laissa l'orgasme le submerger et s'écouler contre son ventre. Mais son extase fut aussitôt déchirée par une vive douleur. En plaquant son poing droit contre sa bouche pour s'empêcher de gémir, il avait réveillé la douleur de sa main tuméfiée.

Ernest.

Le jeune homme se sentit alors horriblement sale, à demi nu dans cette chambre à quelques mètres de celle de son beau-père. Ce monstre, qui était toujours là pour briser ses rêves, pour éradiquer ses espoirs. À la vue de sa propre semence répandue sur lui, la preuve de ses désirs interdits, il étouffa un sanglot. Une amertume atroce le gagna, lui broyant le cœur au passage. Il n'aurait jamais droit à cela. Un peu de répit, une fois !

Henryk n'était qu'un rêve. Inaccessible.

***

Une poignée de main trop ferme, un sourire de façade aux angles secs et durs, un regard trop pâle, froid et inquiétant. James venait de rencontrer Charles Thomas, et déjà il l'avait en horreur.

Ah, certes, l'homme respirait la santé et la richesse. Mais il avait cette désagréable suffisance qui tenait du sans-gêne, ainsi qu'une ironie souvent blessante et rarement drôle. C'était un conquérant et un voyageur. Il revenait des Amériques, où il avait fait fortune dans l'industrie. Il était originaire d'Europe, d'Autriche, à ce qu'il disait. Il avait parlé brièvement de Vienne et de la beauté de cette ville dédiée à l'art musical, mais était resté très évasif sur le sujet. En ces temps revanchards, où la France pleurait encore la perte de l'Alsace et de la Lorraine prises par les Prussiens[21], il avait sans doute raison d'être

---

21   En 1870, la guerre franco-prussienne est perdue par la France. Le pays doit laisser aux vainqueurs une partie de son territoire. Dans la conscience nationale, c'est un déchirement, et la blessure non cicatrisée va gangréner jusqu'au point de rupture de la Première Guerre mondiale.

prudent. Charles Thomas était de la race de ces mondains arrivistes, sortis du lot par la seule force d'une volonté ne s'embarrassant pas de scrupules et qui flairent les bons partis à la façon des cochons truffiers. La jeune Lisbeth était à coup sûr, pour lui, l'oie blanche idéale : jolie, bien élevée et portant un nom qui ferait son effet dans les salons.

L'homme avait débarqué au matin, avec l'inélégance de ne pas prévenir, et avait demandé à rencontrer James et sa sœur, pour commencer au plus tôt sa cour auprès de la jeune fille. James avait été tenté de le planter sur le perron et de le faire patienter plusieurs heures, cependant, dans un Paris pourri de rumeurs, il était risqué de repousser trop durement un homme comme celui-ci. Avec son réseau, ses contacts, il pouvait salir la réputation de Lisbeth et prétendre qu'il avait été éconduit pour des raisons douteuses. James s'était donc décidé à le recevoir et Thomas avait pris cet air de prédateur patient, sûr de lui, attendant que sa proie, morte de peur ou enfin soumise, lui tombe dans la gueule. À croire, à voir l'aplomb de cet homme, que l'affaire était faite. D'ailleurs, s'il était bien un associé d'Autiero, il devait partir du principe, en effet, que récupérer la jeune fille ne lui demanderait pas trop d'effort. Mais James en avait vu d'autres et il resta de marbre devant cet individu foncièrement antipathique.

Lisbeth, quant à elle, daigna enfin descendre dans le salon de réception après une bonne heure de délai et afficha scrupuleusement une moue dédaigneuse qui aurait fait la fierté de leur défunte mère. Elle ne décrocha pas un mot et Thomas en fut quitte pour ne parler qu'avec James. Au départ du prétendant, la jeune fille monta comme une furie dans sa chambre, ne laissant même pas le temps à son frère de lui expliquer qu'il n'était pour rien dans ce rendez-vous désagréable. Certes, il voulait la marier à un bon parti, néanmoins il n'aurait jamais choisi un individu aussi faux. James avait donc temporisé, réservant sa réponse tout en priant de tout son cœur pour que Lisbeth trouve l'homme de sa vie au plus vite lors du bal de la nouvelle année. Il était resté froidement poli avec ce Thomas, ne refusant pas explicitement sa demande, mais n'encourageant rien. Sa sœur avait, très certainement, pris cela pour une trahison de sa part. Elle aurait sans doute voulu qu'il soit bien plus ferme dans son refus. Il est vrai que se sentir comme une marchandise dans ce genre de tractation n'avait rien d'agréable. James pouvait la comprendre sur ce point, même si c'était là le lot de nombre de jeunes filles bien nées. Il allait devoir en parler avec elle au plus vite, car son manque de diplomatie risquait rapidement de leur jouer des tours.

Hélas, il ne savait même pas comment aborder la question. Lisbeth était particulièrement irritable depuis quelque temps. Ils avaient maintenant bien du mal à se comprendre, eux pourtant si proches étant enfants. James la savait vive et intelligente, il ne doutait pas qu'elle puisse réaliser de grandes choses, néanmoins pour cela elle devait trouver un mari. En effet, seul un époux la libérerait du joug de leur beau-père et lui donnerait enfin cette indépendance à laquelle elle aspirait tant. C'étaient les lois de cette époque, toutes les femmes y étaient soumises, malgré les actions d'une poignée de suffragettes bien peu entendues. James voulait protéger sa sœur et qu'elle soit heureuse. Mais peut-être ces deux vœux étaient-ils contradictoires ?

Il monta dans sa chambre, déjà las alors que la journée n'était qu'à moitié entamée. Il devait écrire un mot à Adrien pour que le jeune docteur lui prépare un peu de sa crème à l'arnica[22]. Il n'en avait plus assez et les phalanges de sa main

---

22 L'arnica est une plante que l'on utilise pour soulager les ecchymoses. Samuel Hahnemann, inventeur de l'homéopathie à la fin du XVIIIe siècle, fit de cette plante un de ses fers de lance et son usage se popularisa.

droite, qu'il avait dissimulée sous un bandage maladroit, étaient bien trop bleues pour qu'il ignore de les soigner.

***

Étonnamment, Adrien se fit annoncer dès 14 heures à la porte de l'hôtel particulier. James ne se rappelait pas lui avoir demandé de venir en personne apporter le médicament. Pour autant, c'était toujours une bonne surprise de voir son ami le plus cher, il vint donc l'accueillir dans le hall d'entrée avec enthousiasme. Lorsqu'il le remercia chaleureusement d'avoir fait si vite à venir le soigner, le brave Adrien parut totalement perdu. Il regarda la main que James lui tendait avec grand embarras.

— Mais comment vous êtes-vous fait cela ? L'hématome est très étendu, il vous faudrait de la pommade !

Le jeune médecin semblait ingénument pris au dépourvu et James, gagné par l'incongruité de la situation, commença à lui répondre en bafouillant :

— Euh… oui, en effet, c'est tout le problème et hum… c'est pour ça que…

Il fut interrompu dans ses balbutiements.

— Adrien, vous êtes là ! Oh, je suis ravie que vous ayez pu vous libérer !

Lisbeth venait d'apparaître en haut de l'escalier du hall, suivie par Miss Helen Meryll, sa préceptrice[23], qui se retenait visiblement de faire une réflexion à la jeune fille sur son

---

23 Au XIXe siècle, en Angleterre, il est d'usage qu'une préceptrice se charge de l'instruction, et de l'éducation des enfants et adolescents des riches familles. Il arrive que ce rôle soit tenu par la gouvernante. En France, on préfère mettre les jeunes filles dans des pensionnats, souvent religieux, plutôt que de les confier à des précepteurs.

ton trop familier. Cette demoiselle d'à peine trente ans, aux yeux bruns pleins d'autorité, n'était pas un chaperon trop rigoureux. Cependant, pleine de cette droiture éminemment britannique, elle savait se faire respecter de son élève en dosant équitablement les périodes d'apprentissage et les moments de complicité féminine. James la tenait en haute estime pour avoir su faire office de grande sœur et presque de mère auprès de Lisbeth, lui délivrant les conseils que seule une autre femme pouvait partager. Et cela lui avait bien réussi, s'il pouvait en juger par la mise du jour de sa sœur. Lisbeth était en effet vêtue d'une robe très simple, en velours boutonné sur le devant de couleur violine comme il se devait en période de demi-deuil[24]. Ses boucles blondes étaient nouées sévèrement en nattes formant un chignon retenu par un gros ruban. Elle portait des gants noirs et des bottines hautes assorties. Elle avait l'air d'une dame. Seul son éclatant sourire d'adolescente trahissait ses dix-sept ans. Adrien, happé par ce spectacle charmant, avait relâché distraitement la main tuméfiée de son ami.

— Mademoiselle Lisbeth, je suis ravi d'avoir la chance de pouvoir partager si tôt une nouvelle après-midi avec vous. Cette idée de visite de l'institut des jeunes sourds était excellente et je… euh… enfin, nous… tenta le timide médecin.

James ouvrit des yeux ronds et interrogea Helen du regard, puis Adrien. Ce dernier sembla perdre un peu ses moyens devant l'air surpris de son ami et ne parvint pas à finir sa phrase. Lisbeth voulut intervenir, toutefois ce fut la préceptrice qui finit par continuer d'un ton posé :

— Hier après-midi, Mademoiselle a proposé d'accompagner le docteur Guimard durant ses visites à ses patients de l'hospice,

---

24 Le demi-deuil est la période succédant au grand-deuil. Les contraintes sont moins strictes, les femmes peuvent porter des vêtements gris, mauve ou violet, en plus du noir.

mais il m'a semblé que l'intimité de ces hommes mûrs n'était pas un spectacle pour une jeune fille.

Lisbeth ne put s'empêcher de la couper pour continuer l'explication :

— Et j'ai alors demandé si nous pouvions aller voir les nouvelles installations de cet établissement si moderne, dont tu m'as parlé, James, où les enfants sourds-muets sont instruits avec les dernières méthodes[25]…

Et elle tourna des yeux pétillants vers le médecin qui tripotait son chapeau avec nervosité.

— … et Adrien a accepté, termina-t-elle.

Devant tant de séduction mutine, le jeune docteur Guimard ne savait plus que répondre. Il balbutia d'une voix timide :

— Mais je ne voudrais pas venir contrarier vos plans pour cette après-midi, James. Je pensais que… enfin, je croyais que vous étiez d'accord, et surtout au courant. Oui, au courant, enfin, c'est-à-dire, je n'aurais pas accepté si…

James vint enfin en aide à son ancien camarade d'études :

— Pardon, oui, bien sûr, allez-y. J'ai juste été un peu surpris. Ma sœur est en sécurité avec vous, mon ami, et je suppose que, comme il convient, Miss Meryll vous accompagne.

Lisbeth lui renvoya un sourire crispé et lui répondit un peu sèchement :

---

25 Durant tout le XIXe siècle, l'institut national des jeunes sourds de Paris ne cesse de se moderniser. Enseignements adaptés, belles salles de classe, gymnastique en piscine font sa réputation. Cependant, l'abandon de l'enseignement de la langue des signes à la fin du siècle pour imposer la méthode oraliste va entraîner pendant un temps un vrai retard en France pour l'instruction et la mise en valeur de la culture Sourde.

— Oui, bien sûr. Je suis une jeune fille « comme il faut ».

Elle passa alors devant lui pour atteindre le vestiaire de l'entrée, où étaient remisés les manteaux, pelisses et chapeaux sur des patères et des étagères de bois sombre. Helen la suivit et fit un petit signe de tête réconfortant à James. Il n'aurait pas à s'inquiéter, la préceptrice veillerait sur sa chère Lisbeth. Adrien restait là, perdu à la suite du vif échange entre le frère et la sœur. James haussa les épaules et décida de laisser passer la pique ; après tout, la jeune fille avait eu une matinée agitée. Il se tourna vers son ami médecin.

— Excusez-moi, Adrien, puis-je vous demander un rapide conseil ?

Il lui désigna sa main.

— Pour soulager ceci, si vous pouviez me dire...

— Oh oui, pardon, oui, excusez-moi, puis-je ? Eh bien...

Il ausculta la main que James lui tendait et fit plier doucement les phalanges. James fit une légère grimace.

— Cela vous fait-il très mal ?

— Non, non. Ce n'est qu'un peu tuméfié, mais rien n'est cassé, je pense.

— Je ne le crois pas non plus. Eh bien, hum, pour résorber l'hématome, le plus efficace, c'est de vous faire une décoction de camomille et de l'appliquer pendant une trentaine de minutes sur votre main. Faites cela deux fois par jour au minimum et cela devrait faire disparaître toute trace de cette blessure. Vous ne m'avez pas dit comment vous vous étiez fait cela.

James sourit de la sollicitude maladroite de son ami. Il n'eut pas à esquiver la question.

— Bien, je suis prête, nous pouvons y aller, déclara sa sœur.

Elle était à présent chaudement emmitouflée dans une capeline doublée de velours noir et fermée de gros brandebourgs sur l'épaule. Un chapeau garni de plumes parait sa coiffure, lui donnant des airs de maturité qu'il se surprit à découvrir.

— Donc, c'est entendu, James, nous t'abandonnons pour quelques heures, dit-elle en venant gentiment l'embrasser sur la joue. À ce soir !

James sourit à ce réflexe d'enfant. Pour lui, elle resterait toujours sa douce petite sœur ; comprendre qu'elle était en train de grandir lui était impossible.

— Oui, à ce soir. Veille à ne pas rentrer après 17 heures, tu sais qu'Autiero est strict à ce sujet.

— Comme il te plaira, répondit Lisbeth distraitement.

La jeune fille marqua un temps de réflexion en ajustant sa capeline, puis compléta sa réponse d'un ton blasé :

— Mais il ne sera pas là ni ce soir ni demain. Évariste m'a dit qu'il ne rentrerait que dimanche matin.

— Le 24 ?

— Oui.

James ravala une remarque amère. Leur beau-père ne daignait même pas être là pour l'aider à organiser les repas de réveillon et de Noël. Il appréciait pourtant, bien plus que son beau-fils, la bonne chère et les fastes des jours de fête. Le bourgeois avait sans doute quelques affaires louches à régler ou bien était-il avec une de ses maîtresses. James parvint à plaquer un demi-sourire sur son visage.

— Très bien, je le note. Ne rentre pas trop tard quand même. Tu m'inquiéterais bien cruellement.

— C'est promis ! Bon après-midi !

— À vous trois pareillement.

James resta quelques secondes sur le perron pour les regarder monter dans le fiacre loué par Adrien.

Si je m'attriste autant à la voir passer quelques heures en compagnie d'un ami de confiance, qu'en sera-t-il lorsqu'elle partira pour habiter définitivement chez son mari ? pensa-t-il sombrement en refermant la porte.

***

Le lendemain matin, au réveil, James examina sa main. Elle avait perdu de son bleu-noir pour prendre des tons vert-jaune. La recette d'Adrien était efficace. Le jeune homme, par ailleurs, s'était montré scrupuleusement ponctuel : Lisbeth et sa perceptrice étaient rentrées à 16 h 45 précises. Le médecin s'était laissé convaincre de rester à souper et l'humeur joyeusement exaltée des deux jeunes femmes devant les progrès de la science avait embelli la soirée. L'absence d'Ernest dans les murs avait rendu l'atmosphère du très guindé hôtel particulier de la rue de Passy bien plus sereine et conviviale.

Il était près de 10 heures ce samedi matin et James était en train de vérifier auprès du cuisinier le bon avancement des préparatifs pour les festivités du lendemain. Dans la grande cuisine, installée en demi-sous-sol de leur demeure, s'entreposaient des victuailles presque jusqu'au plafond. Les achats de produits frais avaient été faits à l'aube aux grandes halles du centre de Paris[26]. Un beau chapon à plumer et à farcir trônait à présent au centre de la table de travail. Il y aurait également des terrines et des légumes en sauce et, bien

---

[26] Il s'agit des fameuses halles construites entre 1852 et 1870 sur les plans de l'architecte Baltard au centre de Paris. On y trouvait toutes les denrées imaginables vendues dans de grands pavillons en verre et fonte.

sûr, la succession de desserts traditionnelle. Bien trop pour le nombre de convives prévu autour de la table. Les Aylin n'avaient aucune famille en France et, depuis le second mariage de Grace, les oncles et tantes anglais avaient rayé cette branche abâtardie de leur arbre généalogique. Autiero, cette année, n'avait pas réussi à faire venir ses frères et leurs épouses de Cadix.

Ce qui aura le mérite de m'épargner leurs disputes tonitruantes et les portes qui claquent, pensa James avec une certaine bonne humeur.

Ils ne resteraient qu'entre eux trois et, avec un peu de chance, le frère et la sœur auraient l'occasion de finir les desserts en compagnie des domestiques à la cuisine. L'ambiance y était toujours plus agréable et presque plus familiale parmi le personnel de maison qu'en haut, dans les salons guindés.

James venait à peine de remonter au salon lorsqu'une femme de chambre vint lui apporter un message qu'elle lui présenta sur un petit plateau d'argent.

— On m'a dit de vous le remettre personnellement.

Il la remercia et examina la missive avec curiosité. Ce n'était pas une carte de visite, comme cela se faisait ordinairement, ce n'était même pas du papier à correspondance à l'élégante teinte crème ou pastel. On aurait plutôt dit une feuille extraite d'un petit bloc à dessin que l'expéditeur aurait simplement pliée en deux. Il y avait une tache noire sur un des coins. Un peu d'encre laissée là, en signature, par des doigts d'artiste.

James cessa un instant de respirer. Il fixait le papier plié avec une soudaine fascination. Son cœur se mit à cogner violemment dans sa poitrine. Il venait de prendre conscience que ce mot ne pouvait venir que d'une seule personne. Ses mains tremblaient lorsqu'il dévoila le message. Il en reconnut immédiatement l'écriture nette et vive. Et le rouge lui monta aux joues lorsqu'il lut ces quelques mots énigmatiques :

« À 19 heures ce soir, Montmartre accueille les bohémiens entre le Ciel et l'Enfer. H. »

Chapitre 5

« Montmartre entre le Ciel et l'Enfer. »

La formule était cryptique pour les bourgeois des avenues cossues. Il fallait avoir quelques contacts avec le milieu des artistes, des soiffards ou des catins pour suivre le jeu de piste. Il fallait être prêt à se compromettre, à se salir, à entrer dans un monde interdit pour parvenir jusque-là.

« Là », c'était le 53 de l'avenue de Clichy. Un pas-de-porte innocent coincé entre la gueule béante du célèbre cabaret de l'Enfer[27] et les stucs meringués de celle du cabaret du Ciel. Ainsi, Henryk se tenait entre les deux, à la porte du Purgatoire, en quelque sorte. Il sourit amèrement pour lui-même.

---

27 Les cabarets du Ciel et de l'Enfer ont bien existé. Ils ont ouvert au milieu des années 1890 grâce à un personnage haut en couleur : Antonin Alexander, grand amateur de déguisements farfelus.

Lui au Purgatoire. Une ironie de plus. À croire qu'il tenait absolument à se voir punir de quelque chose. À croire que la culpabilité en était à le ronger tellement qu'il ne pouvait s'empêcher de se créer des difficultés.

Pourquoi avoir voulu donner rendez-vous à James dans un tel endroit ? C'était un quartier de débauche et de plaisirs grossiers, de farces grasses et de chansons paillardes. On y jouait à se faire peur dans des théâtres d'illusions aux effets faciles où, pour quelques sous de plus, la danseuse aguicheuse finissait sur vos genoux.

Pourquoi tenir absolument à l'emmener là ? Pour le voir se souiller ? Pour qu'il se ternisse à ses yeux, pour qu'il perde cet éclat d'innocence qui le fascinait tant ? Cette lumière que James n'aurait pas dû posséder, pas si belle, pas si vive ! Cette contradiction de pureté chez quelqu'un élevé dans le luxe hideux des salons mondains. Voulait-il le voir se corrompre, le voir rire aux saillies grivoises des chansonniers, boire goulûment les mauvais vins, tâter les filles à trois sous ? Devant ces spectacles lubriques, tous les jeunes nantis en mal d'excitation avaient les mêmes yeux hébétés, bovins, égrillards. Henryk, tout à la fois, brûlait et tremblait de voir tomber le masque de pudeur et d'honnêteté qui parait si bien le visage de James. Une telle beauté franche ne pouvait être qu'un mensonge, une comédie ou alors... ou alors il resterait impossiblement pur et fascinant, une goutte d'eau claire au milieu de la flaque de boue. Cette dernière possibilité, affolante, Henryk n'osait pas encore l'envisager. C'était déjà trop demander à son cœur que de croire à cette rencontre entre lui, pauvre hère aux mains sales, et cet ange venu d'un milieu qu'il avait appris à profondément haïr. Depuis leur baiser sous les arcades du Palais-Royal, un espoir s'était marqué au fer rouge sur son âme, une pensée, un sentiment qui ne cessait de le torturer. Et si tout cela était vrai ? Et si ce jeune homme était enfin son miracle, celui qui le tirerait de l'obscurité où il avait fini par noyer son cœur ?

Il ne voulut pas y réfléchir davantage. Il devait admettre que tout cela lui faisait peur. Depuis deux jours, il ne se reconnaissait plus. Ses émotions étaient à fleur de peau. Henryk avala une grande goulée d'air frais. Il n'avait aucune réponse à offrir, un labyrinthe de questions à poser et de plus en plus de mal à ne pas se perdre.

Un clocher tout proche sonna 19 heures en des coups si traînants qu'ils étaient presque sentencieux. Henryk expira lentement pour se calmer les nerfs. La nuit était là déjà depuis quelques heures et le ciel était lourd de pluie. Mais l'eau n'était pas encore tombée. De gros nuages avaient voilé le soleil tout l'après-midi et à présent la lune, déjà faible dans son dernier croissant, n'éclairait presque plus. Les réverbères et les criardes devantures ornées d'énormes ampoules peintes donnaient à la rue une ambiance de fête foraine un peu sordide.

Henryk se mit à guetter les fiacres et les équipages à chevaux fringants qui déposaient les bourgeois sur les trottoirs de l'avenue de Clichy. Car des richards, il y en avait, et beaucoup même ! Avides de dévergondage, cherchant, dans les quartiers des fêtes et des cabarets, les sensations fortes que leur vie quotidienne ne leur offrait pas. Ils étaient là, tout engoncés dans leurs fracs et chapeaux hauts de forme, accompagnés de belles femmes bien trop fardées et emplumées pour être des dames. Société d'apparence et de fausse moralité, où on s'amusait à toucher, pour une soirée, l'exotisme du péché, la fausse liberté des pauvres bohèmes, avant de regagner un foyer ronflant.

Duquel de ces carrosses James descendrait ? Quelle serait son allure ? Celle de ce dandy qu'il voyait là, à dix pas, et qui venait de bondir lestement sur le pavé ? Avec sa montre à gousset dont la chaîne pendait de sa poche de gilet, avec sa canne virevoltante et sa moustache frisée ? Et ces chaussures, elles brillaient tant qu'elles avaient dû…

Quelqu'un toussota discrètement près de lui, interrompant ses pensées. Il se tourna vers l'importun.

— Bonsoir, Henryk.

Ce dernier avala sa salive. Son cœur venait de s'arrêter de battre et il peina à le faire repartir. Le jeune homme qui se tenait devant lui avait caché ses mèches brunes sous un béret-casquette gris et ses mains blanches étaient profondément enfoncées dans les grosses poches d'un pantalon de travail en toile grossière. Une chemise de coton écru, un gilet de laine un peu long et des godillots d'ouvrier parachevaient ce chef-d'œuvre de déguisement. Même les charmantes taches de rousseur, qui couvraient son nez rougi par le froid, semblaient avoir été mises là pour coller encore davantage au rôle. Sous les frusques du plus adorable des titis parisiens se trouvait celui qu'il attendait de tout son cœur : James.

Henryk avait à présent la bouche ouverte comme le plus mort des poissons de la Seine. Devant son étonnement qui frisait l'hébétement, James, croyant peut-être qu'il l'avait froissé, commença à bafouiller une explication :

— Je n'aurais pas dû mettre cela, tu… tu dois croire que j'essaye de singer ton milieu et je… ce n'était pas mon intention, je voulais juste que tu… que tu me voies comme ton égal, que je ne sois plus pour toi le genre de vaniteux sorti des limbes de la diabolique bourgeoisie. Enfin…

James sourit en jetant un coup d'œil à la façade du cabaret de l'Enfer, qui s'ouvrait sur une énorme face de Satan grotesque modelée en stuc, et poursuivit timidement :

— Enfin, si je puis dire.

Sa lèvre inférieure disparut sous ses petites dents blanches, il la mordillait avec anxiété et pour Henryk, ce fut le coup de grâce.

— Tu es parfait.

Ce compliment lui était venu si spontanément qu'il fut surpris de se l'entendre dire. James le regarda avec de grands yeux étonnés, puis son visage s'anima d'un large sourire. Il poussa un soupir de soulagement en riant à moitié.

— J'étais si anxieux, pardon, c'est idiot. Oh, tu n'as pas idée. Je ne voulais pas te décevoir. Et ce message ! Henryk, tu n'aurais pas pu faire plus mystérieux !

Son enthousiasme était revenu, il saisit le bras de l'artiste avec entrain.

— Alors maintenant, dites-moi, Monsieur le Bohémien : vers quels rivages de perdition me conduirez-vous ce soir ?

James contempla d'abord la façade du cabaret du Ciel, ses beaux yeux clairs brillaient à la lumière des grosses ampoules jaunes qui tombaient de l'enseigne outrageusement rococo.

Pardonne-moi. Tu es un ange et moi je veux te tirer en Enfer, pensa Henryk, étrangement amer, en l'entraînant plutôt vers la gueule du diable.

***

James se sentait douloureusement fébrile. Il ne devait pas se leurrer : rejoindre un homme tel qu'Henryk dans un quartier pareil frisait l'inconscience. Cependant, une exaltation incontrôlable l'empêchait de s'en soucier. Il voulait vivre cette aventure, pour lui, rien que pour lui. Il voulait cet égoïsme d'une soirée.

Une belle diablesse les avait fait entrer. Avec ces yeux alourdis d'un maquillage charbonneux et son allure altière, elle se prénommait Carmen. James avait entendu Henryk la remercier en l'appelant par son prénom. Elle était serveuse, danseuse, peut-être davantage, et travaillait là depuis deux mois seulement, lui expliqua son compagnon lorsqu'ils passèrent sous le lourd rideau rouge qui isolait le petit hall d'entrée de la grande salle.

En entrant, James ne distingua d'abord pas grand-chose. Puis ses yeux s'habituèrent et il détailla le décor du regard. Tout était fait de papier mâché et de plâtre, des gargouilles et des diablotins animaient les murs, qui donnaient l'illusion grossière d'une grotte aux horreurs. Il avait été surpris lorsqu'Henryk avait glissé sa main au creux de ses reins pour le guider nonchalamment dans un des coins de la pièce. Il avait craint que ce geste attire sur eux les attentions mauvaises. Mais il y avait tant de monde, de bruit et si peu de lumière qu'il aurait été bien étonnant que ce soit le cas. D'ailleurs, les deux hommes n'avaient, tout d'abord, pas pu s'asseoir et étaient restés avec tout un groupe de clients à attendre qu'un peu de place se libère. Cette attente n'était pas désagréable. La foule compacte leur donnait l'excuse d'être serrés l'un contre l'autre et, dans la semi-obscurité de la pièce, leurs mains pouvaient jouer à se frôler. James sentit Henryk faire glisser son pouce le long de l'intérieur de son poignet, doucement, jusqu'à atteindre sa paume qu'il massa longuement. La sensation était troublante, une sorte de simulacre de caresse plus intime qui lui échauffa dangereusement l'esprit et les nerfs. Une très douce torture.

Lorsqu'ils purent enfin s'asseoir, James s'empressa de croiser les jambes sur un début d'érection que, malgré la pénombre, il craignait de ne pas parvenir à dissimuler. Ils commandèrent des verres de liqueur. Cette première expérience dans le Paris de la bohème allait être pour lui une vraie expédition en territoire inconnu. C'était indéniablement effrayant, mais diablement excitant. Il sourit en repensant au mal qu'il avait eu à trouver le lieu de ce rendez-vous et à convaincre Évariste de lui prêter des vêtements sans lui expliquer ce pour quoi il en avait besoin.

Il rajusta ses bretelles pour remonter un peu ce pantalon bien trop long malgré les deux ourlets qu'ils avaient faits au bas des jambes. Puis, pour les mêmes raisons, il roula les manches de sa chemise, découvrant ses avant-bras, un peu à la manière des ouvriers qu'il avait vus sur les chantiers de l'Exposition universelle.

En relevant les yeux vers Henryk, il constata que celui-ci l'observait avec intensité. Il lui renvoya un regard amusé et interrogateur. L'artiste tourna alors subitement son attention vers la scène où était jouée une pantomime absurde dans laquelle deux diablotins poursuivaient une femme vampire. James ne portait aucun intérêt à ce genre de spectacle à la grivoiserie peu à son goût et qui lui rappelait trop les bals étudiants auxquels il avait assisté lorsqu'il suivait encore les cours de la faculté. Il préféra observer son guide d'un soir : la ligne de sa nuque, la naissance de sa mâchoire et le dessin de ses lèvres closes. Henryk était un très bel homme, fin et musclé, d'une grâce féline. Il avait ce charme magnétique qui ne cessait de le troubler. Toutefois, ce soir, remarqua James, son compagnon semblait étrangement anxieux, peu à son aise, tendu, même. Il se demanda si c'était sa faute.

Il n'avait peut-être pas l'attitude qui convenait ? James s'efforça alors d'étudier le petit peuple du cabaret pour apprendre à se comporter correctement. Par exemple, la belle Carmen qui évoluait entre les tables. Elle ne souriait pas vraiment, ou alors d'une moue fausse et hautaine. Cela lui donnait une contenance, un air de fierté tout hispanique qui avait son effet sur les clients déjà émoustillés par les vapeurs d'alcool qu'exhalaient les lieux. On se pressait à dix autour des tables minuscules dans cette salle obscure au décor de caverne des débauches. Des successions de petits spectacles, d'illusions et d'effets de fumée alternaient avec des danses lascives auxquelles se prêtaient les serveuses. Carmen dévoilait à présent sur la scène ses jolies formes corsetées de noir et un jupon vaporeux qu'elle faisait virevolter avec aisance, en dévoilant parfois jusqu'à sa cuisse. Les clients sifflaient et riaient, ils buvaient aussi beaucoup. L'air était lourd de l'odeur des alcools et des lampes à pétrole. Il faisait très chaud au milieu de tout ce monde amassé dans un si petit espace.

Juste à leur droite était réuni un groupe de peintres vantards dont un, vaguement poète, déclamait des vers bancals à chaque fois qu'il prenait une gorgée d'absinthe. Il tournait régulièrement vers James un regard appuyé qu'il accompagnait d'un sourire narquois, tout en se mouillant ostensiblement les lèvres de la langue. James fit mine de ne pas le remarquer.

Au bout du compte, toute cette faune lui parut passablement étrange, vaguement pittoresque et globalement désagréable. En fait, elle lui rappelait trop son propre monde : ici, comme là-bas, tout était question d'apparence et de fatuité. On parlait haut et on se faisait voir, on jouait à la provocation et à se faire peur, mais ce n'était pas authentique. Ni le talent de ces pseudos artistes, ni les bijoux de ces courtisanes déclassées, ni les grimaces des diables de pacotille et les œillades enflammées de Carmen : rien n'était vrai. C'était une masse informe de gens qui jouaient à oublier que leur vraie vie n'avait rien d'exaltant en se donnant pour un soir des airs de bohémiens inspirés et rebelles. Avec son regard gris si intense et profond, son esprit affûté comme une lame et ses idéaux si tranchés, Henryk n'avait rien à voir avec ce monde-là. Quelque chose ne collait pas dans cette soirée.

Une main lourde s'appuya soudain sur l'épaule de James, le faisant sursauter. Ne voulant pas jouer les délicats, il se tourna calmement vers l'homme qui se tenait debout derrière lui. C'était le poète de la table d'à côté, qui se penchait à présent pour lui parler à l'oreille. Son haleine moite vint lui couler le long de la peau, le faisant frissonner de révulsion.

— Dis-moi, mon minet, ça t'dirait que l'on se trouve une ruelle calme pour que tu goûtes un peu à ma plume ? T'as une bouche à aimer la poésie.

À ces mots, James inspira profondément pour tenter de garder son sang-froid et de ne pas coller son poing dans la figure goguenarde du poète aviné. Il fit un mouvement pour se dégager.

— Écoutez, je crois qu'il s'agit d'un malentendu, commença-t-il par dire.

Mais il sentit la main glisser de son épaule à sa nuque et serrer plus fortement.

— Mais non, mais non, pas besoin de jouer les effarouchés avec moi.

L'ivrogne lui léchait pratiquement l'oreille.

Cette fois, c'en était trop. James se retourna et poussa fortement l'homme qui, surpris, chancela et faillit tomber en arrière, se rattrapant de justesse au dossier d'une chaise voisine. En relevant les yeux vers James, il sembla avoir totalement dessaoulé et prit un air mauvais.

— Je vais t'apprendre à ne pas me respecter, sale petite pé…

Le butor n'eut pas le temps de terminer sa phrase. Henryk venait de le coller au mur. Il le maintenait de son poing par le col de sa chemise, l'étranglant à moitié.

— Tu ne l'approches pas, *skurwysyn*[28] ! feula-t-il.

En un instant, les clients autour d'eux avaient quitté leurs chaises et commençaient à se reculer. Un petit groupe forma bientôt un demi-cercle du genre de ceux qu'on trouvait autour

---

28 Insulte en polonais particulièrement violente et grossière.

d'un ring de boxe. James, qui s'était levé lui aussi, n'osa d'abord pas intervenir.

— Lâche-moi, putain de Polak de merde !

Le poète véreux tentait de se débattre pathétiquement en tirant sur le bras dur comme du fer qui le clouait sur la paroi de la cave. Les insultes ne donnant rien, il passa rapidement aux supplications :

— Écoute, l'ami, on va pas s'engueuler pour ça ! Entre artistes !

Henryk, peu enclin à sympathiser, fit levier avec son coude pour lui écraser le plexus. L'homme suffoquant fut pris de panique.

— Attends ! Attends, c'est pas moi qu'ai commencé, c'est lui qui m'reluque depuis une heure avec ses mines de honteuse[29] !

Le coup de poing partit sans prévenir et l'homme valsa dans les pieds de ses camarades de beuverie. Il y eut un instant de silence. L'un d'eux commença à s'avancer pour en découdre et James fit de même, bien décidé à ne pas laisser Henryk défendre seul son honneur. Il serra et desserra le poing droit, testant ses phalanges tuméfiées. Une vive douleur électrisa son bras.

Va pour des crochets du gauche, alors, décida-t-il intérieurement.

Mais le patron du cabaret n'attendit pas que l'incartade vire en bagarre de taverne. Il rameuta des serveurs et commença à hausser le ton :

---

29 Une « honteuse », aussi appelé « petit jésus », dans l'argot du XIXe siècle, est un jeune prostitué sans expérience encore timide et pudique. S'il prend du galon dans le milieu, on dira que c'est une « persilleuse » ou un « raccrocheur ».

— Bande d'apaches, vous allez me vider les lieux ou je fais appeler les flicards !

Ces mots déclenchèrent un vent de panique. La peur de l'officier de police dans un milieu où les clients étaient soit des vauriens, soit des bourgeois incognito, suffit à faire fuir les deux tiers de la clientèle. Ce fut un chaos de robes, de chapeaux, de cris et de chaises renversées. Dans le tumulte, Henryk récupéra leurs manteaux d'une main et saisit le bras de James de l'autre. Il fendit l'attroupement des clients rendus idiots par l'affolement et parvint à l'entraîner à l'extérieur. Une pluie torrentielle les attendait à la sortie. Une vraie nappe d'eau qui rendait la rue scintillante et les silhouettes des bâtiments presque floues. La chaussée était couverte de boue. Les derniers fuyards se dispersaient dans les ruelles ou sautaient dans les fiacres qui avaient eu le courage de patienter à la sortie des cabarets. Les deux hommes furent bientôt seuls.

Bien qu'ayant enfilé paletot et gilet, en deux pas sur le trottoir, ils furent trempés jusqu'aux os : deux rats mouillés sous la gueule du diable. Ils se regardèrent et, devant leur air piteux, ils éclatèrent de rire en même temps. Leur hilarité fut, hélas, de courte durée. Le froid de décembre les saisit bien vite, James ne sentait déjà plus le bout de ses orteils. Ils se réfugièrent temporairement sur le perron du n° 53, entre les deux cabarets. Henryk l'attira à lui et, faute de pouvoir lui offrir un meilleur abri, l'entoura de ses bras. Ses cheveux dégoulinaient sur son front, qu'il vint poser contre celui de James. Ce dernier fut de nouveau gagné par un rire : des deux mains, il ramena en arrière les mèches égarées de son compagnon pour qu'elles cessent de goutter sur lui. Henryk lui rendit un large sourire. Il était rayonnant.

Je le retrouve enfin, pensa James en se plongeant dans ces yeux qui lui apparaissaient à présent d'un chaud vert-pale.

Rassuré, il se blottit contre lui, les mains enfouies sous son paletot, le visage au creux de son cou. Autour d'eux, de grosses gouttes froides roulaient le long des toits et des gouttières, et venaient s'écraser au sol dans un bruit d'inondation. Ils restèrent ainsi quelques instants, savourant la solitude de leur îlot au milieu du déluge.

— On va attraper une pneumonie si on reste ici ! finit par admettre James, à regret.

Henryk resserra un peu son étreinte. Il soupira.

— J'ai bien un abri à te proposer mais, après cette minable aventure, je comprendrais que tu n'acceptes pas.

James s'écarta de lui pour mieux le regarder dans les yeux. Il y lisait une lourde culpabilité et des méandres de doute. Il posa alors ses deux paumes sur les joues d'Henryk et, tenant ainsi son visage comme une coupe, il l'amena à lui pour l'embrasser.

Un simple baiser au goût de pluie pour lui donner sa réponse muette.

Oui, Henryk, je te suis, où que tu veuilles m'emmener, jusqu'en Enfer, jusqu'au Ciel.

Chapitre 6

Tandis qu'Henryk et James couraient main dans la main, riant et dérapant sur les pavés glissants, Paris prenait les atours d'un monde féerique. Les ruelles semblaient couvertes de pierreries. La lumière des réverbères se reflétait dans chaque flaque, chaque goutte, tels des éclats de miroir éparpillés par la pluie. L'eau tombait en une longue chevelure, rendant les façades identiquement grises et les silhouettes des rares passants fantomatiques. On ne distinguait presque rien. Tout était sombrement humide ou pailleté d'or. L'ambiance avait quelque chose d'irréel.

La main d'Henryk était si trempée et glissante que James manquait de la lâcher à chaque virage, mais, pourtant, elle était toujours là, gardant la sienne, le retenant de tomber lorsqu'il trébuchait sur la chaussée boueuse.

Ils gravirent la colline de Montmartre. La pluie dégringolait toujours autour d'eux, le long des trottoirs et des escaliers de cette butte sinueuse où la Ville Lumière se muait en village. Il n'y avait presque plus d'éclairage à mesure que l'on quittait les avenues pour plonger dans les ruelles, mais James, inexplicablement, avait confiance. Il tenait cette main comme son fil d'Ariane. Il savait, avec une sorte de certitude intuitive, que tant qu'elle le guiderait, il n'aurait rien à craindre. Enfin, ils atteignirent une placette bordée d'arbres et ralentirent leur course. Ils s'arrêtèrent devant une petite maison toute en hauteur et à la façade modeste, dont Henryk poussa la porte d'entrée déjà entrouverte. Il attira James à l'intérieur et reclaqua le battant pour les couper enfin du déluge.

Ils étaient arrivés. Henryk l'avait conduit chez lui.

Ils n'échangèrent pas un mot ; le moment avait quelque chose d'étrangement solennel. James avait le sentiment d'être le chevalier parvenu enfin à la dernière cachette renfermant un fabuleux trésor. Son cœur battait très fort. C'était peut-être l'effet de leur course dans les ruelles, mais il n'en aurait pas juré. Ils s'ébrouèrent comme de jeunes chiens, et retirèrent leurs chaussures et leurs chaussettes trempées avant de monter l'escalier aux marches de bois avachies par le temps. Henryk le précédant, ils passèrent trois étages, puis parvinrent enfin au dernier palier qui s'ouvrait sur une unique porte. L'artiste tira une clé de sa poche et actionna la vieille serrure. Il entra en premier et se dirigea immédiatement vers un coin de la pièce où se trouvait un petit poêle ; un vrai luxe dans un galetas tel que celui-ci.

— Entre ! Entre, je t'en prie. Excuse-moi, j'allume cela tout de suite pour que nous puissions nous réchauffer.

James referma la porte, tira le verrou et fit quelques pas dans la pièce. Ils étaient sous les combles. Ceux-ci avaient dû être réaménagés en chambres modestes par un propriétaire qui ne reculait devant rien pour rentabiliser chaque mètre carré de son bien. Il y avait néanmoins une fenêtre qui donnait sur la rue. Dehors, la pluie tombait toujours, les gouttes venaient frapper le carreau dans un battement sourd. L'endroit était sec et sentait un mélange d'odeur de vieux papier, d'encre et de roses fanées. Il se dit que l'atmosphère avait quelque chose de réconfortant dans son dépouillement. L'obscurité dans la pièce faisait qu'il ne distinguait pas grand-chose.

James retira son gilet, littéralement bon « à tordre » tant la laine s'était gorgée d'eau. Il le suspendit à l'une des deux patères près de la porte. Une bassine en bois placée juste en dessous venait recueillir ce goutte à goutte qui rythmait le silence. L'astuce rustique lui rappela l'office des domestiques où il aimait, enfant, trouver refuge. Cela le fit sourire et calma un peu son anxiété.

Derrière lui, Henryk se releva. Les braises venaient de s'enflammer et le modeste feu qui apparaissait par la grille en fonte du poêle diffusa un halo de lumière dans toute la pièce. Le cœur de James bondit violemment dans sa poitrine lorsque Henryk, après avoir ôté et accroché son paletot à la seconde patère, entreprit de retirer également sa chemise détrempée en se dirigeant tranquillement vers la table, où il alluma une lampe à pétrole.

Le torse nu d'un homme. Ce n'était évidemment pas la première fois que James en voyait un. Mais ici, dans l'intimité de cette chambre, tout était différent. Il ne pouvait s'empêcher de suivre les muscles de cette poitrine sculptée par la lumière chaude, le dessin de cette taille étonnement fine, l'ombre virile qui menait de son ventre à…

Il se tourna vers le poêle, les joues en feu. Ce désir, qu'il sentait monter en lui, était terrifiant. Il ne voulait pas passer pour un gamin maladroit et timide, mais il se trouvait dans une situation si nouvelle qu'elle le prenait au dépourvu. Pour surmonter son trouble, il tenta de jouer la camaraderie et lança avec un ton léger :

— Tu as de la chance, grâce à ton manteau, au moins ton pantalon est resté en partie sec. Moi, je suis une vraie soupe !

En disant cela, il se rendit compte que, malgré la chaleur du poêle, il tremblait. Ses vêtements mouillés lui collaient le froid à la peau. Derrière lui, Henryk lui répondit sur le même ton :

— N'attrape pas du mal en gardant cela sur le dos. Je vais mettre tes vêtements à sécher, et en attendant, je devrais pouvoir te prêter quelque chose.

L'artiste avait dit cela avec détachement, légèreté, même.

Il n'a sans doute aucune raison d'être anxieux comme que je le suis, se dit James, non sans une certaine amertume.

Pour cet homme à la vie de bohème, qui avait connu probablement des dizaines d'aventures de ce genre, cette situation n'avait rien d'exceptionnel. Tandis que pour lui…

Il prit une grande inspiration, se tourna vers la porte et entreprit de détacher ses bretelles.

***

Henryk n'osait pas bouger.

Il regardait James faire glisser sa chemise trempée de ses épaules, découvrant peu à peu ses bras, son dos, le creux de ses reins. Autant de lignes et de courbes rendues brillantes par l'eau de pluie courant en longues gouttes lascives sur sa peau nue.

Henryk retenait son souffle, incapable du moindre geste devant une telle innocence tentatrice, si pure, si sensuelle. Il l'avait conduit chez lui, il avait voulu l'avoir là, au cœur de son antre, comme le dragon rapportant le plus précieux des joyaux dans sa demeure. Et il était à présent devant lui, son trésor, presque nu, offert à son regard, beau à en être irréel. Sa peau semblait peinte en ombres dorées par la lumière chaude de la lampe à pétrole. Des ombres mouvantes, d'ocre sur un blanc de porcelaine, où des galaxies de taches de rousseur se devinaient au détour de sa nuque, à l'ovale de ses hanches, à la naissance de ses fesses.

Henryk sentait le désir monter en lui, brûlant dans ses veines, surexcitant ses nerfs.

Je ne mérite pas quelqu'un comme lui, lui souffla sa conscience.

Il parvint à fermer les yeux un instant pour reprendre ses esprits et se tourna vers la malle au coin de sa chambre. En fouillant, il finit par en extraire une chemise de toile blanche, chiffonnée mais propre, qu'il posa sur le dos d'une chaise près de James.

Il prit un ton calme, une voix posée :

— Tiens, cela devrait t'aller le temps que le poêle sèche tes vêtements mouillés.

— Merci.

James finissait de se dévêtir, toujours dos à lui, son pantalon venait de tomber au sol. Il était totalement nu à quelques pas, là, si près qu'Henryk pouvait voir le grain de sa peau frissonner de la fraîcheur de la pièce. En ramassant la chemise trempée laissée sur le parquet, l'artiste suivit, en se relevant, la ligne des chevilles de James, de ses mollets, de ses cuisses jusqu'au bel arrondi de ses fesses. Il revit alors en cascade de brèves images venues d'étreintes passées. D'autres corps entraperçus dans des impasses sordides ou des chambres anonymes. Des chairs mâles et femelles qu'il avait prises sans retenue, parfois contre quelques pièces de monnaie, le temps d'assouvir un besoin furtif, le temps d'oublier sa misère. Il sentit son membre se durcir douloureusement et sa raison se noyer de désir. Il recula alors, n'osant plus regarder, tellement plein de ces pensées charnelles qu'il se sentait coupable. Honteux, même. Il se détourna alors, et tenta d'occuper son corps et son esprit au rangement succinct de son lieu de vie, ému de son aspect si pauvre. Henryk rassembla les carnets et les crayons, fit un peu de place sur la petite table et libéra un tabouret encombré de livres, sur lequel il s'assit finalement.

Toute cette situation était d'une sensualité presque étouffante. Il voulait pouvoir faire le silence en lui, calmer son cœur et son âme. Il se prit le visage dans les mains, ferma les yeux et expira longuement. Ce jeune homme le bouleversait, l'ensorcelait. Il le désirait à en hurler et souhaitait n'être que son ombre. Il voulait atrocement le posséder et priait pour n'être que son chevalier servant. Comment en était-il arrivé à un tel chaos de sentiments ? Le bruit du tissu que l'on saisit et défroisse, que l'on glisse sur la peau, lui fit relever la tête.

— Je ne crois pas que ce soit à ma taille, mais cela fera bien l'affaire !

Au rire discret qui suivit cette phrase, Henryk osa ouvrir les yeux. Il avala une grande goulée d'air.

La chemise de lin blanc était facilement deux fois trop grande pour James. Elle glissait de son épaule, découvrant au passage la naissance de son torse. Elle tombait presque à la hauteur de ses genoux. On aurait dit une toge antique et le jeune homme avait tout de l'éphèbe offert aux patriciens des orgies romaines. Henryk ne parvenait même plus à détourner les yeux de cette silhouette d'ange et, sous le regard intense qu'il devait poser sur lui, James, gêné soudain, porta la main à sa gorge et rougit. Henryk ne sut que balbutier devant cet exquis geste de pudeur :

— Je n'ai pas… pas d'autres chemises de rechange, mais… celle-ci, enfin, la tienne, va sécher… et je… d'ici deux heures tout au plus…

Son embarras, pourtant, n'eut d'autre effet que de rassurer James, qui, voulant certainement détourner l'attention de sa personne, saisit une esquisse posée au sol.

— C'est une de tes œuvres ?

Un terrain plus stable, une diversion ; Henryk s'y accrocha pour reprendre ses esprits. Il se sentait comme un écolier timide interrogé par le maître, mais tenta malgré tout une explication :

— Oui. Enfin, une œuvre, non. C'est une simple esquisse. Il faut que je la grave pour en faire un tirage. Le mois prochain, j'achèterai des plaques de cuivre, ou du bois plutôt, c'est moins cher. D'ici là, il faut que je travaille quelques idées. Il y a des scènes que j'ai commencées, elles ont du potentiel, je dirais. Là, à ta droite, dans le carnet, j'ai des croquis plus aboutis, si tu veux les voir.

James s'assit sur un coin du matelas au sol, pratiquement en tailleur, un genou relevé et son autre jambe repliée sous sa cuisse. Tout à la contemplation du bloc à dessins, il n'avait pas conscience de l'indécence de sa posture que l'obscurité de la pièce et la grande taille de la chemise atténuaient de justesse. Henryk avala sa salive. Ce qu'il ne devinait pas, il l'imaginait, là, dans l'ombre de ces cuisses nues offertes à sa vue. Le désir lui absorbait littéralement les pensées, au point de le rendre idiot, muet et probablement fou dans quelques minutes. James, entièrement concentré sur l'image, semblait aveugle au feu dont il était l'étincelle.

— Tout ce noir, toutes ses ombres… c'est ce que tu vois quand tu observes les gens ?

James tourna un regard curieux vers Henryk, des mèches humides vinrent s'ourler sur son front. Il sourit doucement, invitant l'artiste à lui répondre, à se livrer.

Henryk n'aurait de toute façon pas su résister à ce regard-là. Mais que répondre ?

Avant toi, c'est tout ce que je voyais. L'obscurité, c'est tout ce qui existait avant de te connaître.

Il trancha le fil de ses pensées. Une réponse honnête et concise s'imposait :

— Oui.

Et ce « oui » fit froncer les sourcils du jeune homme

— Est-ce comme ça que tu me vois ?

Quelle étrange question, et pourtant si pertinente. Avec ses prunelles d'azur, il lui semblait que James pouvait lui sonder l'âme, lire ses pensées. Henryk priait pour que ce ne soit pas le cas : il avait trop de choses à cacher. Et la question était restée en suspens, toutefois il ne pouvait y répondre sans paraître atrocement énamouré. Ainsi, Henryk ne put que se réfugier derrière son art :

— Est-ce que tu accepterais que je te dessine ? demanda-t-il en fait de réponse.

Un silence.

Son bel invité l'observait.

Une question pour une question.

***

— Oui.

Un « oui » mal assuré, imperceptible. James avait dit oui d'une voix timide et fragile, comme on fait un premier pas hésitant vers un voyage d'aventure dont la destination nous est cachée.

« Oui » à quoi ? À tout, sans doute.

Oui à tout ce que désirerait faire cet homme qui tenait son âme dans la paume de sa main. Ce désir interdit qu'il tentait de dompter le rongeait inexorablement. James n'arrivait pas à lui résister. Le regard d'Henryk, et tout son être, de ses gestes à sa voix, avait ce pouvoir sur lui. Il ne s'était jamais senti à ce point si peu maître de lui-même. Même adolescent, même face à la rage de son beau-père, il avait toujours eu cette certitude que son esprit, son âme étaient inatteignables, protégés par sa raison. Mais ici, dans cette chambre, sa chère raison était muette. Ou bien il était devenu sourd. Il n'en savait plus rien. Il était perdu. Il avait suivi Henryk jusque-là par impulsion, c'est vrai. Par aveuglement ? Certes, non. Pas innocemment non plus, bien moins innocemment, d'ailleurs, que ce que sa conscience aurait voulu avouer. Il avait envie de se laisser aller à ce désir. Il voulait l'explorer à présent que le chemin s'ouvrait à lui. Bien sûr, il n'avait jamais expérimenté ce genre de pratiques condamnables, cependant il avait lu certains articles, il avait entendu certains récits, des lieux existaient, des histoires faisaient scandale dans les journaux. Les invertis n'étaient plus, à Paris, de si étranges bêtes curieuses.

Mais de là à s'imaginer deux hommes se donnant du plaisir…

James se fit violence pour tenter de calmer son cœur, qui battait si fort dans sa poitrine qu'il avait l'impression que le bruit rebondissait dans la pièce. Avant tout, reprendre contenance.

— Oui, répéta-t-il.

C'était mieux. La voix plus sûre, plus claire. Il sourit autant pour lui-même que pour Henryk, qui semblait fébrile comme un condamné attendant la sentence. Cela déstabilisa un peu James, qui s'agrippa maladroitement à sa fragile assurance retrouvée.

— Et… veux-tu que je pose ici ? Maintenant ?

Il se redressa et abandonna le carnet de croquis sur le sol. Puis il releva le menton et, ne sachant quoi faire de ses mains, il les joignit nonchalamment devant lui en mimant une posture qu'aurait pu prendre un modèle. Henryk inspira. En se relevant de sa chaise, il se fendit enfin d'un sourire et, visiblement amusé, lui envoya :

— Parfait, comme cela. On dirait que tu as fait cela toute ta vie !

Le commentaire se voulait léger. Henryk se tourna pour extraire de la pile de matériel sur la table une large feuille blanche, un carton et un fusain. James ne put se retenir de répondre :

— Ah oui ? Et pourtant, avec toi, j'ai l'impression de ne vivre que des premières fois.

Henryk, dos à lui, toujours penché sur la table, se figea un instant. James crut apercevoir une légère secousse lui parcourir l'échine ; elle fut suivie d'une longue inspiration. Quand l'artiste se retourna, ses yeux étaient d'un gris sombre, dangereux, fascinant. De la couleur des gouffres dans lesquels on rêve de chuter. Il s'assit sur la chaise, le pied gauche sur l'assise, son genou relevé supportant ainsi le carton à dessin. Sa respiration lente faisait jouer les muscles de sa poitrine découverte. Il ne commença pas immédiatement à dessiner. Il détailla d'abord longuement son modèle. James se sentit mis à nu par ce regard d'intense concentration.

Et nu, il l'était presque. Il en prit conscience en cet instant comme jamais auparavant. La réalité de son corps nu s'imposa à lui. De son corps, de sa peau, de ce qu'il sentait, percevait.

Ses pieds et ses jambes reposant sur le bois sec du parquet usé. Le tissu un peu rustre de la chemise et du drap couvrant le matelas venait caresser par endroits son torse, ses bras, ses cuisses, son sexe. Il percevait à présent intensément ce frôlement rugueux, cette caresse fraîche sur sa peau encore moite de pluie. Et, rattrapé d'une soudaine pudeur, il se sentit rougir fortement. Alors, mû par une gêne instinctive, il replia les jambes et, tirant gauchement sur le col de la chemise, il tenta de couvrir son épaule.

— Ne bouge pas ! ordonna Henryk.

Sa voix avait fendu le silence de la mansarde.

James se figea et commença à s'excuser, à vouloir se repositionner comme avant, plus nonchalant, plus sûr de lui, à reprendre son air bravache, mais il ne parvenait pas à rattraper son assurance qui partait en lambeaux. Il était totalement perdu et se savait pathétique, là, à demi nu, noyé dans un vêtement trop grand, piquant un fard comme un adolescent pris en faute. Il baissa ses yeux que venaient piquer des larmes d'embarras. Il aurait voulu pouvoir fuir, disparaître, mais n'osait plus bouger.

***

Là ! Ce geste ! James avait soudain troqué sa mine insolente contre une attitude de pure timidité. Quelque chose de fragile, un mouvement de pudeur si délicat et si fondamentalement esthétique qu'Henryk ne prit pas le temps de prendre des gants quand il lui ordonna :

— Ne bouge pas !

Le jeune homme se figea devant lui. Il avait le rose aux pommettes, les paupières baissées, les lèvres entrouvertes, retenant son souffle. Sa poitrine s'était soulevée en une respiration brisée. Sa main crispée sur le col de la chemise avait cherché, sans y parvenir, à couvrir la courbe de son épaule nue.

Henryk se mordit l'intérieur de la joue. Quel imbécile il faisait. Une brute. Incapable de se comporter avec un minimum de savoir-vivre, même chez lui. Il donna à sa voix un ton plus doux :

— Non, pardon. Remets ta main. Là. Ce geste quand tu as remonté le col. Oui, comme ça, c'est parfait. Très... c'est très... c'est... élégant. Tu es parfait. Maintenant, regarde-moi, s'il te plaît.

James lui obéissait, étonnamment docile. Et Henryk sentit son cœur se serrer à cette pensée. Le jeune homme releva lentement la tête. Son regard apparut sous le voile de ses cils noirs. Et ces yeux enfin, miroirs d'un bleu brillant, vinrent s'ancrer aux siens. Le clouant sur place.

Il était beau, désirable, sublime. Henryk avala sa salive. Il avait la gorge affreusement sèche et son esprit vibrait à lui donner le tournis. Il prit une profonde inspiration. Et parvint miraculeusement à détacher son attention des prunelles saphir de James pour se concentrer sur sa feuille blanche. Il voulait retrouver sa concentration en se perdant un instant dans le vide de la page vierge. Cette soirée était un enchevêtrement de moments insensés. Les émotions qui l'avaient traversé jusqu'à présent avaient été d'une telle intensité que, du chaud au froid, du doute au désir brûlant, il s'était totalement perdu.

Il ramena son fusain sur le papier.

Un premier trait noir, puis un second. Sa main reprit progressivement son assurance et ses gestes se firent plus amples, plus libres. Des simples traits naquit une silhouette, une forme qui s'anima progressivement. Des ombres qu'il étala du pouce. Il jetait des coups d'œil par-dessus sa feuille pour vérifier une proportion, observer une ligne, mais laissa sa main faire. Elle avait pris son indépendance.

Henryk était comme plongé dans un rêve. Une transe. Il se faisait marionnette, dont l'inspiration tirait les fils. Il ne voulait plus penser, surtout pas, de peur de se noyer de nouveau.

Dehors, la pluie s'était calmée.

Chapitre 7

Le Temps avait disparu.

Les minutes aussi longues qu'infimes se succédèrent et aucun des deux hommes n'aurait pu les dénombrer.

La nuit était calme et, dehors, la ville silencieuse semblait ne plus oser se faire entendre à l'intérieur de la mansarde. Le bruit sec du fusain qui parcourait le papier emplissait toute la pièce. Henryk avait apaisé son cœur, l'avait soumis à son art. Le calme de la création avait infusé ses nerfs. Mais il savait que ce n'était pour lui qu'un répit temporaire. Il s'était refusé à regarder James dans les yeux. Omettant de dessiner son regard, laissant là du blanc pour garder cette ultime tentation pour la fin de son œuvre. Il redoutait presque de plonger dans cet abysse bleu. Il redoutait de se perdre à nouveau. Le dessin prenait forme, il était presque achevé. Il manquait simplement le plus important : les yeux.

« Tout ce noir… c'est comme ça que tu me vois ? » Cette phrase résonnait en lui. « Tout ce noir ». Henryk regarda ses doigts, ils étaient noircis par le fragile bâton de fusain. *Du noir…* pour éteindre ce bleu, pour couvrir toute cette lumière, toute cette vie ; il voulait l'atténuer, la maîtriser. Il avait peur qu'elle le domine, l'engloutisse. *Du noir.* De la poudre noire. Il eut une idée.

Il se leva et déposa son dessin sur la table.

— Tu as terminé ?

Henryk remarqua qu'il y avait une note d'impatience dans la voix de James, pas de lassitude, non : de la curiosité.

L'artiste avait gardé le fusain à la main et vint s'asseoir en face de son modèle.

— Non, je n'ai pas tout à fait fini, un détail seulement et je te libère.

« Je te libère. » Henryk sourit pour lui-même. N'était-ce pas plutôt lui le prisonnier à ce jeu-là ?

— Je peux bouger ? Je commence à m'engourdir, commenta James.

Le jeune homme n'attendit pas la réponse et étira ses jambes qui vinrent s'étendre sur le parquet, devant Henryk qui déglutit. Le vertige que lui causaient ces pieds nus, la ligne du mollet et les centimètres de peau claire disparaissant vers l'ombre du tissu… Henryk sentit sa raison flageoler de nouveau.

— J'aimerais… je voudrais essayer quelque chose. Est-ce que tu veux bien fermer les yeux ? hasarda-t-il.

Se refusant toujours à regarder son modèle, Henryk tâchait d'émietter la pointe de carbone entre ses doigts jusqu'à la réduire en fine poudre au creux de sa main.

— Que veux-tu faire ? demanda James.

Sans lui répondre, l'artiste humecta de la langue le bout de son index et recueillit un peu de la suie noire du fusain.

— Je voudrais… commença Henryk.

Il tourna enfin son attention sur le visage de son modèle et la réponse se perdit dans cette contemplation.

James avait les yeux clos. Ses sourcils se fronçaient d'impatience. L'arête de son nez était parsemée de taches de rousseur qui se dispersaient, plus discrètes sur ses pommettes et ses lèvres. Ces lèvres infiniment belles, pleines sans être outrageusement pulpeuses, colorées d'un rouge diaphane. Ces lèvres qu'il avait là, à quelques centimètres des siennes.

— Tu voudrais ?

Henryk en sursauta presque. La voix du jeune homme était pourtant à peine audible, si timide, et pourtant elle avait fusé dans la chambre. L'artiste retint son souffle. *Du noir…* Il effleura du bout de son doigt noirci la paupière de James. Celui-ci eut un léger frisson.

— Ne bouge pas, s'il te plaît.

Henryk continua son œuvre, après une paupière l'autre, puis le dessous de l'œil, à peine, juste une ombre. De l'obscurité, là, autour de ce regard, pour en atténuer la force, pour ternir toute cette pureté, pour qu'il puisse reprendre le dessus sur ses émotions en maîtrisant ce regard qui le rendait fou.

Il voulait se rendre à lui-même.

Henryk observa son effet. Le noir était bien là sur les paupières closes. Ombre contrastée sur la peau blanche. Étrangement, cela ne ressemblait pas à du maquillage, il n'y avait pas cet effet de fard brillant ou de trait artistiquement ourlé le long des cils. Non, c'était juste comme une touche de deuil sur un visage trop jeune. Il pensa soudain à ces portraits photographiques de défunts[30]. Les modèles semblaient endormis, mais les contrastes trop violents de leur teint pâle et des ombres sur leurs paupières faisaient se dévoiler l'illusion.

Il inspira très lentement.

James respirait à peine, les lèvres entrouvertes, semblant guetter un signe.

— Tu peux ouvrir les yeux, osa souffler Henryk.

Les prunelles d'océan réapparurent alors, doucement, inexorablement, au centre des ombres. Henryk sentit son cœur se taire et son esprit s'échapper.

Mon Dieu... c'était pire ! C'était mille fois pire ! C'était extraordinaire ! Il n'avait pas pensé, il n'aurait pas supposé que...

L'ombre noire faisait à James un regard incroyable. L'innocence la plus pure brillant au milieu du péché. La touche de noir venait parachever le chef-d'œuvre et transformer ce visage déjà angélique en apparition presque mystique. On ne voyait plus que lui : cet éclat de bleu profond qui donnait à son regard un pouvoir infini.

Qu'avait-il fait ? Il venait de révéler l'incarnation de la tentation.

Henryk était si près de lui qu'il distinguait même le battement rapide du pouls du jeune homme à sa gorge. Fort, nerveux, vibrant. La pulsation de l'excitation qui s'accélérait, sa respiration par saccades. L'anxiété, l'anticipation, l'envie.

---

30 La photographie post-mortem était alors fort en vogue. On prenait une dernière photo des défunts aimés dans des attitudes mimant le sommeil et les photographes parvenaient à créer sur l'image l'illusion de la vie.

James avala sa salive et passa le bout de sa langue sur ses lèvres. Hypnotisé, Henryk les regarda devenir humides et brillantes comme la chair d'un fruit.

Il ne pouvait plus revenir à son dessin, il ne pouvait plus bouger, il était paralysé par ce désir dévorant qui lui ordonnait de prendre cette pureté, de voler cette beauté-là, d'accepter ce qui lui était tendu avec tant de générosité. Mais il n'osait pas, il se sentait gauche. Comme si c'était la première fois, comme s'il n'avait jamais fait ce genre de chose. Jamais.

Le regard bleu quitta un instant le sien pour descendre vers sa bouche. Interrogeant, attendant, lui laissant le choix. Henryk prit une profonde inspiration... et plongea dans le vide.

D'une main posée sur sa taille, il étendit doucement James sur le matelas. Il couvrit son corps du sien et vint cueillir ses lèvres, enfin.

Elles avaient le goût de la pluie et un peu celui de cet alcool de cerise qu'ils avaient bu au cabaret. Il l'embrassa longuement, ne voulant rien brusquer, savourant chaque respiration. Puis, de sa bouche, il parcourut le visage de James, suivit la ligne de son cou, le creux de sa gorge en une longue succession de baisers. Il voulait goûter à toutes les délicates taches de rousseur, autant de grains de cannelle épiçant une crème onctueuse, qui ornaient la courbe de son épaule nue. Sa peau était incroyablement douce à cet endroit-là. Du menton, il écarta davantage le col bien trop large de la chemise de lin, dévoilant une partie du torse de son amant. Il s'arrêta un instant sur cette poitrine joliment musclée que l'excitation soulevait en souffles rapides. Il contempla ce corps frémissant et remarqua que le jeune homme semblait ne savoir que faire de ses mains, qu'il s'obstinait encore à enfouir dans le drap. Henryk voulait lui faire lâcher prise, il voulait être son guide, une fois encore, sur ce territoire qu'ils exploraient ensemble.

Lorsque Henryk saisit entre ses lèvres la pointe dressée d'un de ses tétons, James avala une grande goulée d'air. Le frêle bourgeon de chair était durci par la fraîcheur de la pièce que le pauvre poêle n'avait pas encore réussi à totalement chasser. Il le malmena de la langue, le titilla de ses dents jusqu'à ce que le jeune homme laisse échapper un gémissement de plaisir.

Enfin. Enfin Henryk sentit avec délice une main blanche venir saisir son bras tandis que l'autre, plus avide, commençait à parcourir son dos. Aventureuse d'abord, elle dessina longuement les vallées de ses muscles, traçant la ligne de sa colonne vertébrale mais, probablement arrêtée par le contact trop réel de son pantalon, n'osait pas descendre plus bas.

Henryk sourit. Il se redressa et entreprit de se dévêtir entièrement.

***

Cet homme a des mains fascinantes, pensa James.

Longues et gracieuses, elles s'animaient en des gestes tendres en forme de caresses. Elles lui donnaient cette élégance rare, naturelle, ce signe de la vraie noblesse, celle de l'âme. Il les observa, sans oser bouger, alors qu'elles venaient desserrer adroitement sa ceinture, défaire les boutons de sa braguette et découvrir les ombres de ce corps qui l'attirait viscéralement. Les lignes de sa taille, de son bassin, l'ébauche de son aine, magnifiques continuités de ce torse qui semblait sculpté par un artiste de l'Antiquité.

James eut soudain besoin d'être celui qui dévoilerait le reste de cette œuvre d'art. Il se releva à son tour et posa ses mains sur celles d'Henryk.

— Puis-je ? demanda-t-il, incertain.

Henryk le regardait avec une émouvante tendresse. Il lui prit le visage au creux de ses paumes, puis l'embrassa. Un baiser si intense que James en oublia tout pendant plusieurs minutes. Lorsqu'il ouvrit les yeux de nouveau, ce fut pour se noyer dans le gris profond de ses iris. Deux lacs calmes après un violent orage. Magnifiques. Il ne put s'empêcher de lui sourire, le cœur gonflé de sentiments. Les émotions les plus diverses le traversaient. L'appréhension et le désir se mêlaient étroitement. C'était un chaos comme il n'en avait jamais ressenti. Et il avait incroyablement chaud ; des frissons de fièvre le parcouraient de la nuque aux orteils, électrisant sa peau. C'était délicieux. Terrifiant aussi. Henryk jouait à présent du bout des doigts avec les mèches de cheveux qui s'égayaient sur la nuque de son modèle. Le mouvement était apaisant. Au bout de quelques secondes, James parvint à reprendre ses esprits et baissa timidement les yeux. Ses mains étaient restées sur le revers de tissu qui couvrait encore le reste du corps de son amant. Celui-ci ne bougeait pas, le laissant faire, *se* laissant faire.

Ils étaient tous deux à genoux sur le maigre matelas. James reposa son front brûlant sur le torse d'Henryk. Il ferma les yeux et inspira lentement. L'odeur de sa peau chaude et réconfortante calma un peu les battements de son cœur. À tâtons, il osa plonger sa main dans l'ombre du vêtement. Du bout des doigts, il découvrit la rugosité de cette peau virile. Sa chaleur. Le contact le fit frissonner. C'était agréable, intrigant.

Il devina la ferme hampe de son compagnon qu'il suivit du pouce jusqu'à la racine, autour de laquelle il enroula ses doigts. Était-ce ainsi qu'il avait imaginé le sexe d'un autre homme ? Cette chair lourde au creux de sa paume. Intimidante.

Il amorça une caresse et Henryk laissa échapper un grognement étouffé. James releva les yeux pour constater que l'artiste avait fermé les paupières et plaqué son poing contre sa bouche. Son visage était crispé comme sous le coup d'un effort intense. James se sentit si maladroit soudain qu'il retira immédiatement sa main. Il ne savait pas s'y prendre, c'était là la preuve. Henryk ouvrit alors des yeux étonnés. James, confus, ne savait pas comment justifier son manque d'expérience. Il commença à s'écarter, à s'excuser, ne sachant que faire de ses mains et de tout son corps.

— Pardon, je… je n'ai jamais… enfin… c'est-à-dire, si, mais… pas… pas avec, s'embrouilla-t-il

Henryk saisit doucement ses épaules, très sérieux soudain.

— James. James, *aniołku*[31], regarde-moi.

Mais le jeune homme n'y parvenait pas, il avait affreusement honte de son inexpérience. Henryk continua :

— Tu es parfait. Tu n'as pas idée de l'effet que tu me fais. C'est juste que… je ne veux pas te brusquer, même si ça me torture. J'ai tellement envie de toi que je vais en devenir fou, termina-t-il dans un soupir attendri.

James, qui avait relevé le regard, était proprement ébahi. Du désir, naturel et simple, de l'attirance. Dans les yeux d'Henryk, il n'y avait pas de jugement, pas de dédain, pas de mépris. Il n'y avait que cette soif de lui. Elle lui donnait le droit d'être enfin lui-même et d'oser s'aventurer vers cette curiosité nouvelle. Il sentit que l'immense poids fait de gêne et de honte, qui l'écrasait jusqu'à cet instant, disparaissait comme une tour faite de sable, balayée par ces quelques mots. Cet homme était sa clé, sa liberté, celui qui pouvait l'éveiller à lui-même. Les barrières de doutes et de scrupules qui protégeaient son cœur depuis si longtemps s'envolèrent très loin. Et il éclata de rire.

***

---

31 « Mon ange » en polonais

Ce rire. Si je pouvais l'entendre chaque jour de ma vie, pensa Henryk en contemplant l'hilarité de son amant.

Le son, si léger et vivant, lui réchauffait le cœur et faisait rentrer la lumière dans la mansarde obscure.

James prit un air délicieusement espiègle. Il arqua un sourcil, le coin de la bouche relevé en un demi-sourire, et posa doucement ses paumes, douces, chaudes, sur son torse. Le jeune homme se coula contre lui, semblant se plier pour accueillir un baiser, puis le poussa soudainement sur le matelas, sur lequel Henryk tomba lourdement, les yeux écarquillés.

— Bien, Monsieur l'Artiste bohème, puisque vous ne pouvez patienter, je me vois dans l'obligation de hâter la chose !

James ôta sa chemise d'un seul geste, un brin maladroit, et la jeta négligemment contre une pile de feuilles à dessin, qui s'éparpillèrent mollement. À présent totalement nu, d'une beauté insolente dans la lumière dorée de la lampe à pétrole, James s'assit à cheval sur les jambes de son amant et entreprit de lui retirer son pantalon. Henryk, d'abord trop surpris pour faire le moindre mouvement, pensa malgré tout à se soulever un peu pour permettre au tissu de passer la courbe de ses fesses. Lorsque son sexe gorgé de désir fut libéré de la contrainte du vêtement, il ne put s'empêcher de pousser un grognement de contentement en se cambrant voluptueusement. Son mouvement fut stoppé par James, qui avait posé ses deux mains sur ses cuisses et le plaquait ainsi contre le matelas. Il soutenait son regard, mettant Henryk au défi de tenter de se libérer. Ensorcelé comme il l'était, celui-ci ne fit pas un geste.

Les deux paumes remontèrent lentement le long de ses jambes. James se pencha et ses lèvres suivirent le chemin de ses mains. Il était dans une position diablement érotique, à demi accroupi comme un chat qui dévore sa proie, les muscles de son dos, la courbe de ses reins soulevés en une dune de peau claire. Il était beau à se damner et Henryk ne bougeait plus d'un pouce, noyé dans une intense contemplation.

Le jeune homme embrassait ses jambes, touche par touche, le bout de son nez explorant la peau, remontant jusqu'au creux de ses cuisses, jusqu'à ce que sa joue vienne frôler son érection. Il enfouit alors son visage dans l'ombre de son bas-ventre puis, délicatement, parcourut de sa langue toute la longueur de son sexe, de la racine jusqu'au bout, s'attardant là plus longuement pour goûter son désir dont une goutte avait perlé. Ces délicieuses lèvres rouges vinrent sucer timidement son gland, puis, formant un large « O », le happèrent profondément.

À cette seule vue, Henryk manqua d'atteindre l'orgasme. Il se demanda brièvement s'il devait fermer les yeux pour tenter de se calmer, mais cela lui était impossible. Il ne pouvait détacher son regard de cette bouche gourmande qui l'avalait en longs mouvements de va-et-vient. Il ne put qu'agripper le matelas de toutes ses forces et dompter avec difficulté ses hanches pour qu'elles ne viennent pas, par réflexe, forcer cette gorge offerte, cette humidité brûlante dans laquelle il voulait s'enfouir, se déverser.

Dans la chambre silencieuse résonna un long râle de plaisir. Henryk, un peu groggy, osa s'avouer intérieurement qu'il en était l'auteur. Il était très rare qu'il manifeste ainsi son plaisir. James, surpris, avait relevé les yeux et stoppé son mouvement. Et Henryk, d'abord sonné, reprit progressivement ses esprits et contempla son jeune amant. Celui-ci l'interrogeait de son regard d'azur, tenant toujours dans sa main blanche la base de son sexe dressé, dont l'extrémité d'un rouge humide reposait sur ses lèvres brillantes de salive.

Il était magnifique. Dans la demi-pénombre de ce taudis d'artiste, il ressemblait à un modèle du Caravage[32] : un ange déchu en clair-obscur. Henryk retint son souffle. L'évidence venait de lui agripper le cœur.

Je l'aime.

Dans son esprit, tout disparut. Il n'y avait absolument plus rien. *Je l'aime*, se répéta-t-il. Cette pensée, ce sentiment contre lequel il avait tant lutté était là : unique, vital, l'emplissant totalement. Une lumière aveuglante qui engloutissait son âme. Il sentit les larmes lui noyer les yeux et sa gorge se nouer.

— Henryk… ?

James. Son ange. Il était inquiet, il ne savait pas, il ne pouvait pas savoir ni comprendre qu'il venait de le tuer et de le sauver dans la même seconde. Henryk lui attrapa vivement le bras et l'attira à lui pour l'enlacer, pour l'avoir dans ses bras, pour le garder, le protéger, pour toujours. Il l'embrassa longuement, devinant les traces du goût de son propre plaisir sur les lèvres qu'il adorait.

Je l'aime, je l'aime. Pitié, ne me le prenez pas, ne me laissez pas le perdre.

Henryk enfouit son visage dans les mèches ébouriffées. Elles étaient encore humides. Il respira lentement, cherchant à s'apaiser. Sa raison regagna, encore fragile, l'asile de son esprit. Il s'y raccrocha tant bien que mal. Contre sa hanche, il sentit la présence ferme et impatiente du sexe de son amant. Il souleva alors doucement le genou pour venir caresser de la cuisse ce membre durci par l'excitation.

---

32 Le Caravage, peintre italien mort en 1610, est très apprécié au XIXe siècle. Il est connu pour ses choix de modèles masculins, toujours des éphèbes bruns aux lèvres gourmandes, et surtout pour ses clairs-obscurs : des ombres violentes et crues qui accroissent la sensualité des chairs.

Un long gémissement accueillit son geste. Il parcourut alors du bout des doigts ses reins, puis caressa les globes de ses fesses. Enfin, il glissa sa main entre leurs corps étroitement enlacés et empoigna leurs deux érections. James enfouit son visage au creux de son cou et sa respiration se fit plus hachée. Ainsi, à présent, libre de toute pudeur, il lui confiait ses désirs. Henryk sentit son cœur se gonfler de tendresse. Il commença en de lascives caresses, tendres d'abord, puis plus fermes, à masser leurs chairs brûlantes en un même mouvement de plus en plus rapide.

La fraîcheur de la chambre avait disparu, il n'y avait plus que la chaleur de leur peau couverte de sueur. Il n'existait plus de bruit que celui de leur souffle. Au creux de son oreille, Henryk perçut bientôt, douce litanie, la voix de James qui murmurait son nom encore et encore.

Alors, dans la solitude de leur refuge sous les toits, au milieu de cette nuit d'hiver, il n'y eut plus rien que leur plaisir, seul guide en ces terres indomptées, jusqu'à ce que la caresse les emporte très haut, jusqu'à ce que leurs nerfs s'embrasent, que leurs raisons lâchent prise et qu'ils s'abandonnent l'un à l'autre. Enfin.

Chapitre 8

L'aube n'était pas encore là, mais une pâle lumière blanche baignait déjà le ciel de Paris. James s'éveilla doucement. Il frissonna, son épaule nue était découverte et il avait froid. Il grogna en tentant de se pelotonner davantage dans les draps. Son matelas sentait étrangement la poussière et il ne reconnaissait pas l'odeur de son oreiller. Sa conscience mit quelques instants à lui rappeler qu'il n'était pas dans sa chambre, pas dans son lit, pas dans son quotidien de jeune bourgeois des beaux quartiers. Il ouvrit grand les yeux, le cœur battant la chamade. Tout lui revint en cascade : le cabaret, la pluie, Henryk, la mansarde, ses mains sur lui et sa bouche sur…

Dieu du ciel !

Il se redressa d'un coup. Le drap de toile et la rugueuse couverture, qui le couvraient à moitié, glissèrent sur sa taille. Il était resté nu.

— Bonjour, mon ange.

James se tourna vivement dans la direction de la belle voix chaude qui venait indubitablement de s'adresser à lui. Henryk était assis par terre près de la fenêtre, il n'était vêtu que de la chemise que son jeune amant avait portée la veille au soir. Une de ses longues jambes nues était étendue sur le parquet, l'autre, repliée, supportait un grand carton à dessin. Autour de lui s'éparpillaient des dizaines de feuilles de papier couvertes de croquis.

— Tu n'as pas dormi ? demanda James, un peu gêné sans savoir pourquoi.

L'artiste lui sourit et posa son dessin sur le parquet.

— Très peu, je ne pouvais pas… j'étais trop plein de toi.

Les yeux gris d'Henryk se perdirent un instant dans la contemplation des esquisses dispersées dans la pièce. James suivit son regard et remarqua qu'elles n'avaient qu'un seul modèle : lui. C'était sa nuque, son buste, son visage, ses yeux, son corps tendu par le plaisir. Lui sublimé en mille traits de crayon. Il sentit les restes de sa pudeur lui monter aux joues. Il s'empourpra et, par réflexe, ramena le drap autour de lui. Son geste ne passa pas inaperçu.

— Ah non ! Les modèles des artistes bohèmes n'ont pas le droit d'être timides !

Henryk, imitant l'approche d'un prédateur en chasse, se glissa à quatre pattes jusqu'au matelas, où James l'accueillit en riant lorsqu'il le renversa sur le dos. Il ne put s'empêcher de l'attirer davantage à lui, emmêlant ses doigts dans la tignasse aux reflets blonds de celui qui le couvrait de baisers. Son début de barbe venait râper contre la peau tendre de son cou. Il trouva la sensation électrisante.

— Les modèles ont-ils le droit d'être habillés lorsqu'ils ont froid ? osa-t-il.

Henryk l'embrassa alors sur la bouche avec gourmandise tout en glissant ses paumes le long de sa taille.

— Les modèles n'ont jamais froid ! lui rétorqua-t-il, faussement outré.

Il le chatouillait plus qu'il ne le caressait et James, gagné par la légèreté du moment, se tortilla pour lui échapper, jouant à se débattre. Henryk finit par lui saisir les poignets, qu'il plaqua contre le matelas, et entreprit de suçoter le lobe de son oreille. Ce qui n'empêcha pas le jeune homme, quoiqu'en haletant un peu, de continuer à parler :

— Ah oui ? Et par quel miracle… cela est-il possible ?

De la langue et des lèvres, Henryk parcourait maintenant son torse, et son haleine chaude, caressant sa peau fraîche, le fit frissonner. La réponse qui lui fut livrée s'entrecoupa de baisers de plus en plus sensuels :

— Ils n'ont jamais froid, car… les artistes de talent savent… comment les réchauffer.

James voulut répliquer à cet argument ridicule, mais le son qui s'échappa de sa gorge se transforma en grognement de plaisir. Henryk avait libéré ses poignets et mordillait à présent son aréole tout en le masturbant lentement.

— J'adore avoir le dernier mot, dit-il, tout sourire, en abandonnant le téton mouillé de salive.

Il suivit alors de la bouche une ligne allant du ventre de James à son nombril, puis à son aine. Et lorsqu'il saisit l'extrémité de son érection entre ses lèvres, le jeune homme perdit définitivement l'usage de la parole.

***

Il était bientôt 9 heures et le jour envahissait les rues. La lumière du soleil d'hiver chassait la brume épaisse installée pendant la nuit. Montmartre s'éveillait, groggy de vin et de bohème. Tavernes et cabarets cuvaient leur folle soirée derrière des portes closes.

James, malgré le froid qui perçait par les portières peu étanches du fiacre, avait encore le rouge aux joues. Et même ses vêtements, humides de la veille, ne parvenaient pas à refroidir la délicieuse chaleur qui le parcourait. Il y avait à peine quelques minutes, il était dans les bras d'Henryk, dans sa chambre d'artiste sous les combles d'une maison montmartroise. Les coups de cloche d'une église lointaine les avaient brutalement arrachés à leur étreinte et James, prenant conscience soudainement de l'heure tardive, s'était habillé en catastrophe. Il lui fallait trouver une voiture pour rentrer chez lui avant le retour de son beau-père. Henryk l'avait reconduit à la hâte sur les grands boulevards.

Qu'il avait été dur alors de ne pas s'embrasser, de ne pas se tenir la main ! Les deux hommes en crevaient d'envie, pourtant. Chaque badaud parisien qu'ils croisaient était un peu leur tortionnaire dans ce jeu de cache-cache avec la bonne morale. Ils parvinrent néanmoins à voler quelques baisers au détour d'une borne-fontaine et même à la portière du fiacre, où Henryk trouva l'excuse de l'aider à monter pour pouvoir l'embrasser une dernière fois. Et quel baiser ! James en avait encore le goût sur les lèvres. Il maudit la grandissante succession d'instants et de mètres qui le séparaient des mains de son amant, de sa bouche, de sa peau. Son odeur l'enveloppait encore délicieusement tandis que les roues du fiacre cahotaient sur les pavés. La voiture s'arrêta devant l'hôtel particulier des Aylin et le chauffeur grogna quelque chose lorsque James descendit. Encore dans les effluves de sa nuit, il lui remit le prix de sa course sans prêter attention à la mauvaise humeur du cocher. Il passa discrètement par l'entrée des domestiques, qui s'ouvrait sous le porche où se garaient les calèches.

Ce fut à cet instant que le froid de décembre lui arracha un frisson. Celle d'Ernest était là. Il n'échapperait probablement pas à un sermon.

Affamé, il fit un détour par les cuisines, mais au lieu de l'ambiance affairée qu'il s'attendait à trouver parmi les domestiques, il ne tomba que sur un silence gêné. Le cuisinier et une petite bonne lui envoyèrent un regard incertain. Des éclats de voix résonnaient dans le hall. Il reconnut celle, tonnante, de son beau-père :

— Mais je fais encore ce que je veux chez moi ! Et vous, je vous préviens : vos jours dans cette maison sont comptés aussi si vous persistez à me tenir tête !

James monta l'escalier de service et parvint sur la scène où se tenait l'esclandre. Ernest Autiero, écarlate, menaçait Miss Meryll de la main tandis que Lisbeth, derrière elle, avait les yeux pleins de larmes. À peine le jeune homme eut-il fait un pas dans la pièce qu'ils se tournèrent tous vers lui.

— Ah ! Le voilà, celui-ci ! gronda Ernest.

James s'approcha sans baisser le regard. Bien conscient que son accoutrement de rapin transi ne devait pas jouer en sa faveur, il mit tout son aplomb dans sa première réplique :

— Qu'avez-vous fait à ma sœur pour qu'elle soit en larmes à 9 heures du matin ?

Son beau-père eut les yeux qui manquèrent de sortir de leurs orbites. Il se tourna vers les deux femmes en hurlant, les prenant à parti :

— Et voilà comment il me parle, l'Insolent ! Regardez-le, Helen ! Bel exemple pour votre si « douce » élève que son dégénéré de frère qui revient au petit matin habillé comme un gueux et puant la débauche à plein nez ! Et la veille de Noël encore !

Il s'adressa de nouveau à James, cette fois sur un ton méprisant :

— Votre sœur ? Mais votre sœur a toutes les raisons d'être en larmes, il lui suffit de vous voir pour en mourir de honte.

La jeune fille sanglotait. Et c'est sa perceptrice qui prit la parole d'une voix glaciale :

— Mademoiselle Lisbeth est en larmes, car, il y a moins d'une heure, Monsieur votre beau-père a renvoyé Évariste.

— Vous, on ne vous a pas sonnée, explosa Autiero. C'est la dernière fois que je vous reprends ! À la prochaine insolence, vous finissez sur le trottoir, et croyez-moi, vous y apprendrez à vous taire et à accepter les gifles !

La jeune femme serrait les dents pour ne pas répliquer. Elle prit sa protégée dans ses bras. James n'eut pas le même flegme. Il haussa le ton :

— Pourquoi l'avez-vous renvoyé ! Cet homme travaillait pour nous depuis huit ans ! Et il n'a jamais démérité notre confiance.

Ernest s'approcha alors de James, soufflant par les narines comme un taureau prêt à charger. Il lui cracha sa réponse au visage d'une voix altérée par la rage :

— Je n'ai rien à vous justifier, jeune homme ! Combien de fois faudra-t-il vous rappeler que vous n'êtes pas le maître dans cette maison ?

James crispa la mâchoire, tous ses muscles tendus pour répondre.

— James ! Il l'a renvoyé parce qu'Évariste refusait de lui dire où tu étais parti hier soir ! lança Lisbeth entre deux sanglots.

Leur beau-père se retourna vers elle, furieux. James crut qu'il allait la gifler. Pour prévenir cela, il préféra intervenir aussitôt d'une voix ferme :

— Helen, emmenez Mademoiselle se reposer dans sa chambre !

Cependant, sa jeune sœur ne l'entendit pas de cette oreille et protesta immédiatement :

— Mais, James, je n'ai…

— Lisbeth, monte dans ta chambre tout de suite ! lui ordonna-t-il.

Elle ouvrit de grands yeux éberlués. Il ne lui parlait jamais sur ce ton-là. Sa perceptrice la prit doucement par le bras et l'emmena sans plus de contestation. Le dernier regard que lui envoya Lisbeth, avant de monter le grand escalier, était empreint de la plus profonde déception. Une fois que les deux femmes eurent disparu à l'étage, il se planta devant Autiero, qui avait pris dans l'intervalle un air satisfait. Était-ce la fatigue ou l'exaspération, probablement un mélange des deux, mais James ne put se contenir plus longtemps :

— Qu'est-ce que vous me voulez, à la fin ? Et ne me dites pas que c'est votre pseudo-sollicitude paternelle qui vous a mis dans un tel état d'inquiétude que vous avez cru nécessaire de renvoyer Monsieur Faustin la veille de Noël !

— Il n'a pas voulu me répondre, il n'a pas voulu m'obéir et je. Ne. Tolère. Pas. Ceux qui refusent de m'obéir ! gronda son beau-père.

— Je ne vous obéirai pas, ma sœur ne vous obéira pas, et qu'allez-vous donc faire ? Nous jeter sous les ponts de Paris ?!

Ernest inspira profondément par le nez, avant de répliquer d'un ton étrangement calme :

— Pour votre sœur, l'affaire est conclue : elle épousera Charles Thomas.

— Rien n'est conclu ! Je n'ai pas donné mon accord à ce monsieur ! renvoya James immédiatement.

— Je sais ! tonna Autiero.

Il se reprit à grand-peine, sa voix, néanmoins, restant tranchante :

— Je sais que vous l'avez envoyé paître. Je sais que vous vous êtes comporté avec lui avec la plus méprisable arrogance, comme vous savez si bien le faire pour éloigner de votre sœur adorée les rares partis convenables que je parviens péniblement à lui trouver.

— « Convenables » ! De parfaits arrivistes, quatre fois trop vieux pour elle, puant de concupiscence ! Elle est belle, intelligente, elle a un nom respectable et si vous n'étiez pas entré dans nos vies, elle aurait encore une dot plus que confortable ! Elle mérite bien mieux que ça !

Devant le ton accusateur de son beau-fils, Autiero finit par s'emporter de nouveau. Il avança vers lui et le fit reculer jusqu'au mur en l'assommant d'accusations :

— Ah oui ? Ah oui ! Mais regardez-vous, à me prendre de haut dans vos frusques de vagabond ! Vous m'avez toujours écœuré. Vous êtes bien comme tous ces Anglais décadents[33], tous ces fils de nobles attardés, vous comptez sur vos rentes, sur vos titres, sur vos pseudos connaissances d'intellectuel feignant, mais vous n'avez aucun mérite, aucun cran !

Autiero écumait littéralement, crachant les insultes à quelques centimètres du visage de James.

---

33 Au tournant du siècle s'éveille pendant quelques années une haine de l'Angleterre chez la classe dirigeante française. Jalousie face à cet empire immense qui n'a pas subi les défaites de la guerre précédente, concurrence de cette société britannique qui brille sur le plan industriel, c'est très souvent que s'exprime dans les salons et les journaux des avis très critiques sur nos voisins anglais.

— Votre nom ? Mais à qui parle le nom d'Aylin ! Et tant mieux, d'ailleurs, il n'y aurait pas de quoi pavoiser. Ah oui, j'en sais, moi, et des sévères sur les frasques de vos ancêtres. Vous avez de la chance qu'un riche entrepreneur comme Charles Thomas trouve quelques intérêts à épouser la fille de votre nobliau abâtardi de géniteur, sans quoi, ce n'est pas avec vos faits d'armes en matière de mondanité qu'elle se dégoterait une bague ! Ah, quand je vous vois avec vos manières de petit lord, j'ai envie de vous faire enrôler ! Vous verriez ce que c'est que de devenir un homme, ils sauraient vous endurcir, là-bas, à l'Armée. Ou mieux : ils vous briseraient. Ce petit air d'insoumis : ils vous le feraient avaler !

James encaissa, stoïque. Devant cette haine hystérique, sa propre colère retomba, noyée de lassitude et de désabusement. Il n'y avait rien là qu'il n'ait déjà entendu, rien qu'il n'ait déjà deviné, même si, par le passé, son beau-père avait préféré traduire ses injures en coups. De la jalousie pure et simple. Il détestait les enfants Aylin, et le jeune James en particulier, pour être nés dans le luxe sans avoir eu à se battre pour gagner leurs galons dans le monde. C'était toujours la même litanie odieuse, les mêmes reproches sur son goût pour les livres, les dénigrements sur sa silhouette fluette ou ses yeux bleus, trop innocents.

Tu es parfait, lui avait dit Henryk.

James serra les poings et attendit que l'orage se vide. D'ordinaire, Autiero s'épuisait rapidement. Et en effet, voyant que James ne réagissait pas, celui-ci arrêta sa diatribe. Le jeune homme en profita pour le contourner comme on esquive un taureau quand l'animal reprend son souffle.

— Bon, je n'en écouterai pas davantage. J'ai mieux à faire que de vous entendre déverser votre bile sur ma famille ou moi, déclara James.

Il tourna le dos à son beau-père et se dirigea vers l'escalier. Derrière lui, Ernest ricana.

— Bien sûr, toujours trop lâche pour m'affronter, juste bon à se mettre à genoux.

James se figea, un pied sur la première marche de l'escalier. Il se revit des années en arrière, les deux mains posées à plat sur le bureau de son beau-père, recevant des coups de ceinture sur les reins jusqu'à ce que la douleur lui fasse ployer les jambes. Jusqu'à ce qu'il tombe, en effet, à genoux. Mais il était majeur, à présent ! Il n'était plus vulnérable. Il pouvait répondre, il pouvait se battre.

Il ne le fit pas. Le combat n'avait aucun intérêt, puisqu'aucune victoire n'était envisageable. Cet homme aurait le dernier mot, et il l'aurait tant que James n'aurait pas assuré l'avenir de sœur. Il y avait trop à perdre à tenter de se défendre. James reprit son ascension, sans un mot. Son beau-père ne se tut par pour autant :

— À croire que vous aimez ça ! Vous soumettre. On sait comment finissent les faibles comme vous ! Il y a quelque chose de pervers là-dedans, je l'ai tout de suite su en vous voyant ! J'avais prévenu votre mère, d'ailleurs, avec vos mines de pucelle qui n'attend que...

La voix raillarde de son beau-père continua de lui coller à la nuque jusqu'à ce que James atteigne sa chambre, mais il n'écoutait déjà plus. Son esprit était entièrement noyé d'amertume. Toute la douceur de son réveil avait été rongée par cette gangrène nauséabonde. Une fois la porte refermée, il s'écroula sur son lit.

Un lâche. Un mauvais frère. Et un inverti par-dessus le marché.

James était épuisé. Malgré la faim et la frustration, il s'endormit aussitôt.

***

James se réveilla avec un violent mal de crâne. À la lumière qui baignait sa chambre, il devina que cela devait être déjà la fin d'après-midi.

Il se leva, groggy de ce sommeil sans rêves, et se passa la main dans les cheveux afin de les dompter un peu. C'était peine perdue. Ses vêtements de la veille, sentant encore l'humidité, lui collaient à la peau. Il ressemblait en tout point à l'image que son beau-père se faisait de lui : un gamin pitoyable et faible.

« Tu es parfait. »

James esquissa un sourire triste en repensant aux mots tendres de son amant. Qu'il semblait loin ce matin au creux des bras d'Henryk. Cet homme qu'il connaissait depuis à peine quatre jours lui manquait atrocement. Cette fragile liberté, qu'il avait seulement goûtée, était si délicieuse. En s'arrachant à cela, c'était comme si on lui avait tranché des ailes qu'il ne se savait même pas avoir. Hélas, les songes n'avaient qu'un temps, et sa vraie vie était bien là, elle. Et il devait l'affronter, à commencer par le repas de réveillon. Il prit le temps de se laver, de se raser et de se changer. Puis il se dirigea vers la chambre de Lisbeth. Il frappa doucement à la porte. Au bout d'une longue minute, c'est Miss Meryll qui lui ouvrit.

— Monsieur, j'en suis désolée, mais Mademoiselle est indisposée, elle ne souhaite voir personne.

James sentit un poids descendre dans son estomac.

— Elle ne veut même pas se joindre à nous pour le dessert ? demanda-t-il faiblement.

Il avait besoin de sa sœur, c'était puéril sans doute, pourtant, dans des moments de profond abattement comme celui qu'il était en train de traverser, il avait besoin de sa lumière pour chasser les ombres. La gouvernante lui rendit un sourire plein de compassion.

— Hélas, elle refuse de sortir de sa chambre. J'ai essayé de la raisonner, mais elle ne veut rien entendre.

James remercia la préceptrice, il ne savait pas trop pour quoi, pour son sourire peut-être, et il descendit au salon. Il n'y trouva personne. Le repas n'était même pas servi. Sur la table de la salle à manger l'attendait une missive écrite sur un papier orné d'un liseré d'or.

« Cher beau-fils,

Ne vous voyant pas paraître, j'ai permis à nos gens de prendre le souper maigre en début de soirée afin qu'ils puissent aller à la messe de l'Avent. Ce soir, Madame Pearl Binckes, la veuve, comme vous devriez le savoir, du célèbre collectionneur John Binckes, m'a fait l'honneur de me convier à son repas de réveillon de Noël. C'est une dame de la plus estimable respectabilité et une proche parente de Monsieur Thomas. C'est d'ailleurs lui qui, malgré votre déplorable attitude à son égard, a daigné généreusement jouer les entremetteurs pour que je puisse être invité. J'espère parvenir, à la faveur de ce repas, où il sera présent, à l'assurer de l'intérêt particulier qu'il aurait à s'unir à votre sœur, qui porte, malgré tout, un nom qui fait encore son effet, pour asseoir la dignité de son entreprise. D'ici mon retour, je vous conseille de calmer les réticences de cette ingrate demoiselle pour le bien de son avenir et du vôtre.

E. Autiero »

La main crispée sur la lettre de son beau-père, James s'assit à l'un des angles de la longue table de réception en chêne. Elle semblait si froide avec sa nappe blanche immaculée et son unique chandelier en argent au centre. Et toute la pièce lui paraissait vide malgré la décoration surchargée de dorures et de breloques, malgré l'armée de meubles de style et les tableaux s'empilant jusqu'au plafond, malgré les épais tapis et les lourds rideaux de velours cramoisis ; tout était vide, froid et lui était seul, désespérément seul.

***

La journée du 25 décembre 1899 fut brumeuse. L'hiver avait décidé de tomber sur la ville en de longues langues de froid givrant. Dehors, pas âme qui vive. Paris était glacée.

C'est le matin de Noël, constata James en se levant.

Cela ne lui réchauffa pas le cœur. Le sentiment de vide qui l'avait gagné la veille ne semblait pas vouloir le quitter. Il avait l'impression d'être un pantin aux fils coupés, un être sans but à atteindre, sans avenir à anticiper. Le déjeuner de famille en compagnie d'Autiero se passa lui aussi « sans » : sans esclandre, sans remarque, sans même une parole. Ni Lisbeth ni leur beau-père ne desserrèrent les dents et James n'eut pas l'énergie d'entretenir une conversation de complaisance à lui tout seul. Chacun vida son assiette en silence. Les festivités et les cadeaux n'étaient pas à l'ordre du jour. Malgré tout, il voulait passer du temps avec sa sœur, lui parler et essayer de lui expliquer ses intentions, mais la jeune fille s'esquiva dès la fin du repas et ne reparut pas au dîner. Entre-temps, Ernest avait décrété qu'il partait pour quatre jours chez un de ses associés.

***

Ce ne fut que le lendemain matin que James parvint à s'entretenir un peu avec Miss Meryll, notamment à propos d'Évariste, dont la situation précaire le taraudait depuis deux jours. Il confia à la préceptrice une petite somme d'argent et une lettre de recommandation élogieuse, à remettre à leur ancien employé dès qu'elle en aurait la possibilité. Il s'en voulait que le loyal domestique ait eu à subir les conséquences de la colère de son beau-père. De savoir que son escapade de la veille avait coûté sa place à cet homme dévoué l'emplissait de culpabilité et de frustration.

Pour s'occuper l'esprit, il passa également en revue avec Helen Meryll les préparatifs pour le bal du Nouvel An. Celui-ci serait donné au rez-de-chaussée de l'hôtel particulier de l'avenue de Passy. Les grandes portes de la salle de réception, du salon et du hall seraient ouvertes, et les pièces vidées de leurs meubles pour permettre aux invités de circuler aisément. Un pianiste ainsi que deux violonistes seraient embauchés pour donner une plaisante note musicale à la réception. Mais il n'était pas question de danser, ou seulement une ou deux valses le temps que les jeunes gens invités fassent connaissance. On picorerait de délicats amuse-bouches tout le long de la soirée en devisant entre gens du monde. Le jardin d'hiver serait libéré également pour permettre aux dames de s'asseoir au calme. Près de cent vingt personnes étaient attendues, toutes extraites du gratin du cercle des expatriés anglophones parisiens. Tout était prévu et cadré au mieux. James y avait veillé, d'autant que la plupart des frais seraient amputés de son héritage. Une somme dispendieuse qui allait donner le coup de grâce à ce qui lui restait d'économies. Tant pis, il n'avait pas le choix de toute façon. Lisbeth ferait ses débuts ce soir-là, aucune fausse note ne pouvait être admise : il fallait qu'elle soit rayonnante pour ses potentiels prétendants.

Tandis qu'il détaillait par le menu chaque élément de la soirée, Helen le regardait de ses beaux yeux bruns. Elle semblait plus pensive qu'à l'ordinaire, presque triste. Elle n'avait rien dit et se contentait d'acquiescer à ses propositions.

— Mademoiselle a bien de la chance d'avoir un frère si soucieux de son avenir, finit-elle par commenter.

James lui répondit dans un sourire.

— Je veux de tout mon cœur qu'elle soit heureuse.

— Mais sera-t-elle heureuse dans le rôle d'épouse sage et dorlotée ?

Le jeune homme en resta une seconde bouche bée. Pourtant, il n'y avait rien de vraiment surprenant à cette réplique, la préceptrice avait l'habitude de faire de petites remarques et de donner des conseils discrets. Elle était presque devenue un membre de la famille, depuis six ans qu'elle œuvrait dans cette maison. C'est pourquoi il voulut se justifier :

— Je sais que ce n'est pas l'avenir dont rêve ma sœur. Elle a toujours eu l'esprit très libre, et avec tout ce qu'on entend sur ces jeunes femmes qui partent à l'aventure[34]... C'est vrai que de nos jours... ce sont probablement des modèles bien tentants, mais enfin, ce sont des vies impossibles. Lisbeth ne le voit peut-être pas maintenant, parce qu'elle est jeune, mais...

— Ma « jeunesse » sera-t-elle toujours TON excuse pour décider de MA vie à ma place ?

James se retourna, surpris. Sa sœur se tenait sur le pas de la porte du salon. Elle avait les bras croisés sur la poitrine, et son visage exprimait un mélange d'irritation, de défi et de colère. Le jeune homme, d'abord heureux de la voir enfin après trois jours de mutisme, fut peiné par son ton acide.

— Je suis responsable de toi. Je fais ce qui est le mieux dans les circonstances où nous sommes. Tu sais qu'Autiero ne me laisse pas le choix.

---

34 Au tournant des XIXe et XXe siècles, celles qui seront les fers de lance des premiers mouvements pour les droits des femmes font entendre leurs voix. Marguerite Durand fonde le journal féministe *La Fronde* en 1897. Elle est rejointe par des pionnières de l'émancipation des femmes : la journaliste Séverine, l'éducatrice Pauline Kergomard, l'astronome Dorothea Klumpke, l'avocate Jeanne Chauvin, et tant d'autres.

Lisbeth fit un pas dans la pièce et répondit avec exaspération :

— Le choix ! Mais on a toujours le choix ! C'est ça que tu ne veux pas voir, James. On a toujours le choix, il ne te manque que le courage d'assumer TES choix !

— Ne me parle pas de courage, petite sœur, tu ne sais rien de ce que je traverse, tu ne sais rien de ce contre quoi je me bats, quand toi tu vis une existence calme et protégée.

La jeune fille avala sa salive, souffla par le nez et répliqua de plus belle :

— Oh oui, quel « calme », vraiment ! Mais crois-tu que je sois aveugle et sourde ? Crois-tu que je n'entends pas quand cette brute te hurle toutes ses horreurs ? Et que je n'ai pas honte pour toi quand il te traite de lâche et de… de ces noms immondes, et que tu ne répliques même pas !

— Mademoiselle, ce ne sont pas des choses à dire à son frère, intervint Helen, et sa protégée se calma quelque peu.

James blanchit. Évidemment que sa sœur avait été témoin d'esclandres présentes et passées, évidemment qu'elle avait entendu le plus fort des hurlements lorsqu'Autiero se défoulait sur lui dans le bureau. La porte fermée n'avait pas pu tout conseller. Lisbeth avait-elle également perçu ses pleurs à lui ? Après ? James espéra que non, car de cela, oui, il avait honte.

— Je n'ai pas les mêmes responsabilités que toi. Avant de foncer tête baissée pour défendre ma fierté outragée, je dois d'abord penser à toi et à ton avenir.

La jeune fille lâcha un soupir aigre.

— Toujours le même discours, tu te sers de moi pour justifier ton manque de courage.

— Comment peux-tu être aussi injuste ? Entre ma liberté et ton bonheur, j'ai choisi depuis longtemps, ce n'est pas de la lâcheté, c'est être responsable.

— Mon bonheur ! Mais, James, j'étouffe dans cette maison, j'étouffe dans cette cage dorée où on m'enferme, je ne comprends même pas que tu ne sois pas déjà parti faire ta vie maintenant que tu le peux. À ta place, je n'aurais jamais enduré tout cela sans broncher.

Elle le regarda alors avec quelque chose comme de la pitié dans les yeux. Cela, bien plus que le reste, lui fit atrocement mal. Il avait une boule dans la gorge et la plus grande difficulté à trouver quoi lui répondre. La préceptrice, qui s'était tenue en retrait, interrompit alors leur échange :

— Mademoiselle, vous devriez monter dans votre chambre pour vous apprêter. Je vous rappelle que cette après-midi, nous devons passer chez le gantier pour acheter vos nouveaux atours pour le bal. Nous partons d'ici une heure.

Lisbeth soupira et, considérant sûrement qu'elle n'avait rien de plus à ajouter, quitta résolument la pièce.

— Je ne suis pas à la hauteur de ce que l'on attend de moi. Je ne l'ai jamais été, semble-t-il, constata James d'une voix éteinte, au départ de sa sœur.

Miss Meryll, qui s'était levée pour suivre son élève, revint sur ses pas et s'approcha gentiment de lui. Son ton se fit presque maternel :

— Vous êtes tous deux des jeunes gens forts et intelligents. Vous avez le même caractère indépendant et des ambitions. Votre sœur arrive à un âge où elle commence à pouvoir les saisir. Elle ne s'embarrasse déjà plus guère des convenances et des contraintes de notre société. Bientôt, elle volera de ses propres ailes. Peut-être pourriez-vous à votre tour faire fi de ces obstacles et poursuivre vos propres rêves.

Il la regarda, l'esprit rongé par l'amertume et la résignation.

Mes rêves ? Si elle savait.

— Je n'ai pas d'ambition, miss Meryll. Et pour mes rêves ? Disons que je n'ai pas le droit d'y prétendre.

— Alors, prenez ce droit, volez-le s'il le faut !

Chère Helen, elle avait toujours été bien trop révolutionnaire pour une gouvernante anglaise. Il lui sourit avec tristesse.

— Vous n'évaluez pas les conséquences de ce que vous me conseillez.

Elle soupira comme devant un élève obstiné qui refuse de résoudre un exercice trop simple.

— Vous avez droit à votre liberté, vous aussi. N'attendez pas que votre beau-père étouffe ce qu'il reste de votre joie de vivre. N'attendez pas de n'avoir plus que des regrets.

— Et si je suis trop lâche pour prendre cette liberté ?

— Vous n'êtes pas lâche, Monsieur Aylin, vous ne l'avez jamais été. Il vous manque simplement un des traits fondamentaux de la jeunesse : l'espoir.

La jeune femme quitta la pièce sans un bruit, laissant James seul avec le chaos de ses pensées.

Sur le buffet décoré de marqueterie de bois fins, la grosse horloge dorée sonna les midis.

Chapitre 9

Au matin de ce mercredi 27 décembre 1899, Paris s'était couverte de neige. Pas un lourd manteau de flocons, mais un fin voile de glace qui donnait à la ville une belle harmonie blanche, figeant pour quelques heures tout en une même teinte : la boue des ruelles pauvres et les pavés des boulevards cossus.

Il faisait froid. Pourtant, en ouvrant la fenêtre de sa chambre pour goûter à l'air glacé, Henryk avait eu l'impression que son cœur se réchauffait.

Il était heureux. Infiniment, parfaitement heureux. Il avait mis quelques jours à reconnaître ce sentiment de joie de vivre qui teintait tout ce qui l'entourait d'une belle lumière dorée, cette impression de flotter en permanence, d'être inspiré. C'était un état qu'il n'avait plus expérimenté depuis la petite enfance. Cela faisait maintenant trois jours qu'il emplissait ses carnets à croquis de dessins enthousiastes. Les difficultés de sa vie de chasse-misère ne lui pesaient plus, et il portait presque sur les gens et les choses un regard bienveillant.

Comme le ferait James, pensa-t-il, étrangement attendri.

Le travail avait repris après la trêve de Noël et il avait passé la matinée à trimer sur le chantier d'un des pavillons de l'Exposition universelle. Il faisait réellement froid et le gel cruel meurtrissait ses doigts que ne couvrait aucun gant. Il allait devoir se trouver un autre petit boulot, car l'hiver n'était pas près de s'adoucir et il avait besoin de ses mains pour dessiner.

À son retour à Montmartre, épuisé et transi, il tomba sur la brûlante Carmen. Celle-ci le tança copieusement pour l'esclandre du samedi soir au cabaret. Son patron avait failli la faire renvoyer pour avoir fait rentrer les deux trouble-fête. Et elle ne tenait pas particulièrement à reprendre du service au cabaret du Rat Mort[35], où les cadeaux des dames à monocle ne valaient pas tripette. Debout sur le perron et les poings sur les hanches, la danseuse légère jurait haut et fort de ne plus jamais inviter Henryk où que ce soit. Elle monta le ton, jouant les amantes trahies. Devant l'absence de réaction de son voisin, elle changea de stratégie, se fit plus câline et se mit à lui promettre, sans qu'il ait rien demandé, de le suivre où il voudrait s'il acceptait enfin de répondre à ses avances. Elle avait toujours eu, avec lui, cette attitude de séduction mi-feinte, mi-sérieuse, un peu comme si elle tâtait à chaque fois le terrain, comme si elle était une dompteuse de fauves et lui une bête exotique et menaçante. Carmen était une éternelle amoureuse et une éternelle déçue. Ce petit jeu qu'elle tentait avec chaque homme qu'elle croisait mettait toujours Henryk mal à l'aise.

---

35 Le cabaret du « Rat mort » est, avec « Le Hanneton », plus huppé, le quartier général des lesbiennes de la capitale. Les messieurs n'y sont pas acceptés. Faux col, chapeau melon et monocle sont de rigueur.

Il s'excusa pour les turpitudes dont il était pour partie le responsable et entreprit de l'éconduire avec délicatesse : oui, elle était superbe, irrésistible, même, mais, lui dit-il un peu comme une boutade, son cœur n'était plus à prendre.

La demoiselle ouvrit de grands yeux et le poursuivit dans l'escalier pour lui faire avouer le nom de la fieffée paillasse qui lui avait soufflé la victoire. Henryk éclata de rire, lui fit un baisemain théâtral et claqua joyeusement la porte de sa mansarde, la laissant éberluée devant cet accès de bonne humeur, fort peu coutumier chez lui.

Il était plus de midi, il devait se préparer pour aller travailler à Drouot. Dans la mansarde, le plus grand chaos régnait. Les feuilles à dessin s'étalaient sur chaque meuble et couvraient le parquet. Il se décida à ranger un peu, ou du moins à regrouper ses travaux en une même pile. Il garda simplement une esquisse, plus aboutie que les autres, qu'il accrocha au mur à côté d'une affiche du cabaret du Chat Noir[36], qu'il avait arrachée une nuit à une palissade déserte. Les deux images, l'une vivement colorée et l'autre uniquement marquée de fusain noir, ne juraient pas sur la paroi en crépi craquelé.

Henryk s'assit sur le matelas, le dos reposant contre le mur de la chambre, et se perdit un instant dans la contemplation de son œuvre.

Ce portrait, c'était James. James tel qu'il l'avait quitté à la portière du fiacre, après leur dernier baiser, le regard si plein de désespoir à l'idée de leur séparation qu'Henryk avait voulu le retenir, l'enlever, le convaincre de fuir avec lui. Il avait été si beau à cet instant, si intense dans ses émotions que le souvenir de son visage avait hanté l'artiste toute la journée.

---

36 Ce cabaret de Montmartre assura sa publicité au moyen d'affiches dessinées par Steinlen, qui firent sa renommée, et le chat noir sur fond jaune et rouge devint le symbole de la bohème montmartroise.

Je suis tellement naïf, pensait-il à présent avec aigreur.

Soudain, il se prit à replonger dans cette amertume chronique qui s'était passagèrement tue depuis sa rencontre avec James. Le doute, l'obscurité regagnèrent pour un moment du terrain sur son âme. Pourquoi un jeune bourgeois nanti d'une vie de largesse et de facilité voudrait-il l'accompagner dans ses rêves d'art et de bohème ? Comment pourrait-il accepter de vivre dans cette pauvreté pitoyable, à la merci de mauvaises âmes qui iraient les dénoncer à la police au moindre soupçon ? Henryk appuya son crâne sur le mur décrépit et fixa le plafond de sa mansarde rayée de grosses poutres vermoulues. Il inspira profondément.

Il devait se reprendre et arrêter de courir après des chimères. Cela ne lui avait jamais servi à rien de croire aux miracles. Il ne fallait pas qu'il l'oublie. Des images lui revinrent, des sensations... Un autre mois de décembre se dessina dans sa mémoire. À Varsovie, il faisait bien plus froid qu'à Paris. Malgré les années passées, il s'en souvenait comme si c'était la veille. La ville de son enfance, les quelques moments de bonheur qu'il avait réussi à garder précieusement en son cœur venaient de là. Son premier drame aussi.

On avait appelé cela un « pogrom »[37]. Un mot bien trop simple pour nommer une infinité de douleurs. Un jour de décembre, les gens du peuple, leurs propres voisins et clients, pris d'une haine incontrôlable, avaient traîné son père dans la rue devant les yeux horrifiés d'Henryk, encore enfant, et de sa mère. Ils perdirent tout ce jour-là. Le père aimant qui avait toujours été un modèle pour lui, la jolie boutique vandalisée à tel point que plus aucun matériel n'était récupérable et le

---

37   Le pogrom, c'est-à-dire le pillage accompagné de meurtres contre la communauté juive de Varsovie, a eu lieu du 25 au 27 décembre 1881. On recensa 2 morts, 24 blessés et un millier de familles jetées à la rue.

petit appartement qu'ils occupaient au premier, mis à sac. En l'espace de quelques heures, tous leurs souvenirs furent volés, leur intimité familiale piétinée. Lui était si jeune alors, il venait d'avoir neuf ans. Son existence n'avait ensuite plus été qu'une succession d'obstacles, de frustrations, de pertes et de rancunes. Sa confiance en l'homme ? Il n'avait eu de cesse de la voir trahie, méprisée. Pourquoi croire soudain qu'il avait droit au bonheur ? Pourquoi croire qu'il aurait un répit dans ce voyage de vie incertain et perclus de souffrance ?

Je n'ai rien demandé... il est arrivé dans ma vie et moi... je suis simplement tombé amoureux.

Henryk ferma les yeux. Il revit les rues enneigées de Varsovie, le sang de son père répandu sur les pavés devant la vitrine brisée du petit commerce. Et l'exil. Il se souvint de la main de sa mère qui étreignait la sienne, à lui faire mal, lorsqu'ils avaient aperçu les côtes des États-Unis. Et les grues immenses du port de New York, cette ville qui aurait dû être leur asile accueillant.

Aurait dû...

Henryk serra les poings. La fragile lumière qu'était le regard de James, le souvenir de ses lèvres, le contact vibrant de sa peau luttaient désespérément contre l'obscurité de sa mémoire noircie de haine.

Trois coups cognés contre le bois de sa porte le firent sursauter. Était-ce Carmen ? Qu'avait-elle encore à lui dire ? Il se leva en râlant.

Deux autres coups, moins fort, résonnèrent avant qu'il n'ait atteint l'entrée.

— J'arrive, on se calme, grogna-t-il.

Il n'avait même pas eu le temps de se changer et de déjeuner. Il ne fallait surtout pas qu'il soit en retard à Drouot, le patron l'avait à l'œil depuis ses petites insolences de la semaine passée. Le visiteur ne devrait pas lui prendre plus de quinze minutes, sinon il l'enverrait promener. Il enfila rapidement un gilet et atteignit la vieille porte en quatre pas.

En ouvrant le battant, il comprit que la prestigieuse salle de ventes ne le verrait sûrement pas de la journée. Il pourrait sans doute faire une croix sur son emploi de commis là-bas. Il s'en moquait déjà. Rien n'avait plus d'importance. James se tenait devant lui.

Son jeune amant était vêtu comme s'il avait enfilé à la va-vite les premiers habits se trouvant dans son armoire, les cheveux en bataille et les joues rougies. Avait-il couru de Passy jusqu'à Montmartre ? Il n'eut pas le temps de lui poser la question à haute voix.

— Henryk, je t'en prie... il n'y a que toi qui... Je t'en prie, montre-moi !

Il avait le souffle court. Henryk lui saisit doucement la main et lui fit passer le seuil de la chambre. Il referma la porte et le prit dans ses bras. Il se rendit compte que le cœur de James battait si fort qu'il le sentait frapper à travers les couches de tissu de leurs vêtements. Il lui caressa le dos, voulant le réconforter. Après quelques instants, il se décida à lui demander :

— *Aniołku*, mais que puis-je te montrer ?

Au loin, les treize heures retentirent au clocher de Notre-Dame-de-Lorette. James avala une goulée d'air ; il serra les poings et plongea son regard dans le sien, avant de lui répondre d'une voix fragile :

— Montre-moi comment... un homme... force... un autre homme... comment il... il le... comment il le baise.

Ses yeux brillaient de larmes retenues. Le silence qui suivit ces quelques mots était assourdissant. La petite pièce semblait immense, emplie de toute cette détresse, de ces doutes gigantesques, de ces questionnements sans fin. Le son des cloches lointaines qui vint rebondir autour d'eux chargea l'atmosphère de solennité. Le cœur d'Henryk se contracta douloureusement dans sa poitrine. « Forcer », « baiser », les mots pouvaient être si nauséabonds dans leur crudité. De simples mots qui rabaissaient les actes qu'ils désignaient et ceux qui les pratiquaient au rang de pervers immondes. Des mots qui étaient des condamnations et finissaient par traîner les innocents, ceux qui ne faisaient que s'aimer, dans l'opprobre. Il saisit gentiment les épaules de James et l'écarta de lui pour mieux le regarder dans les yeux. Le jeune homme était bouleversé. Henryk haïssait de toute son âme ceux qui avaient insinué cette appréhension fielleuse dans son esprit.

— Non, je ne te montrerai pas ça, répondit-il lentement, ne voulant pas le brusquer et cherchant pour lui-même à apaiser sa colère.

Les larmes commencèrent à couler le long des joues de James. Des larmes aigres de frustration que le jeune homme chassa du revers de la main, visiblement excédé de sa propre faiblesse.

— Henryk, je ne suis pas naïf. Ces désirs, je sais qu'ils sont interdits et je sais qu'ils vont me condamner aux yeux de la société, des lois, de la morale, et si ça doit être le cas, alors je veux savoir pourquoi ! Je veux que tu me montres ce qu'il y a de si abject dans le fait d'avoir envie que...

James ferma les yeux et sa voix s'étrangla. Il termina sa phrase dans un murmure :

— ... que tu me prennes.

Henryk sentit son cœur se fendiller. C'était la confession la plus déchirante qu'il ait jamais entendue. Du pouce, il essuya les chemins de larmes baignant les joues du jeune homme. Il lui baisa le front, doucement, puis les paupières et enfin la bouche. Elle avait un goût salé.

— James, je ne vais pas faire ça.

Celui-ci allait l'interrompre, Henryk l'en empêcha en l'embrassant encore, puis son regard plongea dans les larges prunelles bleues qui étaient réapparues, voilées d'eau.

— Laisse-moi continuer, mon ange. Je ne vais pas te baiser comme la dernière putain des bordels à marins, je ne vais pas te forcer comme une brute sous prétexte que la société croit que les hommes comme toi et moi sont des animaux.

Il prit une profonde inspiration et captura de nouveau ses lèvres tremblantes. Il finit d'une voix douce, mais sûre :

— James, si tu acceptes, si tu le désires, je vais te faire l'amour.

Après cette déclaration, il ne put que retenir sa respiration. James était resté muet. Dans les deux miroirs de ses iris azur, Henryk lisait des pages et des pages d'émotions toutes plus bouleversantes les unes que les autres.

***

Les bruits de la rue parvenaient, étouffés, jusque dans la petite chambre, cette étrange ambiance de réalité discordant avec le moment surréaliste qu'il était en train de vivre.

James, sans répondre, se tourna vers le matelas qui trônait, intimidant, au centre de la pièce. La lumière du pâle soleil de décembre tombait sur les draps blancs froissés, faisant ressembler cette pauvre couche à un autel païen. Il quitta les bras d'Henryk et s'approcha du lit.

Ce sera là que je…

Il se perdit un instant dans un flot de pensées brouillonnes. Une heure à peine le séparait de sa dispute avec sa sœur, des mots d'Helen et de sa propre prise de conscience.

Il désirait cet homme. Et il devait renoncer à ce désir pour tellement de raisons que cela lui donnait le tournis ! En premier lieu pour le bien de Lisbeth, pour son avenir et sa réputation. Entretenir ce genre de liaison était une folie. Si la chose venait à se savoir, c'était le scandale assuré. James n'avait pas le culot des dandys, des mondains, de ceux qui, comme l'insolent Montesquiou[38], savaient faire passer leurs goûts amoraux pour une excentricité à la mode. Non, décidément, James avait toutes les raisons du monde de ne pas se trouver là, dans cette mansarde, sans autre excuse que l'envie irrépressible d'être défloré par un artiste bohème.

Oui, il avait entendu, lu, que la chose, faite avec un homme, était odieuse, douloureuse, avilissante. Les médecins parlaient de perversion mentale, les moralistes de débauches, les journaux se faisaient les choux gras des affaires salaces où de malheureux invertis étaient impliqués. Alors, pourquoi venir ici ? Malgré l'évidente dangerosité d'un tel coup de tête, il n'avait pu refréner ce désir irrésistible. Depuis qu'en lui s'était ouverte cette porte jusque-là ignorée, il ne parvenait plus à s'ôter ces douloureuses questions de l'esprit. Était-il à ce point perverti pour vouloir sciemment souffrir ? Se perdait-on irrémédiablement lorsque l'on s'abaissait à de telles pratiques ? Était-ce cela, être amoureux ? Vouloir l'autre au point d'y risquer sa dignité, sa vie ? James s'était précipité chez Henryk pour trouver les réponses, parce que cet homme ardent auquel

---

38 Robert de Montesquiou, poète et dandy, défraie à l'époque la chronique par ses excentricités, au nombre desquelles on compte son goût sans faute pour la mode et sa vie de couple avec son secrétaire, un bel et jeune Argentin rencontré à Venise.

il avait livré sa confiance était la clé, la première flamme, celui qui avait déclenché le brasier qui consumait son âme. Connaître cette étreinte interdite, c'était peut-être comprendre tout cela. Et si, comme il le craignait, le destin venait à les séparer, il voulait pouvoir chérir ce souvenir au plus profond de son cœur.

Des bruits de pas. Des pieds nus sur le parquet craquant, derrière lui. Une voix douce, tendre, contre sa nuque. James sortit de ses réflexions fébriles.

— Si tu ne le souhaites pas, si tu n'en as pas envie… commença Henryk.

James se retourna vivement et lui plaqua ses mains sur la bouche pour l'empêcher de continuer.

Pas envie !

Mais cette envie le dévorait, au contraire ! C'était le besoin le plus impérieux qu'il ait jamais eu ! Et cela le terrifiait.

C'est un homme.

James inspira longuement pour tenter de chasser son appréhension et fit glisser lentement ses mains sur le visage d'Henryk. Ses doigts dessinèrent la ligne de ses lèvres entrouvertes, puis les angles mâles de sa mâchoire, son cou.

C'est un homme. Et pourtant…

Ses mains continuèrent à descendre jusqu'à la taille de son amant. Il tira sur les pans de sa chemise de toile grise pour la libérer de son pantalon. Puis, glissant ses paumes sous le tissu, il caressa son dos, la cambrure de ses reins, ses abdominaux, son torse.

C'est un homme. Et pourtant… j'ai terriblement envie de lui.

Henryk le regardait faire, de l'émotion plein les yeux. Il l'aida simplement lorsque James voulut ôter la barrière que représentaient encore ses vêtements pour pouvoir explorer tout ce territoire de peau chaude qui l'attirait irrésistiblement. James passa de longues minutes à le découvrir, à le parcourir, à dessiner avec admiration les muscles vifs de sa poitrine. Puis, malgré sa fébrilité, il entreprit de déboutonner le pantalon de son amant. Il tremblait et sa maladresse fit sourire Henryk, qui finit par se défaire lui-même des derniers habits qui le couvraient. Ceux-ci tombèrent enfin au sol. Il était à présent entièrement nu. Nu, beau et si intimidant… James n'osait plus bouger. Il resta, une poignée de secondes, les yeux captivés par la vue de ce corps indéniablement mâle, fait de lignes tranchantes et d'angles marqués, de cette tension de la virilité tout entière contenue dans ce sexe dévoilé se dressant d'un désir partagé. Henryk prit alors la main de James et l'amena à ses lèvres. Il en embrassa la paume, les doigts, puis, défaisant les boutons de sa manche, il découvrit son poignet. Sous la fine peau blanche, le pouls du jeune homme palpitait. Henryk l'effleura du bout de la langue. Il fit ainsi de son autre main, puis fit glisser ses bretelles de ses épaules, déboutonna sa chemise et son pantalon. Ce dernier coula le long de ses jambes, suivi des mains de son amant qui caressèrent voluptueusement la courbe de ses fesses et de ses cuisses. Quand son érection fut libérée de la contrainte du tissu, James frissonna. Henryk était à présent à ses genoux. Il lui ôta ses chaussures, puis leva les yeux vers lui.

Le jeune homme oscillait entre l'appréhension et le désir. Il tremblait, mais ce n'était pas de froid, même si la pièce, très peu chauffée depuis deux jours, était presque glaciale. Être regardé avec une telle intensité était si nouveau pour lui ! Il se sentait dévoré de timidité et de hardiesse, maître et vassal dans un même corps. Comment aurait-il pu ne pas être perdu au milieu de cette tempête.

Henryk l'invita à s'agenouiller sur le matelas, ce que James fit de façon un peu raide, très droit, les mains à plat sur les cuisses comme un élève attendant les directives du professeur. Il repensa à leurs caresses passées, dans cette même chambre, sur ce même matelas. Il se souvenait qu'alors, ses premières pudeurs envolées, tout avait été si naturel, si évident. Les gestes sensuels lui étaient venus instinctivement, guidés par son seul désir. Il lui était étrangement difficile à présent de retrouver cette spontanéité.

Après un fugace baiser, Henryk lui sourit et se leva.

— Mets-toi au chaud dans le lit, je te rejoins tout de suite, il faut simplement que je retrouve quelque chose, dit-il en partant en quête du mystérieux « quelque chose » dans les recoins de la mansarde.

James déglutit et se glissa timidement sous la toile froide des draps ; il tira en même temps la couverture râpeuse sur lui. Il était transi. Sans la présence de son amant, sans ses mains sur sa peau, sans ce désir qui le consumait comme un incendie, son corps redevenait le froid réceptacle d'une âme percluse de doutes. Henryk, à l'autre bout de la pièce, retournait frénétiquement le contenu d'une malle en bois.

— Ah, voilà. Je savais que je l'avais encore !

Il brandit fièrement une petite fiole transparente et revint vers leur couche avec ce butin qu'il posa délicatement au sol avant de se glisser à son tour sous les draps en souriant à pleines dents. L'anxiété de James se dissipa quelque peu. Le sourire de l'artiste était communicatif. En posant les mains sur lui, Henryk fronça les sourcils et s'exclama :

— Mais tu es gelé ! Pardonne-moi. Je suis le pire des hôtes.

Henryk l'enveloppa alors de ses bras et se mit à le frictionner comme on le faisait à un enfant revenant d'une course dans la neige. À ceci près qu'en plus, il le couvrait de baisers sonores, riant entre chaque. James fut immédiatement gagné par une joie réconfortante et il joua bientôt lui aussi à prendre le pouvoir dans ce chahut affectueux. Il n'était certainement pas le plus athlétique d'eux deux, mais comptait bien faire montre d'une énergie significative. Il parvint même à renverser Henryk sur le lit. Les deux hommes finirent entortillés dans les draps, les cheveux en bataille, réchauffés pour de bon.

— Et quelle est cette merveille indispensable à la consommation de ma vertu ? demanda James entre deux rires.

Il voulait parler de la petite fiole.

La réponse ne vint pas tout de suite. Les deux hommes jouèrent encore à s'amuser les sens pour se réconforter, et éloigner le froid et les craintes de James. Au bout d'un moment, leur lutte puérile évolua, subtilement ; plus calme, plus sensuelle, elle se transformait en préliminaires à leur étreinte prochaine. Les mains d'Henryk n'eurent plus besoin que de frôler sa peau pour l'attiser. Elles s'attardèrent sur ses reins, descendirent plus bas et lui arrachèrent des grognements de plaisir lorsqu'elles saisirent, possessives, la chair musclée de ses fesses. Contre son bas-ventre, le membre dur de son amant caressa le sien. Leurs deux sexes étaient pétris délicieusement entre leurs corps étroitement embrassés. Cette sensation de quasi-masturbation lui fit un peu tourner la tête. Alors James emmêla ses jambes à celles de son amant, l'enlaça plus fort, voulant se fondre en lui pour agripper ce plaisir naissant. Sa raison disparut sous les voiles de son instinct et celui-ci lui ordonnait de s'offrir entièrement à cet homme. Il savait, sans l'ombre d'un doute, que c'était là sa seule solution. L'unique route pour pouvoir arracher son âme à la prison d'interdits et de condamnations où il l'avait laissée se faire enfermer.

Les mains aventureuses qui le parcouraient avidement se firent plus délicates. James sentit son pouls s'accélérer violemment lorsqu'Henryk insinua très doucement un doigt entre les deux globes de ses fesses jusqu'à frôler son intimité. La vague de désir qui le submergea soudain lui fit bondir le cœur. Il s'agrippa aux épaules de son amant comme pour se rattraper avant la chute, qu'il sentait si proche. À ce geste, Henryk cessa ses caresses et plongea son regard dans le sien. La paume de l'artiste vint couvrir sa joue ; du pouce, il dessina la courbe de ses lèvres. Ses yeux si clairs étaient noyés de fièvre.

Il répondit enfin à la question que James avait déjà totalement oubliée :

— Il s'agit d'une huile. Elle permet de faciliter ma venue en toi... pour que je ne te fasse pas mal.

Henryk prit une inspiration avant de demander, incertain :

— Souhaites-tu toujours que je te montre ?

***

James avait acquiescé timidement et Henryk, quittant un instant la chaleur des draps, s'était relevé pour prendre la petite fiole, l'ouvrir et enduire sa paume et ses doigts de ce liquide légèrement parfumé.

L'odeur d'oranger lui rappela les soirées enivrantes du sud de la France. Il avait récupéré ce luxueux lubrifiant chez une prostituée d'Aix-en-Provence qui s'était prise d'affection pour lui et l'avait logé quelques mois avant qu'il n'arrive à Paris. L'élégante dame avait toute une pharmacie de produits aphrodisiaques dans son boudoir, dont les fenêtres donnaient sur la place de la vieille ville. Henryk lui avait un peu servi de gigolo, un peu de coursier et parfois de confident. En échange, il avait eu le gîte et le couvert. Malheureusement, une mauvaise toux avait emporté bien vite la belle rousse, et l'apprenti graveur n'avait eu que le temps d'emporter ses frusques, quelques bijoux de la défunte, aussi vite revendus, et ce petit flacon, avant de se faire mettre à la porte par le propriétaire. Ce dernier, trop heureux d'être débarrassé de la dame de petite vertu, en avait même profité pour dénoncer Henryk à la maréchaussée en s'appuyant sur les rumeurs qui couraient sur le compte du jeune immigré. Il s'en était fallu de peu pour qu'Henryk se retrouve en prison pour vagabondage et outrage public à la pudeur[39]. Encore une fois, les braves gens qui lui souriaient d'ordinaire avaient eu vite fait de lui tourner le dos. Il avait donc fui une fois de plus et était monté à Paris.

Henryk constata qu'il ne s'était jamais servi de la précieuse huile depuis son arrivée dans la capitale. Les quelques ébats qu'il avait eus ici ou là ne s'y étaient pas prêtés. Non, il s'agissait ici, dans les bras de James, d'enseigner l'amour charnel et sans doute d'aimer tout simplement. De donner du plaisir, de s'offrir à un autre avant même de penser à soi. C'était une révélation pour lui, quelque chose qu'il n'avait que trop peu expérimenté et dont il se retrouvait pourtant l'improbable professeur. Il sortit de ses nerveuses réflexions pour se retourner.

Son jeune amant l'observait silencieusement. Les rayons du faible soleil de décembre tombaient sur sa peau nue, donnant à celle-ci de délicats reflets de porcelaine dont on aurait rehaussé les plus appétissants détails en rouge tendre. Son membre dressé, la pointe de ses tétons, la pulpe de ses lèvres brillaient à la lumière du jour pâle. Henryk l'invita à s'allonger sur le dos.

James s'étendit sur le drap blanc. Sa poitrine se soulevait en longues inspirations. Son regard ne quitta pas celui de

---

39 L'homosexualité n'étant pas un crime au regard du droit français, on utilisait le délit d'exhibition indécente publique pour coincer les homosexuels surpris en pleine étreinte dans les toilettes publiques, certains bars et même parfois chez eux, où les policiers venaient opérer des rafles. Des scandales font la une des journaux, comme l'affaire des Bains de Penthièvre en 1891.

l'artiste et, repliant légèrement les genoux, il écarta lentement les cuisses, se dévoilant totalement. Sa posture aurait pu être obscène, elle n'était que la plus innocente et pure des images de la sensualité. Ce corps offert attira Henryk comme un aimant. Il ne résista pas à la tentation de venir goûter la peau au creux de ces cuisses entrouvertes, puis son sexe, qu'il lécha longuement avant de remonter la vallée de son torse pour finir par l'embrasser sur la bouche.

— Je vais d'abord glisser mes doigts en toi, pour que ton corps s'habitue à être découvert de cette façon puis, quand tu sentiras que tu es prêt, alors… je te prendrai.

Durant un instant, sa paume huileuse s'attarda sur le sexe tendu de James pour lui en faire sentir la caresse érotique. Le jeune homme frissonna. L'huile s'écoula en gouttes lentes le long des phalanges d'Henryk, s'enfuyant sur la peau brûlante, maculant l'intérieur des cuisses et glissant sur les testicules. James fut soulevé par un profond soupir. Henryk ne put retenir un grognement de frustration ; sa propre excitation le dévorait littéralement et son sang affluait de son cœur au creux de son aine avec une violence enivrante. Il inspira, bien décidé à dompter son désir.

Henryk s'aventura un peu plus bas et effleura enfin de son index humide l'ourlet tendre de l'intimité du jeune homme. Il en massa doucement l'anneau de chair frémissant. Une première fois, puis une seconde, avec plus d'insistance. James ne parvenait pas à contrôler sa respiration, il tremblait de tout son corps. Henryk l'embrassa alors longuement, pour le rassurer, pour le calmer. Quand il sentit que son cœur s'était un peu apaisé, il reprit son exploration. Sa caresse se fit plus ferme, jusqu'à ce qu'il puisse pénétrer l'étroit cercle de muscles, qui se contracta brusquement.

— Calme-toi, mon ange, je te jure que cela va être agréable, souffla Henryk.

James ouvrit les paupières. Il avala sa salive. Son regard se planta dans celui de son amant. Celui-ci eut un frisson de doute. Ce jeune homme paraissait si courageux à présent, lui offrant sa vertu et son âme dans ce regard. Lui livrant sa confiance.

Est-ce que je mérite cette innocence et ce courage ? s'inquiéta l'artiste. *Moi qui n'ai toujours fait que fuir après les désastres.*

Son hésitation dut se lire sur son visage, car James lui sourit timidement et, en écartant davantage les jambes, l'invita à continuer. Henryk parvint alors à enfoncer plus loin son doigt. Il imprima un mouvement de léger va-et-vient, testa la résistance, sonda les réactions de la chair palpitante. Puis, doucement, très doucement, il glissa une seconde phalange dans l'anneau moite d'huile. James émit une légère plainte. Henryk lui embrassa aussitôt la tempe en lui murmurant des mots tendres. Son jeune amant expira profondément.

— Continue… lui souffla James, apaisé, après quelques instants.

Patiemment, Henryk le prépara, ses longs doigts massant et étirant délicatement sa chair pour permettre à son intimité encore vierge de l'accueillir plus facilement. Progressivement, il sentit la résistance rendre les armes, il enduit de nouveau sa main de la précieuse huile et put insinuer un troisième doigt. James accompagna cette pénétration d'un voluptueux mouvement du bassin. Il s'abandonnait enfin au plaisir. Il était d'une beauté troublante, offert ainsi à la sensualité. Des perles de sueur coulaient au creux de sa gorge. De ses lèvres entrouvertes s'échappait un halètement, mélange d'appréhension et d'excitation. Son sexe tendu de désir laissait déjà échapper des gouttes laiteuses.

Il est fait pour l'extase, se dit Henryk, fasciné.

Il avait été créé pour être conduit jusqu'à cet état de grâce irréelle où le corps n'est plus qu'un écho de sensations. Il était ensorcelant de le contempler, étendu là sur ce lit de fortune, ses mains se crispant dans les draps, son corps venant inconsciemment à la rencontre des doigts d'Henryk pour les amener plus profondément en lui.

— Maintenant... fais-le... maintenant, expira James dans un gémissement.

Cette supplique impatiente parvint à extraire Henryk de sa contemplation. C'est avec l'esprit embrumé d'émotion qu'il mit fin à sa caresse préliminaire et rouvrit la petite fiole d'huile pour en enduire son membre douloureusement durci. Son érection engorgée tressaillit au seul contact de sa main couverte de liquide brillant. James le regarda faire. Une légère crainte se lisait dans ses yeux clairs devant l'intimidante manifestation du désir de l'artiste. Le jeune homme se mouilla les lèvres du bout de la langue et demanda timidement :

— Comment dois-je me mettre pour que...

Henryk, submergé de tendresse, se glissa entre ses cuisses et couvrit son corps du sien. Il ne voulait surtout pas qu'il ait la moindre crainte, il voulait ne lui donner qu'un plaisir infini, faire de cette première fois la plus idéale des étreintes et, égoïstement peut-être, l'avoir face à lui pour ne pas manquer une seconde de sa découverte de l'extase.

— Tu es absolument parfait, laisse-moi te guider, lui ronronna-t-il à l'oreille avant de lui mordiller le cou.

Et je t'aime au-delà de tout ce que tu peux imaginer, n'osa-t-il pas avouer.

Il l'embrassa langoureusement, se perdant un peu dans ce baiser. Enfin, d'une caresse le long de sa jambe, il l'invita à replier davantage son genou, à relever un peu plus ses hanches.

Il empoigna fermement son sexe pour le guider vers l'intimité offerte et encore brillante d'huile. Son gland en testa d'abord l'entrée, puis, d'un léger mouvement du bassin, il le pénétra. James retint son souffle. Ses joues s'étaient empourprées. Henryk patienta un instant, lui laissant le temps de s'habituer à la sensation. L'artiste sentit que la sueur perlait sur ses épaules, l'effort de retenir sa passion était une enivrante torture. Un petit signe de tête lui donna la permission de plonger un peu plus dans cette délicieuse étroitesse.

Bientôt, il fut enfoncé jusqu'à la garde. Le plaisir de sentir son sexe entièrement comprimé de la sorte, la tension de ses muscles étirés sous l'effort de retenir son ardeur, lui donnèrent un instant le vertige. Il comprit que ce moment allait lui marquer l'âme au fer rouge. James n'avait pas un instant détaché son regard du sien. Le bleu de ses iris avait pris la couleur des abysses les plus sombres. Sa respiration était haletante, son souffle humide. Henryk se retira alors lentement, puis le pénétra de nouveau d'un long mouvement ample. Le jeune homme poussa un gémissement profond et se cambra pour mieux l'accueillir en lui.

Débuta alors le rythme lent de leur étreinte. Sublime houle fondamentale. Henryk, comme en transe, regardait, fasciné, le corps de son amant se soulever en une vague lascive à chaque venue de son bassin.

James n'aurait jamais pu imaginer, deviner que de telles sensations existaient, que l'extase pouvait être si intense, si forte, si douce, qu'elle pouvait le transformer à ce point. S'il avait pu comprendre plus tôt que son corps ne désirait que cela, qu'être offert ainsi, découvert ainsi, mis à nu par un homme et touché, conquis comme cela, était une telle ivresse, peut-être aurait-il saisi cette liberté bien avant cet instant. Ou peut-être que non. Sans lui, sans Henryk, sans cette rencontre miraculeuse, il n'aurait jamais osé affronter ses propres démons. *Faire l'amour.*

Henryk lui faisait l'amour, et il sentait l'écho de ce sentiment résonner en lui et l'emplir entièrement. Un soupir de volupté, à peine atténué par de vacillants restes de pudeur, s'échappa de ses lèvres humides. À cet instant, dans cette mansarde, Henryk était Prométhée, le porteur d'une flamme. Il était celui, l'unique, qui lui donnait ce plaisir défendu et désiré. Il le sentait se déverser en lui, boire sa peau, posséder son corps, et cette possession était pour James une libération. La libération d'un besoin enfoui des années aux tréfonds de sa conscience.

James se laissa guider dans cette danse érotique, il répondit aux mouvements, suivit la mélodie de cette étreinte, plus lente, plus douce, puis soudain plus vive. Tout son corps était comme un radeau flottant sur une mer grossie par l'orage à venir, épousant l'onde ample où qu'elle le mène. Et il voyait Henryk se perdre, ne plus penser, l'accompagner dans cet océan de sensations, n'exister plus que par elles.

Dans la petite chambre tiède de leur amour, il n'y avait que les bruits des draps se froissant, des peaux se caressant et des murmures de plaisirs. Henryk ne pouvait s'empêcher de venir cueillir d'un baiser chaque son s'échappant des lèvres de James. Tendant ses muscles davantage, il semblait vouloir s'enfouir en lui plus profondément encore.

Répondant à cette envie, James noua ses jambes autour de son bassin, et Henryk saisit alors d'une main ferme l'une de ses hanches pour le prendre un peu plus fort. Sur l'instant, son jeune amant eut un hoquet de surprise et ses muscles se contractèrent. Mais ce n'était pas l'effet de la douleur, loin de là. Une violente décharge de plaisir venait de le parcourir, brouillant sa vue, électrisant tout son corps, lui arrachant presque un cri. Par réflexe, il agrippa le bras d'Henryk comme pour s'accrocher à la réalité.

Ce dernier stoppa son mouvement, inquiet de lui avoir fait mal.

— Non, n'arrête pas. Je t'en supplie n'arrête pas… implora James.

Il avait les yeux brillants d'une flamme nouvelle. Il attira Henryk à lui, presque sauvagement, et l'embrassa à pleine bouche tout en initiant un nouveau mouvement.

— Continue… c'est… Tu… tu es… continue ! balbutia-t-il, enivré de plaisir.

Leur étreinte se fit alors plus profonde, plus passionnée, plus chaotique aussi à mesure que le gouffre de leur orgasme se rapprochait. Ils en étaient si proches ; chacun de leurs nerfs, surexcités de plaisir, les tirait ensemble vers ce vide délicieux. Henryk sentit James s'arquer soudain, ses reins formant une courbe sensuelle. Il rejeta la tête en arrière, un long gémissement s'arracha à sa gorge tendue et son extase le submergea, se répandant jusque sur son torse. À cette vue incroyablement érotique, Henryk ne put que l'accompagner, n'ayant besoin que d'un seul élan pour sentir son sexe s'enfouir une dernière fois au plus loin de sa chair et se libérer en elle.

Ils restèrent alors enlacés jusqu'à ce que leur conscience réintègre leur corps, jusqu'à ce que le monde autour d'eux redevienne tangible. L'air de la petite chambre était à présent tiède et doux, et les cœurs d'Henryk et James y flottaient entre ivresse et réalité. Ils auraient pu mourir à cette seconde. Ils l'auraient tous deux accepté sans regret. L'instant qu'ils venaient de vivre résumait toutes les éternités.

***

Après cette étreinte, après que le bouillonnement de leur sang se fut calmé, les deux amants étaient restés allongés dans les bras l'un de l'autre.

Épuisé de plaisir, James savourait un état d'apaisement total. Cette quiétude de l'âme tenait autant à l'impression de liberté nouvelle qu'il venait de découvrir qu'au profond sentiment d'appartenir à celui qui l'aimait. Car il se savait à présent désiré, aimé même pour la première fois de sa vie. C'était indéniable, indiscutable. Étrangement, il n'avait pas craint un instant qu'Henryk ne le jette de sa couche une fois son désir consommé. Il n'avait pas envisagé une seconde que tout cela ne puisse être qu'un piège cruel d'un séducteur patenté tendu pour lui soutirer de l'argent. Il s'était offert à cet homme avec la plus absolue confiance, persuadé que l'amour qu'il avait lu dans ses yeux était la seule promesse dont il avait besoin pour se laisser posséder. Ils étaient tous deux blottis dans le silence enveloppant de leur refuge sous les toits. Le lieu était baigné d'une lumière tiède, paisible et dorée. Aucun rideau ne venait ternir les rayons du soleil de décembre qui tapaient encore, rasants, contre les carreaux de l'unique fenêtre. Bercé par la respiration d'Henryk, James, qui s'était pelotonné contre son torse, finit par s'endormir.

L'artiste sentit le souffle de son amant ralentir et ses muscles se relâcher. Inexplicablement, il ne ressentait pas la lourde et culpabilisante satiété qui succédait toujours chez lui au rapport charnel. Il ne retrouvait pas non plus cette noire saveur, celle d'avoir déchargé une rage de chair, une soif de possession, quelque chose de violent qui lui donnait ordinairement l'impression d'un pouvoir fugace arraché à autrui. Habituellement, une fois son besoin étanché, Henryk n'avait qu'une hâte : c'était de fuir loin de son partenaire du moment. Pour lui, il y avait toujours eu quelque chose de sordide à rester en contact avec un corps qui n'avait été qu'un réceptacle à ses frustrations. De tels plaisirs étaient partout honnis dans cette société étriquée de Morale et, bien des fois, Henryk avait fait siens la honte et le dégoût de soi qu'il voyait dans le regard de ses amants d'une heure.

Mais là, au milieu de l'apaisant chaos qu'était leur lit de fortune, Henryk se sentait baigné par une indéfinissable sensation de sérénité. Au creux de ses bras, James lui confiait son sommeil. Il le chargeait de veiller sur lui, sur son corps autant que sur son âme. Cela l'emplit de bonheur, d'espoir et du sentiment exaltant qu'il était devenu celui en qui on peut croire, celui qui protège et qui sait aimer. Celui que l'on aime. Ce que James avait vu en lui, ce qui l'avait décidé à se donner à lui, Henryk n'osait pas le nommer. Il avait encore du mal à admettre que quelqu'un d'aussi exceptionnel puisse l'avoir choisi lui. Incapable de s'endormir, il laissa les minutes s'écouler, se transformer en heures et le rêve se muer en réalité.

***

En fin d'après-midi, les deux hommes finirent par se décider à sortir malgré le froid vif. Ils furent surpris du début de nuit qui tombait sur les rues parisiennes. Dans la mansarde d'Henryk, ils n'avaient pas vu les minutes passer ni même la lumière baisser, profondément perdus qu'ils étaient dans leur douce passion. Une après-midi, ce n'était pas assez ; s'ils avaient pu stopper le temps, ils l'auraient fait volontiers. Quelques heures, quelques minutes de plus, pour s'enivrer encore de plaisir avant le carême qui les toucherait bien trop tôt. Ils marchèrent côte à côte le long des ruelles, ne pouvant s'empêcher de se tenir la main, de s'arrêter dans les coins sombres pour s'embrasser. Ils étaient imprudents.

Pire : dangereusement inconscients.

Mais ils ne pouvaient lutter contre le besoin impérieux qu'ils avaient de se toucher, de garder ce contact qui donnait une réalité à leurs sentiments. C'était une force bien plus puissante qu'eux, bien plus importante, presque vitale. Alors en dépit des regards en coin, ils se tenaient la main et ils volaient du bonheur à leurs malheureuses vies trop sombres, se moquant de danser au-dessus de la fosse aux serpents.

Au détour d'une rue sinueuse, à peine éclairée par le boulevard tout proche, Henryk saisit James par la taille et l'entraîna entre deux pas de porte silencieux. Le jeune homme l'embrassa aussitôt, y mettant toute l'énergie désespérée d'un marin partant pour des mois de mer.

— Quand vais-je te revoir ? demandèrent-ils en même temps.

Ils rirent de leur impatience commune. James baissa les yeux ; il passa ses paumes sur le revers du paletot râpé de son compagnon.

— Ces prochains jours, je vais être accaparé par un bal donné à l'occasion du Nouvel An à notre hôtel particulier de Passy. J'ai peur de ne pouvoir libérer la moindre minute pour te retrouver, et de cette soirée dépendent tellement de choses...

Il n'en dit pas plus, ne voulant pas faire entrer Henryk, cet homme à l'âme d'artiste qu'il idéalisait un peu, dans le bourbier de son monde de manigances mesquines. Mais il avait honte que cette seule excuse le retienne de voir celui dont il ne pouvait déjà plus se passer. Toute sa vie mondaine et fastueuse avait à présent quelque chose de si faux, de si inconséquent... Après cela. Après ce qu'il avait offert, après ce qu'il avait reçu...

Henryk l'étreignit. Il enfouit son nez, ses lèvres tout contre son oreille, dans les mèches fraîches de ses cheveux bruns.

— Je trouverai un moyen de te voir, lui souffla-t-il.

James ferma les yeux et formula une prière muette : *nous trouverons un moyen, et si tu es à mes côtés, je resterai libre.*

***

Cette fois, Henryk ne l'accompagna pas jusqu'au fiacre. Il préféra le quitter dans l'obscurité protectrice de la ruelle, lui voler un dernier baiser, lui tenir une seconde la main et la relâcher pour laisser James regagner la lumière criarde du boulevard.

Le jeune homme sauta dans une voiture stationnée près d'un théâtre. Au moment de monter dans le véhicule, il se retourna vers son amant, qui était resté caché à l'angle de deux rues, et lui envoya un de ses sourires qui donnaient un éclat si particulier au bleu de ses yeux. Henryk n'eut pas besoin de voir cet éclat, il l'imaginait parfaitement, il avait passé des nuits à le dessiner.

Le cocher excita d'un mot les chevaux et le fiacre s'engagea sur le boulevard, emmenant son précieux passager vers un autre monde.

Henryk se décida enfin à remonter la colline de Montmartre.

Il fait soudain très froid, constata-t-il, *c'est comme si, mon ange, tu avais emmené avec toi la lumière.*

Le vent de décembre dévalait les chemins terreux et s'insinuait dans les plis de son paletot. Les rares passants et passantes portaient des couches et des couches de hardes et de châles mités. Leurs chaussures devaient sans doute être garnies de journaux pour repousser le froid gerçant. Henryk enfonça davantage les poings dans ses poches. Il arriva bientôt près de la place où se tenait la petite maison délabrée où il résidait.

« Un bal à notre hôtel particulier de Passy. » C'est ce qu'avait dit James. Il y avait une telle distance entre eux. Un océan entre son coin de bohème crasseuse et les fastes d'une vie de bourgeois des beaux quartiers, pensa l'artiste avec découragement.

Il y a tellement d'impossibles entre lui et moi...

***

À l'angle d'une rue toute proche, une silhouette se tenait dans la pénombre d'une enseigne de débit de boissons. Elle suivit Henryk du regard, lorsque, perdu dans ses pensées, il passa le pas de la porte de la maisonnette.

Un sourire ridé de cicatrices anima la face peu amène de Victorio. Son patron allait être content : avec de telles indiscrétions, il avait de quoi contraindre le jeune richard à accepter tout ce qu'il voulait. Amplement satisfait, il releva le col de son manteau et s'enfonça dans les ombres du crépuscule.

***

Dans sa mansarde, Henryk, réchauffé par son inspiration, avait allumé sa lampe à pétrole et se préparait à une nuit de dessin.

Chapitre 10

Déjà le 31 décembre.

Déjà la veille du Nouvel An.

Déjà cinq jours ! Il lui avait fallu cinq interminables jours et un miracle !

Henryk n'en revenait toujours pas.

Même maintenant, même devant les larges portes de l'impressionnante demeure des Aylin. Même dans son habit noir cintré qui le gênait aux coudes, aux genoux et aux épaules. Même avec ces chaussures vernies qu'il avait eu bien du mal à conserver brillantes pendant la longue marche qu'il avait faite dans les rues boueuses de Paris. Henryk n'arrivait toujours pas à croire à sa bonne fortune ! Depuis quand était-elle capable de se pencher sur son triste sort ? Et pour lui permettre d'assister à l'un des bals les plus huppés de la capitale qui plus est ? Incroyable.

Il était déjà très tard. Les dix heures du soir sonnaient lorsqu'il avait longé les murs du petit cimetière de Passy. Henryk était descendu à pied depuis la colline de Montmartre, avait traversé les belles avenues et les riches boulevards pour parvenir enfin dans cette banlieue de l'ouest parisien qui gardait encore, par endroits, son air champêtre. La pluie était tombée dans la journée et les boulevards mouillés miroitaient sous la lumière des réverbères. Ne pas être couvert de boue tenait de la gageure par un temps pareil. Dieu seul savait à quel point il avait tergiversé avant de se décider à venir. Le trajet lui avait pris une heure de Montmartre jusqu'à Passy. Le ciel était lourd d'orage, les Anciens n'auraient pas manqué d'y voir un funeste présage.

Henryk était dévoré d'anxiété. Ou n'était-ce pas plutôt une sorte d'appréhension crispante, comme s'il allait affronter le jury d'un tribunal d'inquisition ? Pourtant, une part de lui-même savourait le défi à se trouver là et plus encore la curiosité d'entrer dans un tel monde ! Il allait jouer un jeu dangereux ce soir. La véritable raison de sa présence dans ce lieu improbable n'était connue que de lui seul : *c'est pour revoir mon prince charmant*, pensa-t-il en souriant, mais il se reprit bien vite. Car vraiment, il ne parvenait pas à croire à sa chance. Tout dans cette folle équipée tenait du conte. Et comme tel, il allait à un bal, où il endosserait le rôle de Cendrillon et sa marraine la fée ne sera autre qu'une sulfureuse danseuse de cabaret : Carmen.

Les détails de sa bonne fortune lui revinrent en mémoire pendant qu'il piétinait devant l'huis de l'imposant hôtel des Aylin.

Toute sa vie s'était radicalement compliquée après l'irréelle après-midi passée dans les bras de James. À commencer par son emploi de commis à la salle des ventes, d'où il avait été renvoyé sans autre forme de procès. Le coup était dur, car ces affameurs de chez Drouot ne lui avaient même pas payé son mois. Où aurait-il trouvé l'argent du loyer ? Si le propriétaire était retors, les solutions n'abondaient pas. Déménager en pleine nuit ? C'était un système bien connu des plus pauvres : vider les lieux à la lumière de la lune lorsqu'on n'avait pas de quoi payer les propriétaires. « À la cloche de bois », disait-on. Sollicité, ce bon vieux Jules lui avait glissé l'adresse d'un ami épicier qui, « paraît-il », ne demandait pas grand-chose pour loger les plus nécessiteux dans le réduit aveugle de son arrière-boutique. Il s'était promis d'y jeter un œil en dernier recours. Durant quatre jours, Henryk avait passé ses après-midi à courir la ville pour trouver de l'embauche. Et ce n'était pas si simple, sauf à accepter les travaux les plus ingrats et les plus pénibles. Il n'avait eu, au bout du compte, que des portes closes et des « Revenez après les fêtes, on aura peut-être quelque chose ».

Le soir du samedi suivant, Henryk était à nouveau de retour à Montmartre avec moins d'un sou en poche. Et c'est là, sur les marches du perron de sa mansarde, que son destin avait basculé. Assise, en larmes, s'y trouvait Carmen. Pris de pitié par les pleurs de la jeune femme, lui qui pourtant ne s'embarrassait plus de ce sentiment depuis des lustres, il s'était assis, compatissant, à côté d'elle, et l'avait laissée épancher sa peine. Écouter les déboires de Carmen, c'était peut-être pour lui, également, une manière d'oublier les complications de sa propre existence.

La danseuse lui avait parlé d'un certain Charles Thomas. Sur le moment, ce nom très commun n'avait pas évoqué grand-chose à Henryk, cependant le portrait qu'en fit la jeune femme fut d'un tout autre relief. Elle lui raconta que ce Monsieur Thomas était son amant depuis quelques mois. Il venait d'arriver à Paris avec l'ambition de conquérir la capitale. Affairiste brillant, il possédait en lui une rage de pouvoir qui paraissait indomptable. Il avait également le bras long et les doigts qui traînaient dans les milieux louches comme ceux de la prostitution, car pour se faire rapidement une place à Paris, il fallait savoir corrompre les élites, et les jolies femmes dociles étaient une arme fort utile dans les affaires de commerce. La cinquantaine poivre et sel, mince et alerte, bien que brusque et peu câlin, Carmen avait décrit ce Charles Thomas comme un beau parleur, chez qui on sentait l'envie de réussir à tout prix. Et cela avait séduit la naïve danseuse. Cela et les belles robes, les gourmandises et les parfums de prix qu'il lui offrait. Elle avait cru s'être enfin trouvé le protecteur qui lui ferait une coquette rente et l'entretiendrait dans une douillette garçonnière aménagée à grands frais. Mais les belles paroles et les cadeaux avaient commencé à se faire rares après quelques semaines. Faute de ressources, Carmen s'était remise à la prostitution.

Au fil de ce récit pathétique, Henryk comprit assez vite que ce Charles Thomas en avait eu assez de tenter de faire ressembler sa maîtresse venue du caniveau à une courtisane de haut vol. Avec son accent populaire et son manque de tenue, la trop pétulante Carmen ne pouvait certainement pas briller dans les salons. Henryk devina alors que Thomas, qui ne semblait pas avoir une vocation de comte Muffat[40], avait dû se lasser de jouer les éducateurs et les mécènes.

Carmen, toujours en pleurant sur son épaule, lui raconta la conclusion de sa débandade. Elle, qui déjà avait ouï dire deux jours plus tôt que son protecteur avait jeté son dévolu sur une ingénue titrée et potentiellement riche, venait de recevoir la visite d'un coursier patibulaire. Celui-ci avait été clair : Monsieur Charles Thomas ne voulait plus entendre parler d'elle et elle était sommée de lui rendre les quelques courriers enflammés qu'il lui avait adressés au début de leur relation.

Carmen avait menti en disant que les lettres avaient été brûlées depuis longtemps. Pas totalement candide, la danseuse

---

40 Le conte Muffat est le protecteur de Nana, l'héroïne du roman éponyme d'Emile Zola. Le pauvre homme va mettre sa fortune et son honneur aux pieds de la belle comédienne pour lui permettre de devenir la courtisane étincelante qui fera fantasmer tout Paris.

avait bien compris que de tels documents avaient leur petit potentiel de nuisances. Ah, ça oui, elle allait lui rendre, et même, menaça-t-elle, elle le ferait « bien scionner[41], cet *hijo de perra*[42] ! ». Mais elle voulait d'abord lui donner en main propre ses fichus papiers et lui dire ses quatre vérités. Il y avait un bal, avait-elle dit, pour le Nouvel An, où ce rat de bourgeois devait se rendre. Elle voulait, pour se venger, que les lettres lui soient remises ce soir-là, devant la foule des imbéciles empanachés, devant la future fiancée, cela ferait certainement grande impression. Cependant, elle ne savait pas comment s'y prendre pour s'y faire admettre. Devant la mine compatissante d'Henryk, elle avait demandé, abattue :

— Moi avec mes nippes dé rabouilleuse, comment yé déboule chez ces « Aylin dé la rue de Passy » ?

Aylin ! Henryk avait ouvert des yeux si grands que la belle Espagnole avait pris un air vexé. Mésinterprétant son hébétement, elle était montée sur ses grands chevaux andalous en une fraction de seconde et son accent ensoleillé avait repris des couleurs :

— Hé quoi ! Si tou crois que yé souis pas capable dé fricoter avec des richards ! Charles, il a dé l'argent, c'est pas un décavé, lui. Tout cé fric, ça lui vient d'Amérique !

— Tu as dit qu'il se tenait où, ce bal, ma belle ? avait demandé Henryk, encore sidéré par l'étonnante coïncidence.

— Rue dé Passy, dans oune baraque incroyable, rien qu'avec une de leur fourchette, yé pourrais arrêter dé maillocher[43] pendant six mois !

Ils furent interrompus par une ombre qui apparut dans leur dos.

---

41 « Poignarder » en argot des faubourgs.
42 « Fils de chienne » en espagnol.
43 « Se prostituer » en argot des faubourgs.

— Ah, mais ça, je n'y tiens pas, moi, que tu arrêtes le tapin !

Comme dans les meilleures pièces de boulevard, la voix sèche de Victorio avait fendu l'air.

Henryk se souvenait d'avoir froncé les sourcils, par réflexe. C'était ainsi, il pouvait se faire à la vulgarité populaire de la belle danseuse, mais les phrases arides et directives de son souteneur lui dressaient toujours instantanément les poils des bras. Il n'empêche que pour cette fois-là, à Victorio aussi il devait une fière chandelle. Car au bout du compte, Henryk s'était immiscé, une fois n'était pas coutume, dans le début de dispute entre la bouillante Espagnole et son maquereau, et avait ainsi réussi à saisir sa chance : il serait le messager de Carmen ! Elle aurait eu, en effet, bien du mal à rentrer dans une soirée huppée dédiée aux seuls anglophones de Paris. Henryk, en revanche, parlait parfaitement l'anglais et Victorio, étrangement arrangeant, lui avait même assuré qu'il pouvait lui prêter un costume et dégoter une invitation.

Pourquoi le souteneur s'était-il fendu de ces générosités ? Comment avait-il obtenu le précieux sésame en si peu de temps ?

Henryk s'en fichait bien, à présent !

Car oui, il était devant la façade de la demeure de James, il avait les atours pour entrer dans son monde, il allait le revoir, et ça, c'était déjà mille fois plus que tout ce qu'il aurait pu espérer !

C'est mille fois plus que tout ce que j'aie jamais eu, se dit-il même, le cœur alourdi d'appréhension.

***

Que cette porte était impressionnante.

Henryk se tenait là, devant l'énorme battant de bois flanqué de deux pilastres pompeusement classiques. L'hôtel particulier de la famille Aylin. Qu'aurait dit sa mère en le voyant ainsi, en chapeau haut de forme et le menton levé pour ne pas briser le col amidonné de sa chemise fine, maintenu par une élégante cravate en soie brune ?

En lui s'opposaient en cet instant la pudeur et l'orgueil, l'hostilité et la hardiesse.

Mon fils, tu mérites bien plus que tout ça. Tu es si doué, tu vivras une vie heureuse, je le sais, lui avait-elle répété dans leur douce langue maternelle.

Tous les jours pendant sa lente agonie, il avait entendu cette phrase. Derniers espoirs d'une mère aimante. Il n'avait pas cessé de penser à elle depuis la veille. Et encore plus maintenant qu'il était si près de passer par la grande porte de ce monde qu'il exécrait depuis des années. Il la revoyait si bien, sa courageuse mère, devenue un fantôme tellement amaigri qu'elle semblait disparaître au milieu du petit lit de leur meublé misérable du Bronx. Elle qui avait tout supporté pour deux pendant des années. Après le pogrom de Varsovie, avec une unique malle comme bagage et sa seule volonté pour les faire survivre, Miriam leur avait fait prendre un bateau pour les États-Unis. Là-bas, du pays des libertés, ils n'avaient surtout trouvé que misère et exploitation.

L'usine qui employait sa mère avait été minée par les grèves[44], et les pauvres ouvrières juives empêchées de se plaindre sous peine d'être jetées à la rue, et chassées du pays, vivaient terrorisées, entre les brimades des contremaîtres et la haine des autres employées. Ce n'était pas les quelques sous qu'Henryk ramenait de son apprentissage de typographe qui pouvaient les faire vivre. L'épuisement avait eu raison de la ténacité de la fière Polonaise. Elle l'avait laissé orphelin. Il

---

44 Aux États-Unis, à la fin du XIXe siècle, la condition ouvrière pour les immigrés est catastrophique. Les grèves se multiplient et sont réprimées dans la violence.

venait d'avoir dix-neuf ans et n'avait aucune ressource, si ce n'était une haine farouche pour tout ce qui représentait la tyrannie des riches. Henryk avait voulu se venger. Dérisoire, pitoyable vengeance qui ne lui avait pas rendu sa mère : un incendie lancé dans le bureau du patron de l'usine, Klaus Trommer. Le tyran qui, après avoir entretenu la concurrence cruelle entre ses ouvrières, n'avait pas voulu recevoir Henryk quand celui-ci était venu implorer quelques sous pour payer les soins de sa mère malade. Il se souvenait des flammes, des cris, de la fumée noire sur ses mains et sur son visage alors qu'il regardait le bâtiment s'écrouler. Bien qu'il n'ait jamais été question de retrouver les coupables, car les faits avaient été qualifiés d'accident dû probablement à une machine déficiente, le jeune homme, meurtri et perdu qu'il était, avait préféré s'enfuir en Europe après ce drame. La mort puis la fuite, encore, comme une sorte de cercle vicieux tournant à l'infini. Cela faisait un lourd passé qui, un soir comme celui-ci, ressurgissait dans sa mémoire avec la pestilence d'une gangrène mal soignée.

— Qui dois-je annoncer, Monsieur ?

Henryk fut tiré de ses sombres souvenirs par la voix nette d'un valet de pied qui patientait, à demi frigorifié, dans l'embrasure de la grande porte. De l'intérieur sourdait déjà les bruits des conversations, des rires pincés et les notes discrètes de quelques instruments de musique de chambre.

Henryk tendit l'invitation avec une froideur affectée. L'homme hocha la tête en lisant le nom inscrit d'une élégante ligne de plume sur le carton à liseré doré obtenu par Victorio. Ce soir, il jouait le rôle d'un fringant américain invité au bal de Nouvel An de la famille Aylin. Sa mission était de remettre les lettres de Carmen au dénommé Charles Thomas. Mais, pour être franc, peu lui importait cette vengeance futile, il n'était même pas sûr de croiser l'homme en question et ne comptait pas partir en chasse. Henryk était égoïste, car profondément amoureux. Son seul désir était de voir James.

Le domestique l'invita à entrer avec déférence, un autre lui prit chapeau et manteau. Henryk réajusta son veston et fit ses premiers pas dans le grand hall comme on rentre dans la fosse aux lions. Il avança dans les salles gorgées d'invités. Certains le suivirent du regard avec plus ou moins d'animosité. Il ne s'attarda pas à se demander pourquoi. C'était la marotte des nantis de se méfier de tout nouveau visage inconnu. Les immenses pièces du rez-de-chaussée étaient miroitantes d'or et de richesses. Les lustres de cristal renvoyaient les éclats de la lumière électrique sur les décorations, les stucs et les boiseries sculptées. Il y avait, dans la principale salle de réception, des tableaux jusqu'au plafond, les cadres rococo rivalisant de mauvais goût avec les nymphes en délicat biscuit[45] qui ornaient chaque console couverte de fin porphyre. Les tapis, qui devaient d'ordinaire cacher le plancher, avaient dû être roulés et retirés, laissant à nu le beau parquet en point de Hongrie[46]. Sur celui-ci flottaient les robes de soie des dames et claquaient les talonnettes des messieurs. Les salons étaient réellement bondés, cela sentait les parfums capiteux mêlés aux effluves des champagnes de prix. On s'observait derrière les éventails de plumes et au travers des monocles décoratifs.

Loin d'être émerveillé, Henryk eut soudain un très désagréable frisson, un pressentiment qui coula comme une goutte d'acide dans sa gorge. Pourquoi avait-il insisté pour venir ici, dans cette nasse de perfidie ? Pourquoi avait-il décidé de participer à cette mascarade grotesque ? Un déguisement, un

---

45 Le « biscuit » est une matière blanche et fine apparentée à la porcelaine, très à la mode au XVIIIe siècle, beaucoup moins à la Belle Époque, où l'on préfère les couleurs chamarrées.

46 Le point de Hongrie est un motif de parquet, un classique des grandes demeures, on dit aussi « en chevrons ».

faux nom… On aurait dit une mauvaise comédie faubourière. Il n'avait pas sa place ici et ne voulait pas l'avoir.

Comment son ange pouvait-il être là, parmi ses pantins ridicules ? Henryk fulminait déjà devant l'absurde caprice qui l'avait conduit jusqu'à ce bal, qui lui était viscéralement odieux. Ainsi, son enthousiasme ne fit pas fait long feu quand le brouhaha de la foule devint pour lui rapidement oppressant. À la recherche d'un peu de calme, il rejoignit une grande verrière garnie de plantes exotiques. Des palmiers et autres variétés d'arbustes laissaient retomber leurs lourdes branches au-dessus de banquettes en bois rares couvertes de coussins moelleux. Il y avait peu de monde dans ce jardin d'hiver cossu.

Une voix le fit se retourner. Claire, confiante, celle d'un jeune homme sûr de lui, appartenant à une classe supérieure. Qui aurait deviné qu'elle était bien plus belle encore, cette voix, lorsqu'elle s'altérait de plaisir ?

James. Il était là, s'adressant courtoisement à une jeune femme drapée dans une robe de bal d'un blanc éclatant que rehaussaient de gracieuses broderies violines. Sa coiffure piquée de plumes de cygne lui donnait un port de princesse orientale et on aurait pu la croire tout droit sortie d'une affiche dessinée par Alphonse Mucha[47]. Charismatique sans être à proprement parler jolie, elle était le centre de toutes les attentions et notamment celle d'un homme d'allure rustre et engoncée qu'Henryk reconnut pour être Ernest Autiero, le beau-père de James, à qui il avait eu affaire à Drouot. Et si cet homme le reconnaissait ? Le risque était réel.

Henryk ne put, pourtant, s'empêcher de poser les yeux sur son amant. *Son amant*. La douceur de leur après-midi d'amour lui revint comme un arôme diffus. Le jeune homme se tenait

---

[47] Alphonse Mucha, chantre de l'Art Nouveau, connaît un succès fulgurant à la toute fin du XIXe siècle lorsqu'il réalise les affiches des pièces jouées par la comédienne Sarah Bernhardt.

dos à lui, à quelques pas, discutant avec une aisance élégante. Il était vêtu d'un habit noir impeccablement taillé, dont les plis de tissu raide dessinaient la virilité naissante de ses épaules et la cambrure voluptueuse de ses reins. Ses cheveux avaient été légèrement raccourcis et, ramenés en arrière à la mode du temps, ils ne frisaient plus sur sa nuque que l'on devinait à peine à présent, blanche et douce au-dessus du col serré.

Il est si beau, si différent, cet autre lui que je ne connais pas.

Il se tenait droit, noble, sûr de lui. Tout dans son attitude disait qu'il était là où la vie l'avait destiné, qu'il était un jeune maître promis à un avenir brillant dans les hautes sphères de la société.

Et pas à vivre d'amour et de rien dans un taudis d'artiste des faubourgs.

Henryk soupira. Il avait été si ridicule de ne serait-ce qu'oser venir jusqu'ici, ridicule de croire à tout ceci. C'était se bercer d'illusions, et ça, il ne pouvait se le permettre. Il aurait dû s'attendre à ce que sa pudeur le rattrape ainsi, parmi ces gens du monde d'en haut, inaccessibles. Il eut envie de fuir, c'était le mieux à faire. Être venu jusque-là était une erreur, un caprice. Il tournait déjà les talons et s'apprêtait à quitter les lieux lorsqu'un tonitruant « Excusez-moi, Monsieur » le fit s'arrêter et se retourner. Autiero l'avait hélé bruyamment et tous les invités présents dans la pièce portèrent leur attention sur Henryk.

Les jeux étaient faits, il allait être démasqué. Il redressa les épaules et, décidé à affronter les pédants en digne fils d'honnête homme, il s'avança avec l'assurance d'un duelliste dans un combat à mort. Il croisa le regard de James. Celui-ci n'était pas parvenu à dissimuler sa surprise, ses yeux marquaient la plus parfaite stupéfaction et, également, quelque chose comme… de la peur. Cela décontenança quelque peu Henryk.

— Bonsoir, commença Autiero. Excusez-moi pour cet empressement à vous retenir parmi nous, mais il m'a semblé que nous nous étions déjà croisés, peut-être dans quelques institutions notables, Monsieur… ?

James sortit de son ahurissement pour répondre précipitamment à sa place :

— Oh, c'est fort peu probable, Ernest, Henryk Lublieski est un… artiste prometteur que j'ai découvert il y a peu, il revient d'un voyage en Italie pour son Prix de Rome. Henryk, voici mon beau-père, Ernest Autiero, ainsi qu'Alexander Springs, un ami d'outre-Atlantique, broda James avec une surprenante aisance.

Le mensonge sembla passer sans difficulté. Henryk salua les deux hommes d'un mouvement de tête et Autiero en profita pour se lever et, se tournant vers la belle dame toujours étendue sur le canapé, il ajouta :

— Ah, si vous êtes un artiste, je me dois de vous présenter la divine Madame Pearl Binckes, l'épouse du regretté Joh…

— John Binckes, l'éclairé collectionneur d'art ! Madame, c'est un honneur de vous rencontrer, enchaîna Henryk en se courbant pour effleurer des lèvres la main gantée de blanc que lui tendait la charmante veuve.

Il remercia intérieurement sa bonne mémoire. La prestigieuse collection d'art flamand de John Binckes faisait fantasmer plus d'un marchand d'art et la maison de ventes Drouot pouvait se féliciter de l'avoir vu en ses murs acquérir certaines de ses plus belles pièces. Il était de notoriété publique que sa jeune veuve vivait en partie sur le revenu de la revente de cette collection qu'elle ne goûtait guère. Henryk put constater que son petit effet de galanterie avait atteint son but : l'assistance semblait conquise. Toutefois la présentation de James lui laissait un goût amer. Il ne savait pas ce qu'il avait attendu, mais probablement pas cela. *Même pas un « ami », juste un « artiste prometteur que j'ai découvert ».*

Le jeune homme s'était rapproché d'Henryk, la tension se lisait dans toute son attitude. Leurs coudes se frôlèrent. Ce simple contact lui fit l'effet d'une décharge électrique.

— Le Prix de Rome ! Vous ne craignez pas de voyager, alors, c'est ainsi que doit se former la jeunesse, c'est ce que je m'épuise à conseiller à James ! Mais, sorti de ses livres, il semble ne rien connaître. J'ai longtemps cru que nous ne pourrions en faire qu'un prêtre ! relança Autiero avec un rire presque vulgaire.

Cet homme était naturellement désagréable. Rien que sa manière de parler de son beau-fils, comme s'il n'était pas dans la pièce, alors qu'il était à un mètre de lui ! D'ailleurs, James le fusillait du regard. Ses yeux bleus avaient gagné une intensité qu'Henryk ne lui connaissait pas.

Le blondinet à leur droite, voulant probablement désamorcer la tension palpable entre les deux hommes, ouvrit enfin la bouche :

— James, mon ami, je ne saurais trop vous remercier de m'avoir envoyé Évariste Faustin. Vraiment, cet homme est précieux à avoir auprès de soi. On sent que c'est quelqu'un d'une grande loyauté.

Autiero sembla tiquer à la mention de cet Évariste. James ne lui laissa pas le temps de réagir et, se tournant vers Henryk, il lui lança avec un ton abominablement mondain :

— Mon cher Henryk, je ne crois pas vous avoir fait admirer la remarquable collection d'estampes anciennes de ma famille, si vous avez quelques instants, je vais vous conduire à la bibliothèque.

L'artiste faillit lui opposer un « non » de principe et le planter là. Mais, quelque part en lui, la voix de sa mère le somma de faire un effort et de montrer qu'il savait se tenir dans la bonne société.

— Mon cher James, cela serait avec le plus grand plaisir, si je ne craignais de faire preuve d'impolitesse envers Madame Binckes en m'éclipsant si vite, alors que nous n'avons même pas échangé deux mots, préféra-t-il lui répondre avec hauteur.

James lui adressa un sourire contraint qui ne monta pas jusqu'à ses yeux et, se tournant vers le reste du petit groupe, il entonna sur un ton badin :

— Me pardonnerez-vous, Madame, mon empressement à vous enlever Monsieur Lublieski ? L'Art nous appelle !

Pearl Binckes leur sourit. Énigmatique comme une sphinge. Ses sourcils artistiquement dessinés lui donnaient un air mi-boudeuse, mi-blasée, pour autant elle semblait réellement intriguée par l'attitude de James. Sans doute était-elle surprise de ne pas être courtisée par ce charmant jeune homme, comme c'était l'habitude de tout l'essaim de chasseurs de dot qui ne cessait de lui tourner autour. Vaine démarche, elle avait fait savoir depuis des années qu'elle ne se remarierait jamais. Une riche et jeune veuve était, à n'en pas douter, la plus heureuse des femmes.

— Si vous aimez l'art, Monsieur Lublieski, il se peut que nous nous recroisions, je ne vous dis donc pas « adieu », mais « à bientôt », comme disent les français, prononça-t-elle dans un anglais élégant où pointait un léger accent germanique.

Henryk la salua d'une quasi-révérence.

— Madame.

Puis il se tourna vers les deux hommes.

— Messieurs.

Et sortit de la verrière à la suite de James, qui se faufilait rapidement entre les convives. Ceux-ci, comme à son arrivée, le dévisageaient en souriant étrangement. Ils ne le reconnaissaient pas, mais ne voulaient pas passer pour des ignorants au cas où il aurait été le riche héritier d'une quelconque fortune exotique.

Répugnant.

James filait devant lui, Henryk le poursuivit ainsi jusque dans le hall. Ils atteignirent enfin une large porte que le jeune homme ouvrit en le tirant presque à l'intérieur. Une fois celle-ci refermée, il se tourna vers lui, son expression ne portait plus la moindre trace de la morgue blasée qu'il arborait une minute plus tôt devant son beau-père. Il semblait réellement hors de lui.

— Henryk, bon sang, mais que fais-tu là ?

Le susnommé le prit comme on reçoit une claque, cependant il ne broncha pas.

— Tu es fou d'être venu ici, tu ne te rends pas compte ! Ces gens sont… ils peuvent… Enfin, c'est de la folie, qu'est-ce qui t'a pris ?

— Il m'a pris que je voulais te voir, lui répondit finalement Henryk d'une voix glaçante.

James le regarda, muet une seconde et la bouche ouverte. Quelque peu calmé, il reprit sur un ton plus posé :

— Ce n'est pas le lieu où l'on peut se voir. Ni le lieu ni le moment, d'ailleurs. Ce bal a plus d'importance que tu ne peux le comprendre.

— Bien sûr que je ne peux pas comprendre ! Du bourbier où je vis, je suis bien incapable d'effleurer vos célestes problèmes, *mon cher* !

James sembla ne pas entendre sa réplique acerbe. Il marchait à présent de long en large dans la petite pièce, se passant la main dans les cheveux avec nervosité. Le genre de bureau, rempli de fatras, où ils avaient atterri était trop petit pour contenir la colère de deux hommes. L'atmosphère électrique, dans un si petit espace, aurait pu rendre n'importe qui claustrophobe. James continuait de parler à mi-voix, comme pour lui-même :

— C'est ma faute, j'aurais dû t'expliquer, mais je ne pensais pas que...

Henryk bouillait. À bout de patience, il l'attrapa par le bras pour l'empêcher de bouger.

— Tu ne pensais pas quoi ? Que je ne viendrais pas envahir ta vraie vie, celle qui n'est pas cachée ? Tu as honte de moi, c'est ça ?

James se dégagea vivement. Des flammes dans les yeux.

— Non ! Non, ce n'est pas ça ! Mais enfin, tout ne tourne pas autour de toi ! Ce n'est pas systématiquement toi qui es attaqué lorsque j'essaye de démêler les problèmes de MA vie ! Tout ne se résume pas à la lutte des riches contre les pauvres, Henryk !

— Alors ça : permets-moi d'en douter, mais très bien, alors, qu'est-ce que c'est, si ce n'est ça qui te met dans un état pareil parce que j'ai osé venir à ta petite sauterie mondaine ?

James poussa un soupir de frustration. Il se passa la main sur le visage et sembla prendre conscience, enfin, qu'il n'avait pas réagi de la manière la plus fine. Il fit un premier pas vers Henryk, puis un autre, incertain.

— Pardon, cela m'a surpris, je ne m'attendais pas à te voir ici et... Ce bal est important, je sais que cela va te sembler absolument ridicule, mais une bonne partie de mon avenir va se décider ce soir. Je ne dois pas faire de faux pas. Il y a autant d'obstacles à éviter que de chances à saisir dans ce genre d'événements.

Le jeune homme soutint longuement son regard. Il semblait vouloir trouver quelque chose en lui. Du réconfort ? Un espoir ? Dans les prunelles d'azur, Henryk se voyait en miroir et cela le mit soudainement mal à l'aise. De la culpabilité s'insinuait dans son esprit saturé de colère. Comme toujours aveuglante, elle avait encore pris le pas sur sa raison. C'était l'éternel écho de tous ses regrets. Allait-il être encore celui qui vient tout détruire, salir et fuir lâchement ? N'était-il que cela ? Une bouffée d'angoisse le gagna. La pièce était trop petite, la situation trop grande. Fébrile, il prit les mains de James dans les siennes et en porta les paumes à ses lèvres.

— Je suis un obstacle… pour toi ? lui demanda-t-il d'une voix fragile.

C'est alors que les yeux clairs de James se remplirent d'affection et son expression se chargea d'une telle tristesse qu'Henryk en oublia toute rancune en un instant. Leurs costumes étaient si raides que le bruit du tissu qui se plisse prit, à ses oreilles, la voix de la contrainte. James était à présent tout contre lui. La chaleur de son corps était à peine perceptible sous la barrière de leurs habits de soirée. Henryk voulait sentir sa peau nue, ce contact l'aurait rassuré. Ces vêtements-là étaient, pour lui, des armures destinées à les séparer. Il n'aurait pas dû venir. Il n'aurait pas dû se confronter à cette réalité-là.

James prit son visage entre ses mains ouvertes et, de ses lèvres cerise, des mots presque expirants s'écoulèrent :

— Oh, Henryk, si tu savais. Après ce soir, tout sera différent. Après, je serai libre et…

Et il l'embrassa, passionnément, cherchant immédiatement à posséder sa bouche, à approfondir leur baiser de la langue, à le tirer à lui de toutes ses forces. Cela avait quelque chose de maladroit et de cru, un goût de désespoir qui fit peur à l'artiste, mais dont l'intensité l'enivra malgré tout.

La poignée de la porte tourna dans un grincement sec. Les deux amants se séparèrent brusquement, le souffle haletant. Une jeune fille apparut dans l'encadrement et, avec elle, le bruit de la soirée rentra comme un intrus dans la petite pièce étouffante.

Elle était séduisante, indéniablement. Henryk remarqua d'abord le bel ovale de son visage, auréolé de boucles blondes retenues par un ruban gris perle. Ses formes féminines à peine sorties de l'adolescence étaient moulées dans une robe ajustée en fine soie violette. Sa poitrine était dissimulée par une légère dentelle lilas et ses bras ronds couverts par de longs gants de satin noir. Elle avait un regard clair impérieux, qui tranchait avec les courbes pouponnes de son visage de jeune fille. Elle dévisagea d'abord Henryk avec un aplomb surprenant, puis colla à son visage un sourire diplomatique et se tourna vers James.

— Pardonnez-moi de vous interrompre, mais Monsieur Thomas te cherche, James. Et j'aurais souhaité que tu ne me laisses pas en compagnie de cet homme plus que nécessaire.

Son ton n'avait rien d'aimable et Henryk fut surpris d'entendre James lui répondre avec une patiente affection :

— Excuse-moi. Je n'avais pas vu qu'il était arrivé.

Elle devait lui être très proche.

Des chances à saisir, avait-il dit.

Les aigreurs de la jalousie s'insinuèrent dans le cœur de l'artiste.

James lui tendit son bras, qu'elle prit avec grâce, et se tourna calmement vers lui. Lui qu'il venait d'embrasser passionnément quelques instants plus tôt. Le contraste d'attitudes était choquant.

— Lisbeth, je te présente Henryk Lublieski, un ami qui m'a fait la surprise de venir ce soir. Henryk, voici Lisbeth, ma jeune sœur.

Cette charmante petite blonde était donc sa sœur ! Henryk n'y avait même pas pensé ; lui, l'orphelin, n'avait pas imaginé que James avait une famille au-delà de ce beau-père grotesque. Il se sentit stupide d'avoir supposé que son amant lui avait caché une fiancée. Mais ce monde lui était par trop inconnu et hostile, la plupart des réflexes de bienséance lui manquaient. Tendu autant que contrit, il ne fit même pas l'effort de vouloir baiser la main de la jeune fille. Celle-ci n'avait d'ailleurs pas esquissé le moindre geste pour le saluer. Elle semblait le soupeser comme on jauge un danger potentiel. Ils se dévisagèrent ainsi quelques secondes, puis Lisbeth se détourna et entraîna son frère par le bras. Ils pénétrèrent de nouveau dans la salle de bal. Cette fois, les regards se firent moins discrets lorsqu'ils détaillèrent Henryk et le couple des enfants Aylin. Ils arrivèrent près d'un petit groupe d'hommes, à la cinquantaine grisonnante, leur coupe de champagne à la main.

Lisbeth abandonna le bras de James à quelques pas du cercle de convives. Elle coupa leur conversation sans plus de cérémonie :

— Monsieur Thomas, je vous laisse aux bons soins de mon frère, il saura converser avec vous bien mieux que je ne saurais le faire.

L'homme à qui elle s'adressait se retourna d'un mouvement emphatique. Il avait le visage osseux et un sourire satisfait, ses yeux étaient d'un gris de glace. Henryk se figea. Il connaissait cet homme.

— Mademoiselle, la fraîcheur de votre jeunesse vaut bien toutes les conversations érudites. Et vous m'obligeriez si vous acceptiez de m'appeler Charles.

Il fit mine de vouloir lui saisir la main pour y poser un baiser, mais la jeune fille se déroba et lança :

— Messieurs, je me permets de vous abandonner, il me faut donner un peu de mon attention à chacun de nos invités.

Ce sur quoi, elle tourna les talons en faisant joliment glisser la soie de sa robe sur le parquet brillant, et partit vers un autre groupe, cette fois de jeunes gens, à quelques mètres de distance. Thomas la suivit des yeux avec un sourire arrogant puis, se tournant vers James, il lança :

— Ah, l'impertinence de la jeunesse, c'est toujours si vivifiant. On se sent rester vert. N'est-ce pas ?

Henryk ne tint pas compte de l'extrême mauvais goût de la remarque. Il ne respirait même plus, le regard rivé sur l'homme qui venait de parler. Cette voix ! C'était impossible ! Comment une telle coïncidence ? Comment se pouvait-il que… Henryk regarda la scène se déroulant devant lui comme s'il en était extérieur. Son esprit s'était tétanisé. Des flammes, des cris, sa mère. Cet homme, dont le nom avait été simplement francisé, était Klaus Trommer, le patron qui avait maltraité la pauvre Miriam à l'usine jusqu'à ce qu'elle s'épuise et tombe malade, celui qui lui avait refusé la moindre aide. L'incarnation de tout ce qu'il haïssait !

Henryk resta effaré comme devant un cauchemar ayant pris vie. Il n'était pas possible que cet homme soit un proche de James, c'était inconcevable. Sa raison luttait pour reprendre pied au milieu du marécage de ses souvenirs. Devant lui, l'échange se poursuivait pourtant :

— Certes, répondit James sur un ton à peine courtois.

Thomas, visiblement très à l'aise pour briller en public et peu ému du caractère farouche des descendants Aylin, enchaîna :

— Oh, mais en parlant de jeunesse, voilà une fière silhouette dans laquelle on sent la vigueur des vingt ans. Présentez-nous donc, James !

Ce dernier réprima un grognement d'irritation au fait d'être hélé si trivialement et Henryk faillit par réflexe s'interposer entre lui et Trommer. C'était presque animal, cet instinct de protéger ceux qu'il aimait de ce monstre. Mais James resta calme et aimable. Il fit les présentations sur un ton monocorde :

— Messieurs, je vous présente Henryk Lublieski, un ami artiste qui revient d'Italie. Henryk, voici le docteur Nathan Elsing, le baron Wolfgang Von Sherman, le colonel William Tukers et Monsieur Charles Thomas, les associés de mon beau-père.

Les quatre hommes lui firent un léger signe de la tête, aussi pédants et dédaigneux qu'il leur était possible sans paraître discourtois. Henryk ne les regarda même pas, il ne pouvait pas quitter Trommer des yeux ; celui-ci posait sur lui un regard de serpent.

— Un artiste, je vois, ponctua Thomas avec condescendance. Nous nous connaissons, non ? Lublieski… Lublieski… Amusant, cela me rappelle quelque chose, mais…

Henryk sentit tout son corps se tendre.

Dis-le, fumier, ce que cela te rappelle !

Thomas plissa les yeux, puis eut un petit rire suffisant.

— Ah, ce que sont les souvenirs, vraiment ! On fait les associations les plus absurdes ! Je ne sais pourquoi je viens de penser à cette affaire dont on nous fend le crâne dans ce pays depuis des mois. Ce juif, là, ce Dreyfus !

Il se tourna vers les trois autres hommes d'affaires qui laissèrent échapper des râles et des hoquets indignés. Assuré de son public conquis, il continua :

— Et dire, messieurs, que cette histoire continue encore d'occuper la presse. Et son procès qui vient d'être révisé, quelle indignité ! Avec cela, on nous ressert le torchon pseudo-dénonciateur de ce scribouillard italiano-sémite. Vous vous souvenez ? Celui dont on a fait tout un foin il y a un an ! C'était dans le journal *L'Aurore*, il me semble.

Il posa sa coupe de champagne vide et poursuivit avec un grand geste d'orateur romain :

— Ah, mais les Français sont d'une bassesse de vue inconcevable. Avec leur permissivité, ils ont l'art d'alimenter les appétits de la racaille, après quoi ils s'étonnent et se plaignent quand celle-ci n'est plus maîtrisable ! conclut-il, définitif.

— Mais avez-vous lu comme moi ce qu'a osé faire paraître ce Zola[48] ! S'ils ne sont pas capables de museler ce genre de traître, ça ne m'étonne même pas que cette nation ait perdu si lamentablement la dernière guerre ! compléta le colonel.

— Oh, sauf le respect que j'ai pour l'Armée, colonel, quand on voit la manière dont elle est gangrenée par certaines influences populo-républicaine... Il n'y a rien d'étonnant à ce que ce pays tombe dans la révolution aussi facilement. La race se meurt, renchérit le baron.

— Oui, finit Thomas qui se tourna de nouveau vers Henryk, la gangrène juive et la peste ouvrière, j'en ai eu à mâter quand j'étais en affaires à New York, et croyez-moi, on ne l'éradique pas si facilement.

Devant pareils discours odieux, Henryk serrait les poings à se meurtrir les paumes, tous ses muscles le brûlaient et son esprit vibrait si fort qu'il se sentit perdre tout discernement.

Les flammes, les cris, sa mère et la cendre noire partout, sur son adolescence, sur son âme, sur son cœur. Sa rage fut la plus forte.

— Une larve comme vous ne vaut pas un doigt de la main de Monsieur Émile Zola, lâcha-t-il dans un quasi-feulement.

James se rapprocha de lui précipitamment et lui souffla :

— Henryk, non...

---

48 Le fameux *J'accuse* d'Émile Zola avait été publié le 13 janvier 1898 dans le journal *L'Aurore*. Le journaliste et écrivain met, avec cet article, toute sa carrière en jeu pour dénoncer le complot visant l'officier Dreyfus accusé de trahison, mais surtout victime de la haine antisémite. L'affaire entraîna une crise sociale et politique majeure dans la France de la fin du XIXe siècle.

Thomas se tourna calmement. Il avait un air de supériorité amusée greffé au visage qu'Henryk aurait voulu lui arracher à coups de poing. Les trois autres convives firent un pas en arrière, semblant révulsés.

— Tiens, vous savez donc parler ? C'est bien malheureux que votre première phrase ne soit qu'une injure médiocre. Vous êtes donc dreyfusard ? Monsieur Aylin, vous avez là de bien curieuses fréquentations.

Henryk se contenait avec difficultés. En plus d'être le monstre tout droit sorti de son passé, cet homme, qui avait le culot de lui donner des leçons, n'était-il pas, aussi, le fameux Charles Thomas qu'Henryk avait été missionné pour humilier ? L'occasion était trop belle. Il ne put s'empêcher de hausser le ton en répliquant :

— Vous avez de grands airs d'homme supérieur alors que vous n'êtes qu'une maladie putride pour cette société, Monsieur Thomas. Mais marcher dans les palais du pouvoir ne vous empêche pas d'avoir la boue de la misère qui vous colle comme une ombre. Cela pue quand même sous les costumes chics. Non ?

Thomas ricana, un peu jaune malgré tout. Henryk s'avança vers lui d'un pas menaçant. L'autre ne recula pas, toutefois il perdit son sourire.

— Mais j'imagine que votre passé ne doit pas vous tirailler tant que ça. Vous avez tant de projets : d'autres innocences à salir, je crois. Il paraît que vous avez trouvé ici une oie blanche à ferrer !

James lui prit le bras soudainement, il était pâle comme un linge.

— Henryk, ce n'est pas…

Mais l'artiste n'était pas en état d'être raisonné. Dans son esprit se télescopaient avec frénésie les souvenirs qu'il avait de Trommer à New York et le portrait que Carmen lui avait fait de son goujat d'amant. Le plan de vengeance de la danseuse se mêla à sa propre hargne contre cet homme infect. Henryk sortit la fine liasse des lettres de Carmen qu'il avait gardée dans la poche de son veston et la jeta au visage de Thomas. Elles tombèrent au sol et s'éparpillèrent. Dans la salle, les conversations s'étaient tues et les convives, n'osant pas s'approcher, jetaient des regards par-dessus les épaules et les éventails pour tenter de deviner les tenants et aboutissants de l'esclandre en cours. Tout le monde fixait les pauvres enveloppes, petits papiers grossiers et dérisoires sur le parquet brillant ; elles avaient pourtant une aura de cataclysme.

— Qu'est-ce que cela ? siffla Thomas.

— « Cela », c'est de la part d'une pauvresse comme vous les aimez : Carmen Murillo. Vous lui aviez demandé de vous rendre vos pathétiques lettres d'amour, les voici donc ! Ainsi, vous n'aurez plus à « entretenir la danseuse », comme on dit à Paris. Voici bien les mœurs des gens de votre espèce. Passer d'un lit de prostituée sans le sou à celui d'une innocente rentière : voilà un bel esprit qui se permet de donner des leçons de morale !

Thomas ne daigna pas se baisser pour ramasser les lettres ; ce geste aurait été un aveu de culpabilité. Il se dressa de toute sa hauteur, son visage sec exprimait une haine glaciale.

— Ravalez vos paroles, jeune homme, ou vous en répondrez.

— Très bien, ne perdons pas de temps, nous pouvons régler cela dans la cour à la manière new-yorkaise.

On entendit des « oh » dans la salle et Lisbeth, qui ne s'était pas vraiment éloignée, quitta son groupe d'amis pour rejoindre son frère.

James se plaça entre les deux hommes, les mains levées en signe d'apaisement.

— Messieurs, tout ceci est à mettre sur le compte de l'alcool et de la fatigue, et…

Thomas le coupa. Le sourire mauvais lui était revenu. Il tourna son regard de glace vers James et fit claquer sa langue avec dédain.

— Monsieur Aylin, cet ami « artiste », que vous nous avez ramené là, aurait dû rester dans les taudis de Montmartre où vous l'aviez déniché. Sa place n'est pas ici, ne croyez-vous pas ? Hum, tout comme la vôtre n'était pas là-bas, si vous voulez mon avis.

« Montmartre » ? Le cœur d'Henryk manqua un battement et il fut saisi d'une sueur froide.

Comment sait-il ? Comment cette ordure peut-elle savoir !

James avait également encaissé le coup. Il avait encore davantage pâli, mais ne perdit pas son calme et son visage n'exprima que très peu son émotion.

— Il me semble, Monsieur Thomas, que même si mon ami a été fort grossier à votre égard, vos propos dépassent quelque peu le cadre de la bienséance. Je reste votre hôte ici et non pas un élève à sermonner.

Il sourit courageusement à sa sœur qui, inquiète probablement, avait pris une mine alarmée. En remarquant cela, la morgue de Thomas s'accentua encore. Il ajouta sur un ton d'une mansuétude écœurante :

— Mon cher James, je crois que tout ceci a pris en effet des proportions déraisonnables. Monsieur Lublieski et moi-même allons nous comporter comme des gentlemen et en rester là. Il serait inutile de gâcher cette délicieuse soirée, n'est-ce pas ? Votre charmante sœur en serait parfaitement désolée et j'imagine que ce n'est pas ce que vous souhaitez.

Lisbeth sembla un instant surprise d'avoir été incluse dans la dispute. Elle interrogea son frère du regard. Celui-ci avala sa salive, la mâchoire crispée. Henryk, qui avait été décontenancé par l'échange, bien plus violent que le ton calme des deux hommes ne le laissait supposer, reprit un peu d'audace :

— Je n'ai pas la lâcheté des bourgeois, je ne vais pas me laisser museler par vous, lança-t-il.

La sœur de James, qui se tenait à sa droite, lui adressa alors un regard plein d'admiration devant son insoumission ; elle semblait envier une telle liberté de ton.

— Ne jouez pas avec ma patience, Monsieur Lublieski, répliqua aussitôt Thomas.

Cette fois, avant que l'artiste n'ait pu répondre ou esquisser un mouvement, James plaqua sa main sur son torse.

— Henryk, pourrions-nous sortir quelques instants ? lui demanda-t-il.

Son ton était ferme, et en réalité ce n'était pas une question. Henryk serra les dents. Devant lui, Thomas se détourna avec dédain. Il reprit sa conversation mondaine ponctuée de remarques mielleuses à la jeune Lisbeth, faisant comme si rien ne s'était produit. L'indifférence, c'était pire que tout, c'était ramener Henryk huit ans plus tôt, alors qu'il n'était qu'un adolescent désarmé face à une porte close. Il se sentit écartelé entre sa haine envers Trommer et sa conscience, qui se débattait encore malgré tout. Cette maudite soif de vengeance allait lui faire perdre le seul être auquel il pensait tenir, mais à cet instant, aveuglé, il s'en moquait.

James, profitant de son moment de doute, lui prit le bras et l'entraîna vers le hall jusqu'à l'entrée de l'hôtel particulier. Ils en passèrent le seuil. Arrivé dans le froid de la nuit d'hiver, Henryk reprit ses esprits et repoussa violemment le jeune homme, qui lui tenait encore le poignet. Il s'adressa alors à lui en baissant d'un ton, mais en gardant néanmoins sa véhémence, ne pouvant s'empêcher de retourner sa colère contre celui pour qui il venait d'abandonner le champ de bataille :

— Comment peux-tu me demander de m'humilier face à ce...

— Henryk, s'il te plaît, ce n'est pas l'endroit !

Toujours cet argument ridicule !

— Ce type est une ordure ! Comment peut-il être toléré sous ton toit ?

— Mais toi, pour commencer, tu n'avais pas à être ici !

— Alors, c'est moi le monstre que tu chasses de chez toi.

— Ce n'est pas' c'est moi qui aurais dû...

James poussa un soupir exaspéré.

— Je suis désolé, Henryk, c'est ma faute. T'inclure dans ma vie alors que tout cela est si compliqué. C'était une erreur.

Un silence. Henryk fut comme assommé. Il eut une douleur violente à la poitrine. Quel était ce bruit hideux qu'il entendait distinctement en lui ? Ce vacarme assourdissant qui résonnait dans tout son être à cet instant, qu'est-ce que c'était ? Ses oreilles bourdonnaient de l'écho sordide de cette phrase. « Une erreur ». Il n'était qu'une erreur. Un mur de glace se bâtit instantanément autour de son cœur. Sourd, aveugle, insensible. Les pensées les plus sournoises l'agrippèrent, salissant jusqu'à ses souvenirs, éclaboussant ses sentiments d'un fiel vénéneux. Il laissa se déverser sa colère, puisqu'il n'avait plus qu'elle, en abondance :

— Une erreur ! Mais bien sûr, tout ceci est une lourde erreur. T'aimer ! T'aimer, c'était une lourde erreur ! Tu as raison, je n'ai rien à faire ici parmi ces gens, dans ce monde pervers où tu te complais. Je croyais que tu étais différent, je croyais que tu m'avais rendu différent. Mais non, c'est juste une erreur, tu vois. C'est encore pareil, les gens comme vous, vos mensonges, vos simagrées, tout est faux ! Tu t'es bien foutu de moi, avec tes grands yeux innocents. C'était comment de jouer les vierges effarouchées devant le pauvre bougre aux mains sales ? Tu voulais t'encanailler, c'est ça ? Bien ! Bravo, ça ne t'a pas coûté cher. À moi, si, je devrais peut-être te réclamer de l'argent ? Au moins le prix de la passe ? Non ?

Il avait fini par hausser le ton et sa voix avait résonné dans la cour de l'hôtel particulier. À l'intérieur, quelques têtes s'étaient tournées avec curiosité vers les fenêtres, et les domestiques présents sur le perron dévisageaient les deux hommes avec des regards plus qu'interloqués. Henryk prit conscience qu'il était bel et bien en train de faire un scandale. Cela n'avait plus vraiment d'importance. Qu'on le traîne en prison, pour ce que sa vie valait. James le regardait, horrifié.

— Henryk, je t'en prie...

Il avait les yeux brillants de larmes, mais pas une n'avait coulé. Il se retenait obstinément de faire voir sa tristesse, sa colère, sa frustration ou un quelconque sentiment. Lui qui avait déjà tant de fois laissé Henryk lire son cœur au livre ouvert qu'étaient ses beaux yeux clairs, c'était comme si, à présent, tout était fermé, détruit. Comme s'il ne voulait même plus lui offrir ses larmes. Ce qu'ils avaient partagé ne méritait sans doute pas qu'on le pleure. Et pourtant, Henryk y avait cru. Il avait voulu croire à cet amour qui n'avait pas deux semaines, à ce désir qui l'avait enrôlé, domestiqué, apaisé. Il avait offert son âme et elle gisait à présent là au sol, meurtrie, mourante. Il voulut lutter encore :

— James, dis-moi que j'ai tort, dis-moi que ce que je viens de te dire est faux.

Ramasse mon cœur, il est à tes pieds, un mot de toi... je t'en supplie...

Comme en réponse à sa prière, une larme s'échappa enfin des prunelles de James.

C'est alors qu'une silhouette apparut sur le pas de la porte d'entrée. C'était Lisbeth, éclairée par le hall derrière elle. Son ombre se projeta, gigantesque, sur les pavés de la cour. Elle semblait être l'allégorie du destin venue sonner le glas de la pièce de théâtre.

— James, mais enfin, que fais-tu encore dehors ? Il va être minuit, nos invités te cherchent ! appela-t-elle.

C'était ridicule. Cette réalité futile qui venait les arracher à leur drame était ridiculement sordide. James ferma les yeux une seconde, inspira et expira lentement, et lorsqu'il les rouvrit, ceux-ci avaient perdu toute vie. Il énonça d'une voix éteinte :

— Je crois que nous n'avons plus rien à nous dire. Je vais vous demander de quitter cette maison, Monsieur Lublieski.

Henryk crispa les poings. Il avala sa salive. Il avait la gorge sèche, brûlée par la colère, par le regret.

— Je vois, conclut-il froidement.

Au loin, le tonnerre gronda en une parfaite intervention finale du ciel. Henryk avait envie de hurler, mais à quoi bon ? Tout ceci n'avait été qu'un mensonge. Il n'y avait pas lieu de se battre pour une illusion. Il n'avait plus rien à sauver de ce gâchis. Il regarda une dernière fois James. Son amant... *son amour...* et tourna les talons, résigné. Il passa le grand porche d'entrée et marcha calmement, refusant de se retourner.

Cette rue de Passy lui parut atrocement longue, chaque pas lui écorchait l'âme et les lambeaux tombaient à même les trottoirs boueux. Mais arrivé au carrefour, n'y tenant plus, il se mit à courir. Désespérément. Courir jusqu'à ce que ses jambes se crispent d'épuisement, jusqu'à ce que ses poumons irrités fassent remonter le goût du sang dans sa bouche. Il courut jusqu'à son misérable quartier, jusqu'à sa chambre de pauvre artiste sans talent, jusqu'à ce matelas pitoyable où il avait cru aimer un ange.

Il n'avait plus rien. Il n'avait jamais rien eu. Il n'était rien.

Dans l'obscurité de la pièce, le portrait de James lui souriait en quelques coups de crayon. Henryk tomba à genoux devant le croquis.

Une erreur.

Il arracha violemment le portrait du mur décrépit, la rage lui dévorant les entrailles.

Au moment de le froisser entre ses doigts gelés, il croisa le beau regard d'azur à qui il aurait tout donné. Le long de sa nuque, le fantôme d'une caresse fut l'ultime coup porté à son âme agonisante. Ses sanglots furent étouffés par l'orage.

Au loin, dans les lumières de la ville et sous un ciel zébré d'éclairs, résonnait la joie des premières heures du siècle nouveau.

Chapitre 11

Son réveil fut douloureux, l'arrachant violemment au magma d'un sommeil fébrile. La lumière qui perçait les rideaux de lourd velours sombre était trop blanche et intense pour ses yeux à peine ouverts. Il ne devait pas être loin de midi. Ce qui signifiait que James n'avait réussi à dormir que trois heures en tout. Cette nuit avait été atroce.

Il fixa le plafond pendant une longue minute. Prisonnier encore du maigre repos, son esprit tentait de recoller les morceaux des événements de la veille. Le bal, la soirée, Henryk.

Le jeune homme se redressa lentement dans son lit. Le matelas se creusa sous son poids, les draps étaient froids. Il avisa, sur le dossier de sa chaise près du bureau, son costume de soirée posé sans soin.

Il se souvenait de s'être déshabillé avec une sorte de colère incontrôlable, reportant sur ce malheureux habit tout le dégoût qu'il avait fini par avoir pour cette vie de contraintes. Ces immondes compromis avec sa conscience, les tortures infligées à son cœur. Et tout cela pour quoi ? Pour garder les apparences dans ce monde pourri qu'il ne supportait plus ? À quoi bon. Il frissonna, gagné par les relents de cette colère irrationnelle, ses nerfs irrités à l'extrême.

Henryk. Il n'avait pas pu le retenir, pas su.

Ses pensées furent interrompues par un sanglot avorté qu'il retint avec peine. Non. Il n'allait pas recommencer à pleurer ! Il avait passé sa nuit à cela. Sitôt qu'il avait pu s'enfermer dans sa chambre, sitôt qu'il n'y avait plus eu sur lui la pression de ces dizaines de regards scrutateurs, alors les larmes s'étaient libérées, incontrôlables, des heures durant. Plus rien n'existait que son chagrin, sans qu'il parvienne à ne serait-ce que réfléchir à ce qui s'était passé durant cette soirée. Henryk était parti et c'était comme si on lui avait arraché une moitié de son âme. Cela n'avait rien de rationnel, rien de scientifique. La révélation lui était apparue soudain une fois son costume retiré. Une fois ce maudit déguisement de comédie mondaine ôté. Il s'était écroulé. C'était une douleur pure, animale et il n'avait pu que pleurer, assis à demi nu à même le parquet de sa chambre. Quand les spasmes avaient un peu diminué, il avait fini par se traîner jusqu'à son lit. Et là, le désespoir avait repris, plus fort, lui comprimant le cœur et l'esprit comme si on l'étouffait sous un énorme sac de grains.

Il se passa une main sur le visage. Ses yeux étaient gonflés, ses paupières lui faisaient mal ainsi que son crâne, qui semblait étrangement rempli d'eau et desséché à la fois. Il revoyait, dans un kaléidoscope cauchemardesque, Henryk et son regard rempli de colère, de déception. Ses mots. Ils avaient été horribles et pourtant cela n'avait aucune importance. Non, aucune car, avant les injures, l'artiste lui avait avoué qu'il l'aimait. James était sans doute pitoyablement mélodramatique de s'accrocher à cela au milieu de cette débâcle de sentiments, mais c'était la seule lumière qu'il était parvenu à distinguer. De toute l'intensité de son âme bohème farouchement libre, Henryk l'avait aimé.

Et James l'avait repoussé, par réflexe, pour le protéger, parce que tout ceci était absurde, qu'il n'avait pas à être à ce bal extravagant, lui, si vrai et honnête face à tous ces monstres corrompus, parce que le laisser affronter ce monde était suicidaire. Il tenait trop à lui pour ça. Le renvoyer, l'éloigner de cette infection avait paru, sur le moment, être l'unique solution.

Et puis il y avait sa sœur, il avait dû penser à elle avant de nourrir son propre égoïsme de bonheur. La jeune fille avait été parfaite. De cela, il pouvait se réjouir. Lisbeth avait charmé l'assistance, s'adaptant à chacun de ses interlocuteurs comme le plus gracieux des caméléons. Qu'elle avait mûri en si peu de temps ! James en était resté éberlué. Elle avait semblé si sûre d'elle et brillante qu'il commençait à se dire qu'elle saurait bien plus vite que lui manier les ficelles de ce monde-là. Lui-même ne s'y ferait sans doute jamais totalement. Il espérait si fort qu'elle aurait pu trouver un bon parti dans cette assemblée où de jeunes gens très bien avaient été réunis. Si elle avait pu y gagner quelque chose, alors il y aurait un peu de bon né au milieu de ce désolant gâchis. Il souhaitait qu'elle n'ait pas été affectée par l'esclandre causé par la rencontre entre Henryk et cet odieux Charles Thomas. L'assistance n'en avait pas semblé troublée, heureusement. Il faut dire que ce genre de peccadille était monnaie courante dans ce milieu huppé où l'on s'écharpait pour un rien sur fond de guerre des vanités. On en parlerait peut-être une semaine à l'entracte à l'Opéra, ou dans quelques dîners mondains, mais guère plus. Après tout, il ne s'était pas passé grand-chose. Les pauvres lettres qui avaient semblé un instant la quintessence du scandale avaient été ramassées par un domestique sous les ordres d'Autiero et brûlées sans plus de cérémonie, sous le sourire narquois de Charles Thomas.

Cet homme. James l'avait, très clairement, sous-estimé. Son pouvoir de nuisance était bien supérieur à celui de son beau-père. Plus vicieux, moins prévisible.

« Les taudis de Montmartre où vous l'avez déniché. » La phrase lui revint soudainement. Comment cet homme pouvait-il savoir qu'Henryk habitait là ? Avait-il dit cela au hasard ? Pour le vexer ? Maintenant que James était réveillé et moins groggy par le choc des émotions de la nuit, cette petite remarque eut bien plus d'impact dans son esprit. Il allait devoir dénouer ce mystère. James soupira et se leva enfin. La tête lui tournait et il avait une légère fièvre. Son corps lui rappelait douloureusement ce que cette nuit lui avait coûté. Après un brin de toilette, il mit des vêtements simples, une chemise de coton épais et un gilet de laine, et quitta sa chambre. La priorité était pour lui de faire le bilan de la soirée avec Miss Meryll et, si possible, avec Lisbeth. Plusieurs fois durant le bal, il avait croisé dans le regard de sa sœur quelque chose comme de la tendresse, ou peut-être une sorte de connivence, de celles qu'ils partageaient encore à si peu de temps de là, lorsqu'ils étaient tous les deux adolescents. Il voulait lui parler, car il avait senti qu'elle avait des choses à lui dire, et lui-même avait tant sur le cœur que lui en confier une partie, même en dissimulant les détails, lui ferait le plus grand bien. Ensuite, s'il parvenait à en trouver le courage, il irait voir Henryk, pour tout lui expliquer. Parce qu'il ne voulait pas croire qu'il l'avait perdu pour toujours. Qu'il fût du peuple, cela n'avait aucune importance, s'il voulait bien voir qu'il n'existait que l'égalité des cœurs, alors ils apprendraient à se comprendre. James restait un naïf et il était amoureux. Ce mélange pouvait nourrir tous les espoirs, même les plus irréalisables.

En sortant de sa chambre, il alla donc directement vers celle de sa sœur, dans l'autre aile de l'hôtel particulier, et frappa à sa porte. Personne ne répondit. Il n'insista pas. Elle devait déjà être en bas avec Helen, il n'avait qu'à les rejoindre. Avec un peu de chance, Ernest serait sorti vaquer à ses affaires, les grands ménages de lendemains de fêtes ne l'ayant jamais intéressé. James traversa le long couloir des chambres dans le sens inverse. Il croisa une domestique qui l'arrêta poliment avant qu'il ne descende le grand escalier.

— Monsieur, le docteur Guimard est passé ce matin très tôt, mais vous dormiez et il a dit qu'il n'était pas utile que l'on vous dérange. Il a laissé ceci pour vous.

Elle lui tendit une sobre carte de visite, que James reconnut comme l'une de celles de son ami Adrien. Au dos était griffonné quelques mots qui le laissèrent, lui qui était encore engourdi de sa nuit trop courte, totalement dubitatif : *James, je m'apprête à blesser, je le crains, notre vieille amitié avec une action qui ne me ressemble guère. Mais c'est avec l'élan du cœur que j'agis. Je vous demande de me faire confiance. Je ferais tout pour son bonheur, je vous l'assure. Votre ami. Adrien Guimard.*

Qu'elle était cette étrange histoire ? Le jeune et timide médecin avait-il subitement décidé de faire une folie pour une femme ? James n'eut pas le courage de se pencher immédiatement sur cette question, néanmoins il se promit d'éclaircir cela après avoir lui-même fait un peu de ménage dans ses propres problèmes.

Il descendit le grand escalier. Le hall était un vaste chantier où grouillaient des domestiques qui tâchaient de retransformer en pièces à vivre les salles de bal de la veille. On s'affairait là à dérouler les tapis, bouger les meubles, redresser les tableaux et replacer les bibelots. Dans une heure au plus, tout aurait disparu : tout son drame de la nuit passée, tous les mots dits, tous les baisers volés, toutes les émotions crues, effacés par la normalité de cette vie superficielle. Son monde était une scène de théâtre où le décor de la mort de la tragédienne alternait sans transition avec les froufrous de la comédie de la grisette, au gré des contraintes de l'agenda mondain de la maison Aylin. James s'arrêta pour observer quelques instants les pièces en pleine transformation. Son quotidien lui était devenu insupportable. Il avait l'impression d'étouffer sous le poids de ces mascarades perpétuelles. Regardant encore d'un œil détaché les objets reprendre leurs places, il marcha lentement jusqu'au salon.

Mais lorsqu'il l'atteignit, ce ne fut hélas pas sa sœur et Helen qui l'accueillirent de leur doux sourire. Son sang se glaça. Son beau-père et Charles Thomas se tenaient debout au milieu de la pièce. Ernest avait un très large sourire, brutal. En soi, c'était une vision effrayante. Toutefois, le regard que lui adressa Thomas était bien pire. Tout son visage semblait un masque d'arrogance carnassier.

— James, quel plaisir de vous voir enfin ! lança-t-il.

Il aurait aussi pu déclarer qu'il allait le dévorer que son air en serait resté inchangé. Le jeune homme hésita presque à s'approcher. Au plus profond de lui, un instinct de survie lui disait de fuir, le suppliait de ne pas affronter ces deux hommes alors qu'il était à peine en état de se tenir debout. « La lâcheté des bourgeois. » C'est ce qu'avait dit Henryk. Il aurait tant voulu lui prouver que lui n'était pas comme ça, même si l'artiste n'était plus là pour le constater. Il s'avança donc, le pas aussi raide que celui d'un condamné à mort.

— Ah, quelle alliance judicieuse, je suis tellement heureux de cette conclusion, mon cher Charles. Ou devrais-je dire : mon cher beau-fils. Oh, avouez que le terme serait cocasse !

Ernest rit à gorge déployée. Thomas sourit à peine, les yeux rivés sur James, qui sentit son cœur manquer un battement.

— Quelle alliance ? Je ne vous ai aucunement donné mon accord pour que ma sœur se fiance, commença James, devinant le piège.

Thomas souleva légèrement les sourcils et Autiero cessa soudainement de rire pour prendre une mine féroce.

— Comment ça ? L'affaire est entendue depuis hier. Monsieur Thomas m'a raconté que vous lui aviez explicitement assuré que vous n'aviez « aucune raison » de vous opposer au mariage de votre sœur avec lui.

Autiero se tourna bovinement vers Thomas.

— C'est bien les termes tels qu'il vous les a énoncés, Charles ?

L'intéressé n'avait pas quitté James des yeux.

— Il me semble que c'était plutôt qu'il « n'était pas dans son intérêt de s'opposer à cette alliance entre Mademoiselle Lisbeth et moi », corrigea-t-il subtilement en doublant ses mots d'un sourire dangereux.

Évidemment, une menace, conclut James intérieurement.

Il fallait s'y attendre, un classique chantage pour lui forcer la main. Cet homme avait poussé très loin le machiavélisme. Mais il n'avait pas à plier devant l'ignominie.

— Je n'ai rien dit de tel. Et vous menez très mal votre séduction, Monsieur Thomas, si vous commencez par vouloir gagner le cœur de ma sœur avec des mensonges, répondit-il, ferme.

Thomas ricana.

— Le cœur ? Qui parle de cœur ? Nous sommes entre adultes éclairés ici, mon garçon, et les amourettes de roman n'ont jamais fondé d'empire, que je sache.

Son ton était d'un mépris écœurant.

— Exactement ! claqua lourdement Autiero. Et d'ailleurs, faites descendre votre sœur, que nous réglions cela.

Il accompagna ses mots d'un grand signe péremptoire de la main. James se raidit et haussa le ton :

— C'est hors de question ! Je n'ai que faire de votre ton paternaliste et de vos ordres de maquignon. J'ai la responsabilité légale de Lisbeth et elle n'a pas à vous être amenée comme Suzanne au procès des vieillards[49] !

Autiero reprit immédiatement son attitude de brute et vint lui gronder au visage. James ne recula pas. Son beau-père était hors de lui, une veine battait à sa tempe et ses yeux étaient rouges de fureur. Ce butor avait sans doute cru, l'espace de quelques minutes, que toutes ses turpitudes financières étaient enfin réglées. L'obstination de James, faisant vaciller ses plans, lui était souverainement intolérable.

— Vous n'allez pas me lancer votre science au visage, misérable impertinent !

— Ce n'est pas de la science, c'est la Bible. L'Ancien Testament, pour être précis.

— Ne jouez pas à ce jeu-là, James !

Son beau-père écumait de rage. Il ne parvenait à se contenir que parce que son associé était le témoin de la scène.

---

49 Épisode biblique dans lequel Suzanne, frêle jeune fille innocente agressée par des vieillards, est obligée de rendre des comptes au cours d'un procès intentés par ses ravisseurs qui l'accusent d'immoralité pour se défendre de leur crime.

Il ne percevait pas, d'ailleurs, que celui-ci, sadique, aurait sans doute apprécié que leur esclandre monte en violence.

— Je ne joue pas. C'est de l'avenir de ma sœur que nous parlons, je ne la livrerai pas à cet individu.

Derrière Ernest, Charles Thomas avait croisé les bras avec une étonnante nonchalance, semblant attendre que ses vœux s'exaucent d'eux-mêmes.

— Allons, mon cher associé, vous n'allez pas vous faire dicter votre conduite, sous votre toit, par cet enfant ? dit-il, badin.

James avait une réplique bien sentie à asséner en retour, mais il n'eut pas le temps de répondre, son beau-père trancha en levant les bras au ciel dans un mouvement d'ultime exaspération :

— Vous avez raison ! Cette comédie a assez duré !

Autiero partit soudain vers le hall, bousculant James au passage, qui se retourna immédiatement pour s'élancer à sa poursuite.

— Arrêtez ! Vous n'avez pas le droit !

Mais une main lui agrippa l'épaule, l'arrêtant aussi sec dans son élan.

— Surtout, n'ayez pas la naïveté de croire que la présence de votre amant au bal d'hier était due au hasard, lui souffla Thomas d'une voix basse, menaçante.

Il l'avait saisi d'une poigne crochue et douloureuse, lui broyant l'épaule entre ses doigts osseux. James s'écarta aussitôt de lui, révulsé. *Son amant !*

— Quoi !

L'arrogant affairiste haussa le menton et sourit avec délectation.

— Allons, James, ne prenez pas ainsi des airs de pucelle offusquée. Nous avons tous nos sales petits secrets, voyez-vous. Et le vôtre n'était pas assez bien dissimulé. C'était un peu trop facile, d'ailleurs.

Le cœur du jeune homme s'emballa violemment. Son beau-père avait monté quatre à quatre les marches de l'escalier menant à la chambre de sa sœur. Sa raison peinait à retrouver un peu de pouvoir sur la panique qui le débordait de toutes parts.

— Qu'est-ce qui vous permet d'insinuer de telles choses ? siffla-t-il.

Thomas se frotta le menton, ne l'écoutant pas vraiment et faisant mine de se parler à lui-même.

— Hum… dans votre cas, je parierais sur un manque d'expérience, erreur classique du débutant. Ce beau gaillard devait être votre premier, non ?

James rougit, autant de colère que d'embarras. C'était immonde d'entendre cette si belle vérité sortir d'une bouche si nauséabonde.

— Je ne vous permets pas ! En quoi cela a à voir avec…

Thomas le coupa d'un rire sordide. À l'étage supérieur résonnèrent les violents coups qu'Autiero donnait à la porte de la chambre de Lisbeth. Au bout de cinq, un bruit plus sourd indiqua que la serrure avait cédé. Son beau-père devait l'avoir enfoncée. James voulait s'élancer vers sa sœur et en était empêché par Thomas, qui riait encore de lui et de ses efforts vains pour ne pas perdre sa contenance.

— À voir ? Mais tout, voyons ! Oh, vous êtes si adorablement naïf ! Mais, mon cher, votre petite perversion peut vous conduire tout droit en prison, si ce Henryk Lublieski daigne témoigner contre vous. Notez à ce propos que tout s'achète et qu'un pouilleux de son espèce doit bien avoir quelques dettes à éponger. Cependant, de vous voir croupir dans une geôle humide ne m'est d'aucun intérêt ; en revanche, vous faire déclarer immoral et donc incapable de demeurer le tuteur d'une jeune fille de dix-sept ans… là…

James ouvrit des yeux horrifiés, une sueur froide lui couvrit instantanément la nuque et il se mit à trembler.

— Non, vous n'oseriez pas…

Dans son esprit, tout se bousculait. Lisbeth, sa petite sœur, par sa faute à la merci de ces deux brutes et Henryk, noble et libre Henryk, qu'on lui jetait comme une eau viciée au visage.

— Moi, ne pas oser ? Ah ! sourit Thomas, presque compatissant avant de reprendre. Il est vrai que vous êtes bien jeune. Vous ne savez rien de ce que l'on peut faire par ambition. J'ai sacrifié beaucoup de choses sur l'autel de la mienne, à commencer par ma propre famille, alors ne croyez pas que je vais m'émouvoir de vos élans fraternels.

Le vacarme des pas lourds d'Ernest dévalant l'escalier poussa James à supplier son tortionnaire. Il se refusait à croire à une telle noirceur de l'âme humaine.

— Je vous en prie, ne faites pas ça…

Il n'eut pas le temps de continuer : son beau-père, écarlate, vint se planter devant lui et lui plaqua un morceau de papier sous les yeux avec une telle violence que le jeune homme fit un pas en arrière.

— Lisez, ordonna-t-il.

James regarda la missive, puis Ernest avec des yeux ronds, totalement perdu.

— Mais, qu'est-ce que... où est ma sœur ?

— LISEZ ! vociféra son beau-père.

De fines lignes d'encre et de belles cursives ; il reconnut l'écriture de Lisbeth. James commença d'une voix claire qui devint rapidement à peine audible :

— *Cher Beau-père. J'ai cru comprendre récemment que vous aviez le plus grand mal à me tolérer sous votre toit. Afin de vous soulager de ce poids, je reprends donc ma liberté et, dès ce jour, m'émancipe de votre joug en quittant ce domicile et cette vie pour lesquels je n'avais que très peu d'attaches et d'affection. Je doute que vous ayez une quelconque inquiétude quant à mon sort, mais je vous assure malgré tout que je suis accompagnée dans cette nouvelle étape de mon existence par des personnes de confiance à la droiture indiscutable. Je trouverai auprès d'elles amour et sécurité. Deux exigences de la nature humaine qu'en tant que maître de ce foyer, vous avez obstinément failli à me donner. Adieu. Lisbeth Aylin.*

James relut silencieusement la courte lettre. Les mots se brouillaient devant ses yeux. Le sens des phrases lui échappait, son esprit s'était vidé. Sa sœur était partie. Il regardait le morceau de papier entre ses mains et ne parvenait plus à bouger. Elle l'avait abandonné. Autour de lui, le silence ne dura pas. Thomas, laissant tomber avec hargne son masque de satisfaction hautaine, s'exclama soudainement :

— Quoi ! Mais qu'est-ce que c'est que cette farce médiocre !?

Il arracha la lettre des mains de James, la parcourut en diagonale et la jeta au sol. Il se tourna vers Autiero, le regard meurtrier.

— Ils vous ont roulé ! Ces deux gosses ont organisé sous votre nez cette mascarade, et vous, vous m'avez laissé me faire ferrer dans ce jeu puéril !

Thomas lui enfonça l'index dans le torse en ponctuation de chacune de ses phrases. En face de lui, Autiero, bêtement mortifié, n'osait même pas répondre à une telle fureur implacable.

— Mais comment avez-vous pu être aussi stupide ? Ce sale petit pervers et sa dévergondée de sœur nous tournent en ridicule depuis des jours et vous n'en aviez même pas conscience ! Et moi qui vous ai introduit dans les meilleurs salons de Paris ! Je vais vous humilier, Autiero, vous traîner dans la boue jusqu'à ce que votre nom ne soit plus que le synonyme de la plus pitoyable déconfiture sur la scène publique. Vous allez regretter de m'avoir associé à ce méprisable projet d'alliance !

À ces mots, Thomas, se redressa, ramena les mèches de ses cheveux qui étaient tombées, désordonnées, sur son front suant, et rajusta son veston. Un semblant de dignité, très mal imitée.

— Nous ne nous reverrons pas, mais vous allez encore longtemps entendre parler de moi, conclut-il, princier.

Il sortit sans un regard pour James, qu'il ne devait même pas juger digne d'un quelconque intérêt. Celui-ci était demeuré sans réaction. Sourd à tout. Lisbeth était partie. Comme Henryk…

Son beau-père s'était tourné vers lui. L'humiliation et les insultes qu'il venait d'encaisser crispaient son visage en un masque de haine à peine contenue. Il regarda son beau-fils pendant de longues secondes, semblant évaluer dans son esprit de brute ce que valait la vie de cette engeance qui n'était pas de lui.

— Où est-elle ? aboya-t-il.

James releva les yeux, lentement.

— Je n'en sais rien, répondit-il, brisé de chagrin.

Devant ce regard noyé de désespoir, Ernest eut un spasme de dégoût. Il ne pouvait que constater que le jeune homme n'était au courant de rien. Cela ne fit qu'accroître sa frustration : l'affaire était bel et bien manquée. Il empoigna James par le bras et entreprit de le traîner du salon jusque dans le hall. Ses doigts épais meurtrissaient sa chair, mais James n'eut même pas un mouvement pour se débattre. Il se laissait malmener comme un pantin de tissu. Son beau-père ouvrit à la volée la grande porte et le tira derrière lui sur les pavées de la cour. Là, il le jeta violemment au sol. James sentit à peine les graviers et le gel blesser ses paumes lorsqu'il se rattrapa sur les mains.

— Tu ne remettras plus les pieds ici, tu m'entends, vermine ? Va rejoindre ta garce de sœur et faites-vous enrôler dans un bordel, qu'importe ! Si on me rapporte un jour qu'on a retrouvé vos cadavres, je les laisserai pourrir à la morgue pour le plaisir de la populace[50] !

Malgré sa rage qui le faisait suer et éructer lourdement, Autiero fut gagné rapidement par le froid. Il stoppa donc là ses vociférations et retourna à la demeure, dont il claqua la porte dans un bruit d'ouragan. James, toujours au sol, regardait ses poings crispés. Ses phalanges étaient aussi blanches et grises que les pierres pavant la cour. Il se releva. Son genou, qu'il avait dû heurter durement en chutant, lui fit mal. Cela n'avait pas d'importance. Il sortit dans la rue. Son regard clair considéra les trottoirs, les maisons, les passants. Toute la ville était détrempée par l'orage de la nuit, pareille à une aquarelle laissée sous la pluie ; tout lui sembla flou. Il se mit à marcher.

---

50 La morgue de Paris était ouverte au public pour permettre aux gens de venir reconnaître les corps anonymes. Mais le lieu servait surtout de spectacle d'horreur gratuit pour les curieux, et la salle publique fut fermée en 1907.

***

Lorsqu'il arriva enfin dans le quartier de Montmartre, James reprit un peu ses esprits. Il avait marché depuis Passy sans penser à une direction et il avait finalement atterri là. À croire que c'était par réflexe ou par instinct. Une cloche avait sonné les treize heures au loin, ou était-ce 14 heures ? Le temps avait semblé s'étirer et se dissoudre dans les brumes de son esprit.

Il n'avait plus rien, tous l'avaient abandonné en l'espace d'un temps trop court pour qu'il ne reprenne pied. Il n'avait pas la moindre idée d'où pouvait être sa sœur. Il espérait qu'elle était avec Helen, ou peut-être avec Adrien, si le mot laissé au matin par son ami était bien l'indication discrète de la préparation de cette fugue soudaine. En tout cas, il priait pour qu'elle soit en sécurité, protégée mieux que lui qui frottait ses bras de ses mains gelées. La fine barrière de ses vêtements d'intérieur faisant bien peu pour le préserver du froid.

Est-ce qu'Henryk lui pardonnerait sa lâcheté, à présent qu'il n'était plus membre de cette classe des riches qu'il exécrait ? Parviendrait-il à lui expliquer qu'il n'avait jamais été des leurs, qu'il n'était d'aucun parti, d'aucune bataille, qu'il avait voulu juste espérer dans cette société et ses progrès. Et puis il avait voulu croire aussi à ce sentiment nouveau, chaotique, superbe. Cet amour à peine découvert qui l'avait réveillé, soulevé et, en l'espace de si peu de temps, libéré. Il traversa la place qu'occupaient plusieurs marchands et artisans saisonniers ainsi qu'une foule de badauds, clients et gens parlant fort et se bousculant. Il atteignit la petite maison branlante et, pendant qu'il montait l'escalier de bois, il repensa à sa venue lors de cet après-midi de décembre.

C'était à quelques jours de là, à peine. Dans sa mémoire, son présent lui répondait en écho. C'étaient les mêmes lieux, les mêmes marches. La même impression, mais toute différente, la même heure, la même lumière, mais des émotions presque opposées.

Il frappa à la porte de la mansarde, le cœur battant.

***

Henryk se tenait au milieu de la mansarde.

Elle était vide. Seuls les pauvres meubles étaient encore là : la table et sa chaise, la malle en bois de caisse, le matelas dévêtu de ses draps. Tous les objets, tout ce qui avez eu la moindre valeur avait été mis à l'encan[51]. Ne restait-là que le squelette de sa vie montmartroise, au milieu de cette pièce qu'habiteraient pour toujours ses plus beaux souvenirs de Paris.

Il était peut-être midi ou 13 heures. La lumière blanche de l'hiver venait éclairer le vieux sommier jauni. Elle ne parvenait pas à rendre à cette couche miteuse un peu de la magie des jours passés. De ces nuits à dessiner, soulevé par un élan d'inspiration comme nul autre avant elles, il ne restait qu'une amertume diffuse. Le corps nu de James s'était pourtant étendu là, irréelle image de volupté, et Henryk s'était alors senti, pour quelques heures, le plus fier des rois regagnant la plus fastueuse des chambres du sacre. Cette euphorie d'art et d'amour avait été une ivresse délicieuse.

Cette histoire n'était maintenant plus qu'un rêve estompé. *Une erreur.* Combien de temps s'était-il écoulé depuis son réveil, ce matin ? Cinq heures, peut-être six ? Durant ce laps de temps, il avait mis à mort son ancienne vie.

L'exercice lui était tellement familier qu'il n'y avait là rien de très bouleversant. De la Pologne à l'Amérique, de New York

---

51 Mettre à l'encan : vendre au plus offrant. Péjoratif : se débarrasser en faisant quelques sous.

à la France, de la Provence à Paris, sa vie n'avait été qu'une succession d'exils et de refuges éphémères avant de nouveaux déchirements, de nouvelles fuites en avant. Il avait revendu ses maigres biens, récupéré ici et là un peu des sous qu'on lui devait pour des petits travaux. Le vieux graveur du passage des Panoramas avait bien voulu lui acheter quelques-unes de ses œuvres pour sa boutique. Henryk n'était pas riche, bien sûr, mais les pièces qui alourdissaient la poche de son gilet lui permettraient de partir loin, de quitter la France, peut-être. Pour quelle destination ? Il n'en savait rien encore. Il voulait simplement quitter cette ville, s'en éloigner le plus loin possible, mettre des kilomètres entre lui et son cœur, son âme, James…

Bon sang ! Il fallait qu'il s'ampute de cet amour là où il allait devenir fou !

À ses pieds, son sac de toile contenait son change de vêtements, son matériel de dessin, du pain et un peu de fromage, quelques petites choses aussi, des souvenirs. Il le souleva d'une main leste et en fixa la sangle sur son épaule.

Il ne lui restait qu'à quitter les lieux. Il soupira en jetant un dernier coup d'œil aux murs décrépits. Un instant, il crut y voir accrochées les pages de croquis qu'il avait faits de James, durant ces jours et nuits d'inspiration.

Mais les dessins n'étaient plus là.

Il les avait brûlés.

Henryk soupira et sortit enfin en refermant à clé. En descendant l'escalier de bois, il passa par le palier où vivait Carmen et glissa la clé de la mansarde sous la porte de la danseuse. Elle comprendrait qu'il était parti sans payer son loyer et, si elle avait un peu d'amitié envers lui, elle ne préviendrait pas tout de suite le propriétaire de sa fuite, évitant ainsi qu'il ne soit poursuivi.

Dehors, la petite place, bordée de marronniers, débordait comme à l'accoutumée de bruits et de vie. Il esquiva les étals des vendeurs de légumes et de soupes, et partit en direction de la gare la plus proche.

Chapitre 12

La gare Saint-Lazare.

C'était l'énorme gueule qui engloutissait des milliers de voyageurs de tous horizons chaque jour, chaque heure, au son des cheminées des trains et des sifflets des chefs de station[52]. Henryk venait à peine d'arriver sur le parvis qu'il était déjà épuisé. S'arracher à sa mansarde lui avait demandé un effort immense, profond. Pourtant, ce galetas sans confort n'était qu'un toit sous lequel il dormait depuis seulement quelques mois. Il y avait autre chose, il le savait bien. De petits picotements parcoururent ses paumes, ses bras, son torse, jusqu'à ses lèvres. C'était le souvenir d'un corps qu'il avait enlacé, le fantôme de la chaleur de sa peau, quelque chose comme une faible flamme

---

52 La gare Saint-Lazare, alors la plus grosse gare de Paris, est le premier pas pour l'émigration vers les États-Unis, de cette gare partant les trains à destination des ports de Rouen et du Havre.

qui voulait s'échapper de la gangue de glace où il avait décidé d'emprisonner son cœur.

James.

Ce déchirement. Une fois de plus. Il allait quitter Paris, et pour aller où ? Vers quelle nouvelle terre d'accueil ? Il se savait exilé, depuis toujours, jamais aucune racine ne lui était poussée où que ce soit. Pourtant, les sentiments qu'il avait eus pour ce jeune homme lui avaient tant fait espérer un repos dans cette fuite perpétuelle. Il poussa un râle sourd pour lui-même.

Terminé l'apitoiement !

Il allait partir et oublier.

Henryk leva les yeux vers la façade de la gare. L'énorme horloge qui l'ornait indiquait presque 13 h 30. Sur la place du Havre, la population de Paris allait et venait. Les voyageurs se déversaient des fiacres et des voitures. Ils arrivaient de partout et zigzaguaient en cavalcades scabreuses, évitant de peu de se faire écraser. Seuls les riches clients du Grand Hôtel Terminus[53], dont la passerelle rutilante donnait directement sur les quais de la gare, n'avaient pas à craindre les désagréments de la populace grouillante. Évidemment, Henryk n'avait pas cette chance. Il se faufila tant bien que mal parmi la foule qui se pressait, en ce début d'après-midi, sur les marches de l'entrée des quais. Le bruit des trains, les nuages de vapeur blanche qui s'élevaient des cheminées des énormes locomotives, le crissement des rails et la lourde mécanique des roues qui se lancent ; Henryk n'avait jamais cessé d'être fasciné par cette symphonie du métal vivant. L'esthétique de la fumée, du progrès, du mouvement. Autour de lui, les familles couraient en petites troupes, sacs à la main, malles et lourds bagages portés par des domestiques. Les contrôleurs à l'uniforme net et

---

53 Le superbe et luxueux hôtel Terminus est inauguré en 1889 pour accueillir les voyageurs, notamment britanniques, venus visiter l'Exposition universelle, celle donc de 1889, où fut inaugurée la tour Eiffel.

raide veillaient sur ce ballet de la vie de voyage, l'effervescence du départ, la détresse des adieux. Henryk, lui, était au milieu de tout cela. Seul.

Le long sifflement de la locomotive noire, sur le quai tout proche de lui, résonna sous les voûtes de la cathédrale d'acier. La machine massive s'ébranla comme une bête de somme monstrueuse et l'artiste fut parcouru d'un frisson. Partir… oublier…

— *Henryk !*

Il se retourna soudainement. Il avait cru entendre son nom, une voix qui l'aurait appelé, et cette voix c'était… son cœur se contracta. *James*. Ce n'était qu'une illusion, un rêve éveillé, un surgissement de sa mémoire. Pourquoi n'arrivait-il pas à se l'arracher de l'âme ? Pourquoi ! Il le voyait partout et ne le retrouvait nulle part. Jamais un regard n'était aussi bleu, jamais un sourire n'était aussi vivant, jamais une voix ne lui faisait vibrer la raison comme celle de ce jeune homme. Rester dans cette ville le rendrait fou, il fallait qu'il parte, qu'il oublie, vite ! Un train. Une destination. Lequel ? Qu'importe. S'enfuir. Henryk était là, perdu devant le choix de destinations possibles lorsqu'un petit groupe de jeunes gens attira son regard. De loin, il lui sembla les reconnaître. Il s'approcha, inexplicablement curieux. À quelques mètres d'eux, la fin de leur conversation lui parvint :

— Bon voyage et surtout prenez garde à ce que mon nom ne soit jamais mentionné. Mon frère a le bras long et je sais d'expérience que sa veulerie pourrait l'amener à m'utiliser pour vous faire du tort.

— Nous ne savons pas comment vous remercier. Pearl, vous êtes arrivée dans cette effroyable situation comme l'ange du salut au milieu de l'apocalypse.

— Ne me remerciez pas. Vous m'offrez l'occasion de me venger de Karl et cela n'a pas de prix. Maintenant, je dois vous quitter. Bonne chance et au revoir. Ou plutôt : adieu.

Henryk ne vit pas le visage dissimulé par la capuche d'une capeline en fourrure et velours de celle qui venait de faire ses adieux et de s'éloigner dans la foule.

— Mesdemoiselles, je vais porter nos bagages dans le wagon, si vous voulez bien m'attendre ici.

Du petit groupe ne restaient que deux demoiselles fort jolies, l'une brune et l'autre blonde, et un garçon aux yeux très grands dissimulés derrière des lunettes de myope. C'était ce dernier qui venait de parler en poussant un chariot contenant quatre grosses malles. Les deux jeunes femmes restèrent à patienter près d'Henryk. La brune, emmitouflée dans un manteau très strict, paraissait particulièrement inquiète.

— Je ne vais pas pouvoir m'empêcher de m'en vouloir, Mademoiselle ; nous aurions dû lui dire où nous allions, pour le rassurer, il va être fou d'inquiétude.

— Je lui écrirai, Helen, je vous ai juré que je le ferai dès que nous serons arrivés au Havre. Quand nous serons sûrs d'avoir un bateau pour New York, mais pas avant. Je ne veux pas que l'autre tyran trouve là l'occasion de nous rattraper pour une simple histoire de remords. Vous savez bien cela, nous en avons parlé. Cela serait trop bête, vraiment, de perdre notre avance.

Henryk observa la jeune fille. Elle était habillée élégamment, mais avec une grande sobriété, drapée dans un manteau de voyage bleu nuit, sa jolie tête de poupée blonde couverte d'un chapeau noir. Il la reconnut enfin.

— Lisbeth ! laissa-t-il échapper tout haut.

Elle se retourna, d'abord affolée, puis, l'ayant aperçu, elle fronça les sourcils. Elle l'avait reconnu, elle aussi. Ils se dévisagèrent, sur la défensive, bien conscients que la personne qu'ils avaient en commun, le seul lien qui les réunissait dans ce monde, n'était pas là avec eux.

Elle fit un pas vers lui, sans sourire, le regard dur. Cette jeune fille était très jolie, vraiment. Henryk voyait en elle une lionne, cachée sous la peau d'un beau chat persan. Elle lui sourit avec une certaine franchise. Dans ses yeux, il y avait encore un peu de l'innocence de ses dix-sept ans, mais également une note plus triste, une sorte de résignation sombre qui lui donnait bien plus que son âge. Dans ce paradoxe, elle ressemblait à son frère.

— Vous êtes cet « ami » de James. Celui qui voulait se battre avec cet exécrable Charles Thomas. Celui qu'il a chassé du bal.

Il n'y avait pas d'accusation dans sa voix. C'était un constat simple de la réalité des faits. Henryk acquiesça. Jaugeant son habit et son sac, elle ajouta :

— Ainsi, vous fuyez, vous aussi.

Ces mots le prirent au dépourvu. Il se sentit coupable et réagit avec humeur :

— Qu'entendez-vous par là, Mademoiselle Aylin ? Qu'auriez-vous à fuir, vous ? Le luxe et le confort des salons mondains ? lança-t-il sèchement en avisant qu'elle aussi était prête à prendre un train.

Elle haussa les épaules et lui sourit avec une certaine pitié dans le regard.

— Je ne sais pas comment James vous a dépeint ma personne, mais je ne suis pas une petite poupée de boudoir attendant gentiment qu'on l'épouse, si c'est ce que vous croyez.

Henryk ne croyait rien, il n'était pas allé jusque-là dans son jugement. Il avait catalogué cette jeune fille comme étant un pur produit de la société bourgeoise, une jolie et arrogante héritière. Pour lui, il n'y avait eu qu'une aveuglante colère lors de leur rencontre, rien de plus. Mais cela, elle ne pouvait le savoir.

— James ne m'avait pas dit cela, commenta-t-il sobrement.

La jeune fille se tendit.

— James ne dit jamais rien de ce qu'il pense vraiment, rétorqua-t-elle avec amertume et une pointe de ce qui semblait être du regret.

La remarque déplut à Henryk. Il n'aurait pas su dire pourquoi, mais son cœur avait envie de lui hurler qu'elle avait tort, que James se livrait totalement, au contraire, pourvu que l'on aille chercher son âme derrière les masques de retenue et d'éducation. Il sourit tristement.

Oh, Dieu, je suis loin d'être guéri de lui si je crois encore autant à mes propres illusions.

— Pour une sœur aimée, vous n'avez pas l'air de bien le connaître, lui dit-il pourtant dans une bravade.

Au fond de lui revenait cette jalousie diffuse qu'il avait ressentie au bal. Comme s'il existait une concurrence d'affection entre eux deux. Il en voulait toujours à Lisbeth d'avoir été celle qui les avait interrompus au pire moment de cette soirée. Cette rancune lui permettait d'étouffer les doutes qu'il avait eus depuis. De revoir la jeune fille maintenant était réellement déstabilisant, un peu comme s'il était forcé d'affronter ses propres incohérences. Il crispa sa main sur la lanière de son sac qui pendait à son épaule. À côté d'eux, la brune – il avait entendu Lisbeth l'appeler *Helen* – l'interpella soudainement :

— Qu'étiez-vous pour lui ?

Son ton était extrêmement abrupt, franc à l'excès. Elle lui déplut immédiatement, car il se sentit accusé. C'est pourquoi sa réponse claqua au milieu de la foule du quai de gare :

— J'étais son amant.

Henryk avait voulu la choquer. Donner un ultime coup de griffe pour défouler la colère qui était remontée en lui et anéantir une bonne fois cette histoire en la jetant en pâture aux deux femmes. Lisbeth ouvrit de grands yeux, mais sa compagne de voyage cilla à peine et lui renvoya aussi sec :

— Depuis combien de temps ?

— Dix jours.

Comme cette réponse lui sembla pitoyable ! Dix jours, comment sa vie avait-elle pu être à ce point bouleversée en à peine plus d'une semaine ! Et pourtant…

Cette fois, Helen ouvrit des yeux immenses et porta les mains à sa poitrine.

— Alors c'était vous !

À ses côtés, la sœur de James semblait confuse et mal à l'aise, comme si elle venait de résoudre un problème longtemps posé, sans que le résultat soit celui auquel elle s'attendait. Henryk ne savait comment réagir.

— C'était moi quoi ? lui rétorqua-t-il.

— Cette lumière…

Elle se tourna, éperdue, vers Lisbeth avant de reprendre :

— Pardon, Mademoiselle, je ne vous ai rien dit, car je croyais que… hier matin, lorsque nous préparions le bal, il y avait cette lumière dans les yeux de votre frère. C'était tellement bon de le voir aussi heureux. J'étais curieuse… Il m'a dit de ne plus m'inquiéter pour lui, qu'il avait rencontré quelqu'un d'exceptionnel. Dans ces yeux, vous auriez vu, Mademoiselle… il était fou amoureux.

Elle regarda de nouveau Henryk, accusatrice.

— Et c'était de vous ! Et moi qui croyais…

L'artiste vit la jeune femme se décomposer devant ses yeux. Lui avait l'esprit totalement vide, sous le choc.

— Et vous l'abandonnez, finit-elle dans un souffle.

Qu'avait-elle dit ? Les mots se bousculaient dans sa tête sans parvenir à prendre sens.

— Abandonner ? Mais en quoi je… balbutia-t-il.

Elle ne le laissa pas finir, la panique gagna ses yeux bruns et elle lui saisit le poignet d'une main crispée.

— Il n'a plus personne ! Et moi qui croyais qu'il… mon Dieu, qu'est-ce que j'ai fait ? Je l'ai laissé seul avec ce monstre !

Henryk sentit son cœur s'emballer violemment. Une affreuse inquiétude lui glaça le sang, cette impression funeste qu'il avait eue en quittant la mansarde l'envahit de nouveau. Les mots de James vinrent résonner à ses oreilles. « Après ce soir, je serai libre »… La colère, sa colère avait tout aveuglé. C'était des années de rancunes, de haine qu'il avait fait ressurgir en voyant Trommer-Thomas, et la présence de son amant n'avait fait qu'amplifier sa frustration. Il avait voulu tout détruire, le monstre, ce monde pourri, et, ne le pouvant pas, c'est son amour qu'il avait sacrifié. Prendre conscience de cela aussi soudainement lui coupa le souffle.

— Savait-il que vous partiriez ? demanda-t-il impulsivement en repoussant la jeune femme.

Celle-ci était blanche comme un linge.

Lisbeth s'était écartée, horrifiée. Que comprenait-elle de ce qui se passait ? Mesurait-elle, elle aussi, l'impact de sa propre fuite ? En avait-elle réellement calculé les conséquences ? Assurément non ; si jeune et voulant probablement sa liberté sans compromis, elle n'avait pas pu anticiper une telle révélation. Comment l'aurait-elle pu, d'ailleurs ?

— Non, il… il ne devait pas savoir, il n'aurait pas voulu que nous partions. Ernest Autiero, son beau-père, il voulait marier Mademoiselle Lisbeth de force à ce Charles Thomas, alors, elle et moi, nous avons décidé de fuir. C'était la meilleure décision. Il fallait faire vite et James semblait si… je croyais qu'il avait enfin trouvé…

— Trouvé quoi ?

Henryk s'avança vers les deux femmes, la colère remontait en lui. Une rage aveugle jetée contre tout le monde, contre Trommer, contre cet Autiero, contre James, inexplicablement, mais surtout contre lui-même. Il aurait étranglé cette femme. Pourquoi avait-il fallu qu'il la croise ? Il ne voulait pas entendre la réponse. Il la connaissait et il ne voulait pas l'entendre. Au fond de lui, son âme se débattait brutalement sous le poids de la chape de glace qui la retenait prisonnière. Helen lui répondit dans un sanglot :

— L'amour ! Je croyais qu'il avait trouvé l'amour… qu'il avait enfin cela dans sa vie pour le soutenir.

Lisbeth vint la prendre dans ses bras ; elle-même tremblait, elle regardait Henryk avec dans les yeux une indicible détresse mêlée de rancune. La scène était pathétique. Il était là, les bras ballants, le regard fou, devant ces deux femmes en larmes sur un quai de gare. Les autres voyageurs commençaient à se regrouper, un agent n'allait sans doute pas tarder à intervenir. Henryk voulait hurler. Il voulait s'arracher le cœur de la poitrine. Il avait si mal à présent, bien pire que l'écho de cette nuit passée en regrets et en sanglots. James. Qu'avait-il fait ?

Il vit le jeune homme à lunettes, qui, quelques minutes plus tôt, accompagnait Lisbeth et son amie, courir vers eux avec inquiétude. Avant qu'il ne les atteigne, Henryk parvint à demander d'une voix étranglée :

— Il m'aimait ?

Helen se calma et le regarda durement, comme pour l'évaluer. Que pouvait-elle voir ? Qu'attendait-elle de lui ? Et lui, qu'attendait-il de cette réponse ?

— Oui, bien sûr qu'il vous aime. Pouviez-vous réellement l'ignorer ?

***

— Hé, c'est pas un dortoir ici, *cariño*[54] !

James se réveilla en sursaut. Roulé en boule contre la porte de la mansarde d'Henryk, il avait fini par s'endormir. Il était transi de froid. Il focalisa son regard sur la jeune femme qui se penchait sur lui. C'était la belle danseuse du cabaret de l'Enfer : Carmen. Elle avait les poings sur les hanches et un air un peu irrité. Il se releva maladroitement, ses jambes flageolaient comme si elles étaient faites en tissu.

— Pardon, je... j'attendais Henryk, savez-vous quand il va rentrer ?

La jeune femme souleva un sourcil, mâchonna sa lèvre inférieure et, après deux secondes de réflexion, lui montra ce qu'elle avait dans la main. Une clé.

— Tou vois ça, *gatita*[55] ? Ça vé dire qu'il va pas rentrer, ton Henryk.

James regarda la clé avec hébétement ; le sommeil ne l'avait pas encore vraiment quitté et tout son corps était raidi de courbatures. Il avait froid, affreusement froid. Sa peau, son cœur, son âme, tout était gelé et douloureux. Son espoir, sa chaleur, c'est auprès d'Henryk qu'il les retrouverait. C'était aussi simple que fondamental. Ce que la danseuse lui disait n'avait aucun sens. Carmen le dévisagea avec impatience. Du palier du dessous, une voix masculine balança avec gouaille :

— Hé, la belle ! Tu te magnes les miches, j'ai pas toute la journée !

La danseuse renvoya un juron qui résonna dans toute la maison et finit par pousser James de l'embrasure de la porte pour pouvoir accéder à la serrure. James la regarda faire, toujours sans comprendre. Le choc fut d'autant plus grand

---

54 Surnom affectueux en espagnol.
55 « Mon chaton » en espagnol.

lorsqu'il découvrit, une fois la porte ouverte, l'intérieur de la mansarde.

Tout était vide. Il fit un pas à l'intérieur, puis un deuxième. C'étaient les mêmes pauvres meubles, mais il ne reconnaissait rien. Il n'y avait plus cette douceur si particulière, ce désir diffus, l'air n'était plus le même ni la lumière. Henryk n'était plus là. Henryk était parti.

Derrière lui, Carmen commençait à gigoter et à baragouiner des explications que James n'entendit pas. Ses yeux étaient fixés sur le matelas miteux au coin de la pièce. Que cette couche semblait misérable à présent...

— Écoute, moi, yé veux pas d'histoire. S'il est parti si vite, l'artiste, c'est qu'il avait des casseroles au cul. Moi, yé dirai rien, si tou veux récupérer sa piaule, yé té la laisse, le proprio, i' va pas en faire oun fromage. Lui, i' s'en fiche si t'as de quoi payer, de toute façon, tou pourrais bien être un assassin dé petits enfants qu'il n'...

Elle fut interrompue par un pas lourd et une voix poisseuse de vin. Un homme venait de pénétrer à son tour dans la mansarde.

— Boooon, la danseuse, moi, je vais pas rester toute la sainte journée à jouer tout seul avec mon oiseau. Tu ramènes ton...

La voix s'interrompit. Le pas lourd s'approcha de James.

— Hé, mais je te reconnais toi ! Hé !

C'est la main calleuse posée sur sa nuque qui le tira de sa prostration.

— Tu me regardes quand je te parle, le minet !

James ferma les yeux et inspira. Il avait reconnu la voix et la poigne. Cela le replongea dans ses souvenirs. Le cabaret de l'Enfer, le poète ivre, un soir de pluie, du noir sur ses paupières, d'autres mains, chaudes, sur sa peau. Il ne se retourna pas sur l'homme qui n'était pour lui qu'un bruit de fond. La pièce était vide. Les feuilles de dessins avaient disparu. Henryk était parti.

La voix se fit plus proche, plus veule. Le pouce de cette main appuya sur la base de son crâne.

— Tu n'as plus ton chien de garde aujourd'hui, le mignon. Il te laisse te promener seul dans les mauvais quartiers ? C'est vraiment pas raisonnable, ça…

Carmen finit par réagir avec humeur. Elle râla et tenta d'attirer son client par des paroles enjôleuses. Celui-ci la rabroua dans un rire gras :

— Non, attends, ATTENDS ! Il m'ignore, le petit précieux. Il a pas peur, il croit qu'il peut jouer les blasés avec moi… mais j'aime pas qu'on m'ignore, moi.

James regardait toujours le matelas, il revoyait les heures passées là, dans les bras d'Henryk. Les images défilaient par centaines, sensations, mots, caresses, assez vite pour lui donner le tournis.

La main passa de sa nuque à sa taille. Il frissonna. Il avait froid. Il s'écarta.

— Ne me touchez pas, dit James d'une voix blanche.

— Quoi ? hoqueta l'ivrogne.

La danseuse revint à la charge avec plus d'insistance. Elle tira sur la chemise de son client, voulant quitter la pièce où ils n'avaient pas le droit de se trouver. Elle élevait la voix et commença à lancer une bordée d'injures. L'homme se rebiffa alors avec une brutalité soudaine :

— Ah, tu vas finir de m'exciter, la putain ! C'est pas à toi que je cause, bordel !

Il agrippa le chemisier de Carmen et la traîna littéralement à l'extérieur. Elle se débattit comme une tigresse, poussant de grands cris. James réagit avec quelques secondes de décalage, son esprit peinant à revenir dans le présent. Il se précipita vers l'homme et le repoussa avec force de la jeune femme. Bien que surpris, celui-ci fit volte-face et lui décocha un violent coup de poing à l'estomac qui le projeta à un mètre en arrière en lui brisant le souffle. Le temps qu'il retrouve sa respiration, la brute avait poussé la danseuse hors de la mansarde, claqué la porte et fermé grâce au verrou. Après cela, il se retourna lentement. Il souriait avec cruauté.

James le regarda, haletant. Le gouffre qui s'était ouvert devant lui, l'imminence de ce qui allait arriver, le laissèrent paralysé comme la proie devant l'arme du chasseur. De l'autre côté de la porte, Carmen tambourinait le bois en hurlant.

— Là, on est plus au calme, tu vois, le mignon.

L'homme se rapprocha, James recula et buta contre la table. Il serra la mâchoire et tenta de contenir sa peur. Apparaissant dans la lumière du jour, son agresseur lui sembla bien plus massif que dans son souvenir obscurci de la salle de cabaret, moins saoul aussi. Il avait beau savoir se battre, il n'avait aucune chance face à un gabarit pareil, pas dans l'état d'épuisement où il était. Les cris de Carmen avaient cessé, James priait intérieurement pour qu'elle soit partie chercher du secours. L'homme fit encore un pas, il était en face de lui. Gagner du temps, quelques secondes, précieuses, vitales…

— Monsieur, vous n'avez aucune raison de…

La brute le saisit à la gorge. James tenta de la repousser en s'appuyant sur la table, mais celle-ci craqua et se déroba sous lui. Le poing serra plus fort.

— Je préfère quand tu la fermes, grogna-t-il.

James commençait à percevoir des éclats blancs en périphérie de son champ de vision, le manque d'oxygène allait lui faire perdre connaissance. Les mains crispées sur le bras qui l'étranglait, il tenta de se dégager de la poigne de son agresseur à coups de pied. L'un d'eux porta et l'homme lâcha prise. Sonné, James s'élança tant bien que mal vers la porte, mais il fut saisi à la taille et l'homme l'envoya valser au sol comme s'il ne pesait rien.

— T'as raison de te débattre, le minet ! se moqua la brute en traversant la pièce en trois pas. Faudrait pas que ça soit trop romantique, pas vrai ? On est entre hommes, non ?

James n'eut pas le temps de se remettre debout ni de rétorquer. Son adversaire lui empoigna les cheveux et le traîna sur le matelas, sur lequel il tomba finalement à plat ventre.

— Je ne suis pas une bête, tu vois, je vais te baiser sur un lit.

L'homme lui retint la tête fermement contre le matelas, le poing refermé sur son crâne, lui enfonçant le nez dans le tissu rêche et froid, pendant que, de l'autre main, il fourrageait dans sa propre braguette pour libérer sa verge engorgée. Une fois cela fait, il poussa un grognement rauque de contentement. Ses muscles semblèrent se relâcher un peu et James en profita pour se débattre de plus belle. Il tenta de se retourner, mais l'homme, le pantalon sur les genoux, s'allongea sur lui. Il sentit la rude érection de son agresseur venir se frotter contre le bas de son dos. Ce contact, agressivement dur et brûlant, lui arracha un cri.

— Non !

— Oh, si, laisse-toi faire, lui souffla la brute au creux de son oreille.

Son haleine, sa voix, son odeur, James avait l'impression de se noyer. C'était impossible, cela ne pouvait pas être en train de se produire. Une large main tira sur son pantalon que retenaient encore ses bretelles. Non, non, non, NON ! Il allait être violé, là, sur cette couche, sur ce lit, sur ce même lit où Henryk et lui... Non...

***

— Dégagez de mon perron, ou je fais appeler la police !

— Je veux voir James !

— Foutez le camp, il n'est plus là ! Il est parti rejoindre les merdeux de votre race ! Qu'il y reste ! Je ne veux plus voir ce parasite sous MON toit !

La lourde porte de l'hôtel particulier claqua sur Henryk dans un bruit de tonnerre. Ernest Autiero venait de le jeter dehors après que l'artiste excédé eut quasiment menacé de mort deux de ses valets de pied si on ne lui amenait pas James. Ce dernier n'était plus chez son beau-père. Alors, où chercher ? Où ?! Il fallait qu'il le retrouve. Il fallait qu'il le revoie, qu'il lui dise, qu'il lui explique : combien il s'était trompé, combien il l'aimait. Il voulait lui demander pardon, lui demander une chance. Elle lui serait accordée, il savait, il espérait, il priait pour que dans les yeux de son ange se trouve l'absolution. Mais devant cette porte close, ce n'était plus la culpabilité qui lui vrillait les nerfs, c'était l'inquiétude. L'angoisse, la peur, celle qu'il avait vue apparaître dans les yeux d'Helen lorsqu'elle avait saisi que James était seul à présent au milieu des monstres.

Comment n'avait-il pas pu comprendre cela la veille ? Comment avait-il pu le laisser seul pour affronter Trommer et Autiero et toute cette horde méphitique ?

J'ai cru qu'il appartenait à ce monde, j'ai cru qu'il avait honte de moi.

Mais Henryk ne pouvait plus se cacher derrière son aveuglement. Il fallait qu'il retrouve James.

***

Il était plus de 16 heures et la nuit commençait à tomber lorsque Henryk arriva à Montmartre. Il gravit les ruelles en pente le plus rapidement possible. Il y avait une urgence, une catastrophe à empêcher. La voix criait en lui. Cette voix. Celle de James. Il l'entendait depuis des heures et à présent il ne percevait plus qu'elle entre deux battements de cœur.

Par instinct, par réflexe, il avait couru jusqu'à son ancien domicile. C'était égocentrique et puéril, mais il était persuadé que si le jeune homme avait eu besoin d'un refuge, il l'aurait cherché d'abord auprès de lui. Comme s'il avait été celui, le seul, qui pouvait le protéger, le recueillir. Il avait voulu être celui-là, et maintenant qu'il sentait qu'il avait failli à ce rôle, il voulait que James, lui, n'ait pas cessé d'y croire.

Henryk accéléra, l'urgence palpitait dans ses veines. Il arriva enfin sur la petite place, essoufflé, et l'esprit si focalisé sur la nécessité de retrouver là l'homme qu'il aimait qu'il ne vit d'abord pas l'attroupement qui stationnait sur le trottoir en face de la maison. Il monta l'escalier d'une traite et arriva à son palier. Là, il stoppa net sa course. La porte défoncée gisait à l'intérieur de la mansarde.

Il entra, hagard, le souffle coupé. La petite pièce était un chaos : table brisée, chaise renversée. À la lumière d'une bougie, Carmen était à quatre pattes en train d'éponger des flaques de sang qui maculaient le plancher et une partie du matelas. La scène était sordide, atroce. Henryk fut pris d'un vertige.

Oh, Dieu, non, pas ça.

Il savait que cela avait un rapport avec James, il le savait viscéralement. Comment ? Il n'aurait pas pu l'expliquer, mais il ressentait jusque sous sa peau la douleur du jeune homme qui suintait des murs en lambeaux.

— Où est-il ? jeta-t-il abruptement.

La danseuse releva les yeux et le dévisagea une seconde avec effarement, la bouche ouverte et les yeux ronds. Elle se leva ensuite d'un bond, lâcha serpillière et brosse, et vint lui saisir les mains dans un élan d'émotion.

— Oh, Henryk, y a ou dou grabuge, i' l'aurait pas dû... Oune client, il est monté et il a vou ton ami et cé type, c'est oune brute. Il voulait pas lé lâcher... et quand il a claqué la porte... yé savais qu'il allait lé... tu sais ! Et...

Elle bégayait, prise de panique, son fort accent rendant les mots presque incompréhensibles. Henryk regardait ses propres mains entre celles, poisseuses de sang et d'eau sale, de la jeune femme. Il eut envie de vomir.

— Où est-il ? répéta-t-il.

Où était-James ? Où était son ange, son amour ? Il n'avait rien d'autre à savoir, les explications hasardeuses de la danseuse lui importaient peu. Mais celle-ci, ne l'écoutant pas, continua sur sa lancée :

— Alors yé souis allée chercher dé l'aide, et il y avait Jules dans lé café d'en face, et j'ai crié et il est venu, et la *puerta*... en un coup, elle a volé, et quand il a vou lé gamin presque à poil, il a commencé à talocher l'autre, il a failli lé buter et moi...

— OÙ EST-IL ?

Henryk venait de hurler, il avait saisi les épaules de la jeune femme. Il tremblait de tout son corps. James.

Pitié, pitié, rendez-le-moi, pitié qu'il n'ait rien, qu'il soit en vie... suppliait-il intérieurement.

Carmen, devant lui, était tétanisée. Elle ne l'avait jamais vu dans un état pareil.

— Qui ?

— JAMES ! Celui qui était là ! Le gamin ! Où est-il, bon sang ?

— Il... il... ye né sais pas ! Avec lé sang, et les cris, et Jules qui voulait crever l'autre, moi, y ai pas zieuté d'où qu'il a filé, ton copain !

Henryk s'écarta d'elle, exaspéré. Il voulait frapper sur quelque chose. Il ne voulait pas que ce soit sur elle.

— *Do kurwy nędzy*[56] ! lâcha-t-il, faute de mieux.

Dehors, Paris se couvrait de nuit et James était perdu, là, quelque part. Et Henryk se sentit horriblement impuissant.

***

Si simple…

James se tenait debout face à la Seine. De longues minutes venaient de s'écouler, des heures peut-être, à rester figé dans cet état de mutisme qui suit toujours les drames. Il avait arrêté sa course éperdue sur le quai de débardage de la gare d'Orsay, à la porte des chantiers de l'Exposition universelle.

Mourir…

Le siècle était si jeune, à peine né d'une année et un jour, et alors que les temps nouveaux lui ouvraient les bras, James voulait laisser échapper son avenir.

Il était là, perdu au cœur de l'hiver, au milieu de cette ville tout entière recroquevillée sur son fleuve. Il y avait quelque chose qui l'avait attiré là, sur le chantier de l'Exposition, comme si cet immense squelette de Babylone moderne était l'origine de tout et qu'il devait y revenir pour mieux se perdre à nouveau.

Il n'était plus qu'une ombre, abandonnée. Autour de lui, Paris était noire, les travaux s'étaient tus, on n'entendait que le clapotis de l'eau et les bruits de la rue plus haut. Il était seul. Aucun manœuvre n'errait plus sur le bord des quais une fois le travail terminé. L'eau noire coulait lentement à quelques mètres au-dessous de lui. Sombre et terrifiante, elle était couverte d'éclats jaunâtres, c'étaient les reflets des réverbères des belles avenues d'en face et des ponts éclairés. On aurait dit la peau ruisselante d'un énorme monstre marin sorti de son antre de vase et dont les écailles huileuses affleuraient l'eau. Elle était là,

---

56 Juron polonais.

tout près, cette eau glacée, ce tout puissant fleuve à la gueule ouverte, prête à le dévorer, à l'engloutir. James regarda l'onde, lente et chaotique, les remous noirs.

Il avait froid, très froid. Il grelottait. Mais cela ne le gênait même plus. Son cœur avait cessé de battre depuis des heures déjà. Il ne restait dans sa poitrine que les rouages inutiles d'une mécanique cassée. Sur sa chemise, il le savait, il y avait des traces de sang. Ce n'était pas le sien, mais celui de cet homme, tout comme le sperme qui souillait son dos n'était pas non plus le sien… mais celui de cet homme…

Il se souvenait par bribes du poids du corps lourd de son agresseur, du fracas de la porte défoncée, de s'être relevé, rhabillé, et puis le sang et la fuite, le bruit des marches en bois, les pavés glissants lorsqu'il avait dévalé les hauteurs de Paris pour se précipiter vers les silhouettes décharnées des pavillons inachevés de l'Exposition.

Après le choc de l'agression, après ce raz-de-marée de violence qui l'avait submergé et laissé hagard, à demi nu dans cette mansarde au milieu des cris, après tout ce gâchis : il ne restait plus rien de lui.

Et à présent, il ne ressentait plus qu'une douleur sourde, étouffante, qui voilait son esprit et achevait ses dernières forces. Il se sentait vide.

Son corps ? Il ne savait plus à qui il appartenait… pas à lui… plus à lui.

Son âme ? Henryk l'avait emportée.

Il ne lui restait donc que sa vie, faible détail dérisoire, et, devant les eaux morbides qui coulaient sans fin, il était tenté de l'offrir en pâture aux démons de la nuit.

Si simple…

Mourir, parce qu'aucun rêve ne serait jamais assez fort pour devenir sa réalité.

Henryk. Son rêve.

James ferma les yeux et inspira profondément. L'air humide et glacé s'engouffra dans sa gorge. Il avait un goût de métal. Cela lui rappela les grandes charpentes d'acier des pavillons en devenir de l'Exposition, les poutres monstrueuses que son amant, avec ses mains d'artiste, avait dû soulever, pour gagner quelques sous. Il n'aurait jamais l'occasion de lui dire combien il admirait son courage. Combien celui-ci l'avait porté, inspiré, sauvé des geôles de son éducation étriquée.

Lui dire qu'il l'aimait.

De l'amour, puisque c'était cela, puisqu'il avait enfin admis que c'était cela au milieu du chaos de ces derniers jours, au milieu des bouleversements de sa vie. Il avait découvert l'amour. Ce sentiment qui pouvait, par hasard, naître entre deux êtres du même sexe, anormal, amoral pour toute une société, c'était l'amour. Simple, et pur, et si fondamental qu'il ne savait plus à présent comment vivre sans. Mais, comme sa sœur et comme ses parents avant elle, Henryk l'avait abandonné. Évidemment… puisqu'il était incapable de garder auprès de lui ceux qui lui étaient chers.

Il regarda ses deux pieds, bien droits au bord du quai solitaire. Le bout de ses chaussures couvertes de boue caressait le vide. C'était *si simple* d'arrêter de souffrir.

James fit un pas vers l'eau noire.

Chapitre 13

Comment pouvait-il avoir aussi chaud alors qu'il faisait si froid ?

Henryk courait aussi vite que ses jambes pouvaient le porter. Son sac ballottait sur son dos, qui s'était couvert de sueur sous son paletot long. Il avait traversé tout Paris, la peau brûlante d'une fièvre d'angoisse qui ne voulait plus le quitter. Il courait sans savoir vers quoi, il suivait le fil de son instinct. À travers les quartiers pauvres, les boulevards, le Nouvel Opéra, puis la place de l'Obélisque et enfin la Seine, immense et sombre, qui tranchait la ville en deux.

Il longeait à présent les palissades des chantiers de l'Exposition universelle, qui dressaient ses dents de bois pour protéger les squelettes d'architectures monstrueuses qu'elles gardaient. En ombres chinoises sur le ciel nocturne se dessinaient les pagodes et les temples, les mausolées de pacotille et les tours d'acier. Le quartier avait de faux airs de fantasmagories. Henryk courait et les bâtiments défilaient sans qu'il les voie, trop occupé qu'il était par son inquiétude.

Il arriva bientôt aux limites des constructions, presque à la gare d'Orsay, là où la ville habitée et réelle reprenait ses droits sur les édifices fantoches. Il s'arrêta enfin. Il était épuisé. D'une gare à l'autre, d'un instant à l'autre, d'un sentiment à l'autre, de la colère, au doute, à la peur, de Saint-Lazare à Passy, de Montmartre à la Seine, comment pouvait-il espérer retrouver celui qu'il aimait dans cette ville trop grande, en pleine nuit !

Et pourtant, il le fallait ! Cela hurlait en lui. C'était un ordre de son cœur, qu'il ne pouvait plus ignorer. Guidé par son instinct, cette petite flamme d'espoir l'avait poussé à rejoindre la grande Exposition. Comme si, à elle, on revenait toujours, elle qui serait dans quelques mois le phare de la planète entière. Sa course l'avait amené jusque-là. Mais pourquoi ? C'était absurde. Certes, James et lui avaient tous deux parcouru ces quais lors de leur belle après-midi de balade, mais les chantiers étaient à présent fermés pour la nuit. Qu'aurait trouvé là le jeune homme esseulé, à part des regrets et des désirs morbides ?

Henryk se tourna, désespéré, vers le fleuve. Par endroits, l'eau crépitait des éclats des réverbères. Tout le reste n'était qu'une vaste obscurité. Il n'y avait aucune lumière sur les quais. Le cours de la Seine se devinait à peine, calme et noir, mouvant et silencieux, dangereux. Si dangereux. On en découvrait tellement, de ces corps sans vie mangés par les eaux. Des jeunes gens poussés au désespoir par les dettes de jeu, un amour perdu ou quelques drames familiaux. Les débardeurs des quais lui avaient raconté que c'était aux écluses de Saint-Cloud que les suicidés finissaient par être repêchés. Ils n'étaient alors plus que des enveloppes de chair froide, la peau gonflée et bleue, les cheveux pareils à des algues couvrant les visages affaissés. Le souvenir de ces mots horribles et les images qu'elles évoquèrent glacèrent le sang d'Henryk. Ses yeux se remplirent de larmes.

Si je l'ai perdu, si par ma faute il...

Henryk serra les poings, éperdu, à court de forces, d'espoirs. Mais il ne pouvait rester là à se lamenter, il fallait qu'il reprenne ses recherches. Abandonner était une idée que, dans son désarroi, il ne pouvait même pas concevoir.

Il allait repartir vers l'est de la ville lorsqu'une silhouette, au bord du quai, attira son attention. Frêle et habillée de clair, on aurait dit un spectre diaphane qu'un simple souffle pouvait faire disparaître. On aurait dit...

Henryk se figea, son cœur s'emballant violemment sans que son esprit parvienne, tout d'abord, à en comprendre la cause.

Une illusion, cela ne pouvait être qu'une illusion. Ses sens trompés par l'angoisse, son espoir prenant vie, juste avant qu'il ne devienne fou.

Comment un tel miracle...

Il fit un pas, le plus discrètement possible, de peur de briser le rêve, un autre et puis un autre encore, s'approchant plus près sans se faire remarquer de celui qu'il avait si peur de reconnaître. James. Était-ce vraiment lui ? Il ne semblait pas réel, il était si pâle. Et pourtant...

La brise glaçante ébouriffa les mèches brunes du jeune homme. Il ne bougeait pas. Il se tenait debout, les bras abandonnés le long du corps. Il fixait l'eau, les yeux baissés. Henryk n'osait pas l'appeler. Le moindre bruit, un geste... il était si près du bord, si concentré sur le vide, le moindre sursaut serait dangereux.

Henryk s'approcha encore, alors que le jeune homme fermait les yeux et semblait avaler une grande goulée d'air. Il le vit serrer les poings, pousser un soupir et se pencher vers le bord. Et c'est là, soudain, qu'Henryk sentit en lui résonner un appel, impérieux, vital, un ordre : *sauve-le !* Ce fut si fort et violent que, par réflexe, il faillit reculer. Mais au lieu de cela, d'instinct, il saisit la taille de James et l'attira en arrière, loin du vide, loin de l'eau, loin du froid, au creux de ses bras, là où il aurait toujours dû le garder.

— Non, je t'en prie, non... le conjura Henryk en l'enveloppant désespérément dans sa chaleur.

James ne réagissait pas. Il ne s'était pas débattu. Il était pareil à une poupée de chiffon entre les mains crispées de peur de l'artiste qui, lui, par contre, tremblait comme une feuille. Quelques instants s'écoulèrent, muets, et Henryk prit conscience au plus profond de lui que la mort les avait frôlés d'atrocement près. S'il était arrivé un instant trop tard, alors... Cette seule idée le terrifia. Trop de fois une mort violente et prématurée lui avait arraché celles et ceux qu'il aimait.

— Ne pars pas là où je ne peux pas te protéger, où je ne peux pas... te suivre, supplia-t-il, bouleversé, en enfouissant son visage brûlant au creux de l'épaule glacée de son amant.

Henryk étouffa un sanglot. Il enlaça James davantage, voulant le fondre en lui, sentant les battements sourds de son cœur résonner contre le dos du jeune homme. Celui-ci expira lentement et laissa sa nuque reposer contre l'épaule d'Henryk, qui l'étreignait fébrilement.

— Tu n'es pas réel, murmura James finalement, ses yeux grands ouverts tournés vers le ciel noir. Henryk est loin d'ici, à présent. Il a eu raison de partir. Je... je ne le méritais pas, continua-t-il, la voix étrangement calme, froide.

Il ferma les yeux et crispa la mâchoire, puis s'écarta doucement de l'artiste pour se rapprocher de l'eau sombre qui semblait l'attirer irrésistiblement. Désemparé, Henryk ne fit d'abord pas un geste pour le retenir. Ces quelques mots, aussi ténus qu'un souffle, avaient contracté encore davantage son cœur.

Cela a toujours été moi, le lâche. Moi, celui qui ne mérite pas d'être aimé. Comment as-tu pu te faire de telles idées ? pensa-t-il avec incompréhension.

Henryk finit par réagir, il saisit la main de James, le forçant à se retourner, à s'éloigner du bord du fleuve et de ses griffes funèbres. Il eut enfin James en face de lui, son regard rivé au sien. James qui l'observait, pétrifié, sa peau blanche comme une feuille de papier. Ses phalanges étaient gelées. Henryk avait l'impression qu'un tel froid finirait par se communiquer à tout son corps, à son âme, même. Mais il ne voulait pas, il refusait de le perdre ! Il se sentait tellement coupable pour ce qui avait failli arriver.

— Pardonne moi, je t'en prie, pardonne moi, je t'en supplie, répéta-t-il, éperdu, ses deux mains crispées sur les doigts glacés de James.

Les yeux du jeune homme prirent alors un éclat particulier. Comme si un faible espoir venait d'y naître. Henryk sentit sa respiration s'accélérer par saccades. Enfin son esprit remontait du gouffre. James revenait au réel, il le voyait, le reconnaissait. Il tendit vers lui une de ses mains froides, celle qu'Henryk ne tenait pas, et lui caressa du bout des doigts la pommette, la joue, s'arrêtant avant d'atteindre ses lèvres.

— Henryk ? demanda-t-il, incertain.

Celui-ci sentit monter en lui une joie vive, affolée, fragile. Il lâcha alors la main de James pour mieux l'amener contre lui et, dans un geste encore tremblant d'incertitudes, osa nouer ses bras autour de sa taille.

— Je t'aime, déclara-t-il spontanément en voyant que son geste n'était pas repoussé. Je suis à toi, corps et âme, je le suis depuis l'instant où je t'ai vu. Si j'avais su, ce jour-là, que je te ferais tant de mal, alors… j'aurais dû sortir de ta vie, j'aurais dû disparaître avant que tout ceci… mais je ne pouvais pas… m'arracher à toi. *Aniołku, kocham cię*[57], continua Henryk, balbutiant, incapable à présent d'arrêter les mots qui coulaient de son cœur, sa langue maternelle se mêlant spontanément au flot de ses émotions.

Il vint poser très doucement son front contre celui de son jeune amant, mêlant leurs souffles qui s'échappaient en nuages blancs dans la nuit gelée. Le regard de James luisait comme la flamme vacillante d'une bougie. Il absorbait les mots comme on boit à une fontaine sacrée.

— Je suis là, mon amour, je ne t'abandonnerai plus, murmura enfin Henryk, avant de l'embrasser sur cette promesse offerte pour eux deux.

Il fut d'abord infiniment, désespérément, tendre, terrifié par le contraste presque douloureux entre la chaleur de ses propres lèvres et celles, glacées, de James. Puis il l'étreignit davantage, voulant lui offrir sa force, sa vie. Il baisa alors ses lèvres avec toute la ferveur qu'il avait en lui. Ce baiser était son allégeance.

Après une poignée de secondes, James lui répondit, rendant enfin les caresses d'une bouche tremblante, puisant la chaleur qui lui manquait à cette source vive. Henryk brisa leur étreinte, inquiet. Sa main se perdit dans les mèches brunes de James. Il paraissait si fragile, si loin de ce jeune bourgeois si confiant et droit dans son costume noir qu'il avait découvert la nuit précédente. Il y avait un jour à peine, mais c'était presque une vie. À présent, il grelottait aux creux de ses bras, ayant tout perdu, de sa famille à sa fortune, de son avenir à son honneur, en l'espace d'une même journée. Cela serra le cœur d'Henryk en lui rappelant trop bien le chemin de son propre passé, pavé de drames violents.

James avait les yeux clos, ses deux mains s'étaient réfugiées dans la grosse laine du gilet de son amant. Il vint poser son front

---

57 « Je t'aime, mon ange » en polonais.

au creux du cou d'Henryk et inspira profondément. Tout son corps était groggy par le froid. Pourtant, son esprit reprenait pied peu à peu. Henryk. Il était là. Et ses mots d'amour avaient pénétré progressivement l'obscurité de son âme, ils avaient agrippé et tiré son cœur hors de l'eau noire où celui-ci avait déjà commencé à sombrer avant même que son corps ne fasse de même. James s'abandonna à la chaleur de l'artiste, qui les drapa tous deux dans les pans de son paletot. Ainsi niché, il ne voulait plus bouger, plus quitter cette bulle de tendresse où ses sens et sa raison retrouvaient graduellement la lumière. Il avait du mal à y croire, encore. Quelques instants à peine le séparaient de la mort. Il se blottit davantage contre la poitrine d'Henryk, dont les bras s'étaient noués amoureusement dans son dos. Il sentait son souffle chaud, les battements de son cœur, ses muscles vibrants de vie. C'était irréel, mais c'était pourtant la réalité. Leur réalité.

Henryk lui embrassa doucement la tempe.

— Il faut que nous trouvions un refuge pour cette nuit, il faut que tu te réchauffes.

James acquiesça, trop épuisé et fébrile encore pour répondre verbalement. Henryk ôta son manteau et lui fit enfiler. L'odeur réconfortante de son amant, qui imprégnait le pauvre vêtement, le submergea alors et James faillit fondre en larmes. C'était le trop-plein de réconfort, après toutes ses horreurs, qui l'engloutissait. Il plaqua vivement ses mains sur sa bouche pour tenter de ravaler les sanglots qui lui étreignaient la gorge. Henryk le reprit immédiatement dans ses bras.

— Pardon, lui répéta-t-il encore et encore, ne sachant comment conjurer tout ce désespoir, toute cette culpabilité et ces regrets qui les rongeaient tous deux.

Henryk réussit à raffermir sa raison après quelques minutes. Il fallait qu'ils se mettent à l'abri. Avant toute chose, il fallait qu'ils soient au chaud pour la nuit. Avec douceur, il s'écarta de James et lui prit la main qu'il porta à ses lèvres. Les prunelles claires du jeune homme étaient trop brillantes, fiévreuses.

— Trouvons un refuge pour cette nuit, insista-t-il.

— Alors, guide-moi, souffla James d'une voix étranglée.

Saisissant la main froide de son amant dans la chaleur de la sienne, Henryk les entraîna dans les quartiers pauvres et étudiants de la rive gauche de la Seine.

***

Ce ne fut pas l'enseigne, petite, ronde, insignifiante, qui les attira.

L'hôtel d'Alsace, avec sa façade blanche et simple, était invisible dans l'étroite rue des Beaux-arts, à deux pas de l'église Saint-Germain-des-Prés. Cependant, Henryk avait vu la douce et chaude lumière qui filtrait par les fenêtres de la salle de repas donnant sur la rue. L'établissement prenait ainsi des allures de nid douillet, d'asile pour les deux réfugiés qu'ils étaient. Et surtout, le lieu paraissait assez modeste pour qu'ils puissent se payer une chambre. Les maisons meublées et les auberges à la clientèle tonitruante qu'ils avaient croisées étaient trop cossues pour ses maigres économies. Et les autres adresses, pauvres à en être sordides, dont ils avaient osé passer l'huis, ne les avaient pas acceptés pour une nuit. On ne leur avait pas épargné les regards teintés de répulsion et les sous-entendus grossiers. Mais ils ne pouvaient rester dehors par cette nuit glaciale.

Gardant la main de James dans la sienne, incapable d'ailleurs de la quitter, Henryk poussa de l'autre la vieille porte en bois peinte en vert râpé. Ils entrèrent, presque méfiants, trop habitués, déjà, à être refoulés de toutes parts.

La tiédeur de la pièce les fit tous deux inspirer une grande rasade d'air chaud. Cela sentait la soupe de pommes de terre et le feu de bois ainsi que la cire, qui devait être régulièrement passée sur le mobilier rustique encombrant toute la pièce. L'entrée s'ouvrait directement sur une salle où les clients devaient ordinairement se restaurer. Ce soir-là, dans un coin, un homme seul avachi au fond d'un fauteuil fatigué finissait un thé en lisant un journal. Un calme reposant régnait. Derrière un petit comptoir haut se tenait une dame jouflue, les épaules couvertes d'un épais châle rose et le nez plongé dans un travail de couture. Elle releva la tête et son visage s'épanouit en un large sourire qui arrondit ses pommettes.

— Bonsoir, mes enfants, qu'est-ce que je peux faire pour vous ?

C'est Henryk qui lui répondit, un peu vivement peut-être, mais il était épuisé :

— Une chambre pour une nuit, c'est possible ici ?

Elle le détailla de la tête aux pieds et jeta un œil amusé à James, qui était resté presque caché derrière son compagnon.

— Oui, on s'arrange. Si vous n'avez pas peur de partager. J'ai une chambre avec un lit bien chaud. Il a l'air d'avoir besoin de se réchauffer, le pauvre chéri, dit-elle en souriant à James, qui restait obstinément les yeux rivés au sol.

La patronne posa son ouvrage sur le comptoir et ouvrit le livre d'enregistrement de l'hôtel.

— Si vous pouvez m'écrire vos noms là.

Elle leur désigna la dernière ligne de la page puis, les poings sur les hanches, elle brailla en direction de l'arrière-cuisine :

— Hé, l'Père ! Va donc me bassiner[58] le lit de la 4 ! On a du monde !

Henryk hésita un moment à noter le nom de James. Il n'était sans doute pas judicieux d'enregistrer le nom d'Aylin ni de prendre une chambre avec un seul lit pour deux hommes portant des patronymes différents. Après un instant de réflexion, il nota « Henryk et James Lublieski ». La bonne dame remarqua sa gêne. Son regard se remplit de tendresse. Elle lui dit sans malice :

— Votre frère ne vous ressemble pas beaucoup, dites donc ! Cela dit, vous avez de beaux yeux clairs tous les deux. Vous êtes russes, pas vrai ? On en a quelquefois de là-bas, ça, pi' des Anglais !

Henryk resta une seconde interloqué par la jovialité de la patronne. Il ne savait comment réagir devant tant de bonhomie. L'homme au journal, qui semblait cuver lourdement au fond de la salle commune, poussa un gros soupir en se levant. Il s'avança poussivement vers eux.

— Ah, bonne hôtesse, vous les effrayez, ces deux colombes. Ils sont comme beaucoup d'entre nous : des âmes pures traquées par les griffes du malheur. Votre havre, Madame Dupoirier, est le phare où s'abritent les poètes immortels que tout le monde a oubliés, et les derniers amoureux maudits par le destin.

De la main qui ne tenait pas sa canne à pommeau, l'homme s'appuya sur l'épaule d'Henryk, à qui son haleine chargée d'une odeur anisée d'absinthe étouffa les sens. D'ordinaire, il l'aurait repoussé, mais, dans les yeux lourdement cernés de cet inconnu, il crut lire quelque chose d'extrêmement douloureux qui résonna étrangement en lui.

---

58 « Bassiner » consistait à mettre une bassinoire, c'est-à-dire un récipient contenant des braises, dans un lit pour le chauffer avant que des invités viennent y dormir.

— N'ayez crainte à cacher ici vos deux cœurs. Il n'y a plus que dans cet asile que les anges, et quelques démons, trouvent refuge. La société traque partout l'amour comme on cure une maladie.

Il avait dit ces derniers mots avec un ton très grave, presque doctoral et, en terminant sa phrase, il s'était tourné vers James, qui le regardait avec fascination.

— Mais vous êtes... commença le jeune homme.

Le dandy défraîchi le coupa d'un grand geste digne.

— Bel innocent, je ne suis plus personne.

Il les salua d'un doigt porté à son chapeau haut de forme.

— Bonne nuit, Messieurs !

Et gagna la porte d'entrée. Avant de sortir, il ajouta avec un ton de malice blasé :

— Madame l'hôtesse, je sors me distraire aux lumières de la ville des plaisirs !

— Ne faites pas d'excès, Monsieur Melmoth[59], pensez à votre santé ! lui répondit la patronne.

L'homme se fendit d'un sourire las et sortit, laissant les deux jeunes gens aux bons soins de Mme Dupoirier. James serra davantage la main d'Henryk dans la sienne et celui-ci se tourna vers lui. Ils échangèrent un regard étonné. Cette étrange rencontre, ce drôle de faune bienveillant semblait être un signe du destin les poussant à rester dans ce lieu. Ils patientèrent un peu dans la salle commune, assis côte à côte près d'un gros poêle en faïence brune qui leur chauffait agréablement les jambes. La bonne dame ne voulut pas les laisser monter avant qu'ils n'aient avalé un bol de soupe épaisse dont le fumet

---

59 Petit caméo historique : Sébastien Melmoth n'est autre que le pseudonyme que prit Oscar Wilde, réfugié à Paris après ses années de prison. Il se cacha à l'hôtel d'Alsace, tenu par les accueillants époux Dupoirier, où il mourut le 30 novembre 1900.

embaumait toute la pièce. James sentit son ventre gargouiller. Il avait faim, mais il lui fut difficile de s'alimenter. Son estomac était encore bien trop noué pour tolérer la nourriture. Voyant cela, Henryk prit dans sa poche un large morceau de pain. Il essaierait de lui proposer cela plus tard dans la soirée.

Le patron de l'hôtel, la face ronde et rougeaude, et les mains calleuses des hommes de labeur, vint les chercher pour les conduire à leur chambre à l'étage. Arrivé sur le palier d'un second escalier, il leur ouvrit une porte située au fond d'un couloir lambrissé.

— Nous y v'là, messieurs, dit-il d'une grosse voix franche.

James entra en premier, suivi d'Henryk. Dans la chambre coquette trônait un lit haut, garni d'un épais matelas et couvert d'un duvet. Le papier peint à fleurs roses, la grosse armoire de bois sombre et les petites tables de chevet dépareillées donnaient à l'ensemble des airs d'auberge de province. Cela sentait la poussière et la lavande sèche. Une bougie finissante et un feu dans la cheminée d'angle faisaient une lumière réconfortante.

Avant de refermer la porte pour les laisser seuls, le propriétaire leur précisa qu'il avait laissé un baquet près de la cheminée et une jatte d'eau chaude s'ils avaient besoin de se laver. C'était plus de confort que les deux hommes n'auraient jamais pu l'espérer. Henryk remercia le brave tenancier chaleureusement, puis il laissa échapper un soupir de fatigue en déposant son sac de voyage dans un coin. Il prit conscience que ce poids sur son épaule ne l'avait pas quitté de la journée. Son exil avorté et cette course désespérée dans Paris s'étaient emparés de l'intégralité de ses forces et de ses pensées. À présent qu'elles lui étaient rendues, il se sentait étrangement déboussolé. Il se tourna vers James. Celui-ci était en train de retirer lentement le paletot qu'il avait gardé sur ses épaules, même durant leur repas dans la salle commune. Il ôta également le fin gilet d'intérieur qu'il portait en dessous.

C'est alors qu'Henryk entraperçut la chemise du jeune homme. Elle était tachée de sang. Il frémit et, avec la gorge sèche, il s'approcha de son amant. James avait les joues rougies, les mains crispées sur le tissu.

— Il... il allait me... mais je me suis débattu, alors il n'a pas pu... pas vraiment... il s'est frotté contre moi, jusqu'à ce qu'il... que je sente... dans mon dos... balbutia-t-il, les doigts tremblant en tentant de déboutonner le vêtement souillé.

Il tira sur la chemise, l'arracha soudain de lui avec dégoût, n'en supportant plus le contact. Son buste nu se dévoila à Henryk qui ne put retenir un hoquet de surprise. La blancheur délicate qui l'avait tant fasciné lors de leur première nuit d'amour était marquée de moirures bleues, noires et violettes. Il était couvert d'hématomes. Henryk serra les dents à se faire mal, sa respiration s'accéléra, le sang battait à ses tempes.

James, voyant sa réaction, eut honte de son corps, ce témoignage si flagrant de son impuissance, de sa faiblesse. Il tenta de se reculer, de saisir un drap, une couverture, n'importe quoi pour masquer sa nudité, qu'il imaginait hideuse aux yeux d'Henryk. Mais celui-ci, au contraire, lui prit doucement le poignet et l'attira vers la cheminée. Sous le contraste des éclats du feu, les marques de douleur apparaissaient presque noires sur la peau dorée de chaleur.

Henryk observa ce torse nu avec attention, il prenait la mesure des épreuves qu'avait endurées l'homme qu'il aimait. Il passa sa paume sur la courbe du cou striée d'une large empreinte de main. Son estomac se tordit à l'idée du drame qui s'était déroulé dans son ancienne mansarde, du courage qu'il avait fallu à James pour affronter seul le chaos de cette journée. Il se promit de ne jamais plus le laisser ainsi livré aux loups. Il scella sa promesse en posant ses lèvres sur l'arrondi d'une épaule bleuie. Puis, devant la douce chaleur du feu, il termina de le déshabiller, ses gestes se faisant le plus délicat possible. Lorsque le jeune homme fut totalement nu, il l'invita, sans un mot, à se mettre dans le baquet de bois. Puis il mouilla un linge blanc à l'eau encore chaude du pichet et s'agenouilla pour commencer à le laver.

James, fasciné, le regardait faire, à ses genoux, nettoyant sa peau méticuleusement, passant l'eau chaude sur chaque muscle, suivant ses chevilles, remontant ses jambes, ses cuisses. Henryk le lavait comme on oint une statue de saint. James soupira, ému. La sensation était étrangement érotique et chaste à la fois. La délicatesse dont faisait preuve son amant était bouleversante et James retint avec difficulté les larmes qui n'avaient cessé de vouloir couler depuis leurs retrouvailles. Sa peau se réchauffait enfin peu à peu, l'eau chaude le picotait par contraste de température, mais le sentiment d'apaisement qui le pénétrait était si fort que cette sensation, d'ordinaire irritante, en devenait agréable.

Henryk se releva et rinça le linge une fois de plus. Les hanches, les cuisses, les fesses de son jeune amant, ses reins et son dos, là où les traces de violence étaient les plus visibles, son torse meurtri d'une large ecchymose. Il caressa d'eau chaude chaque blessure. Sa main tremblait de colère. Cette chair qu'il avait aimée, cet être dont l'âme contenait tant d'innocence, toute cette souffrance qu'il aurait dû empêcher. Il s'en voulait tellement.

James, reconnaissant sa détresse dans l'intensité de son regard, interrompit ses tendres attentions et sortit du baquet. Le contact de ses pieds nus mouillés sur le parquet de bois sec le fit frissonner. Henryk l'enveloppa immédiatement dans un plaid qu'il trouva plié sur une chaise. Puis il le retint dans ses bras et enfouit son nez au creux de son cou, respirant sa peau, cherchant à apaiser sa colère.

— Je le tuerai… parce qu'il t'a touché, parce qu'il t'a fait ces marques… je le tuerai. Dussé-je finir en prison pour vingt ans, je le tuerai, déclara-t-il.

— Et je serai de nouveau séparé de toi, répondit James en glissant sa paume sur la joue de son amant, le forçant à relever les yeux et à le regarder.

— Ne m'impose pas cela, Henryk, ne me condamne pas à t'attendre.

Il noua ses bras autour de son cou, plaquant sa poitrine nue contre la laine grossière du gilet que couvrait encore le torse d'Henryk.

— Ne m'arrache pas à toi à nouveau, lui murmura-t-il à l'oreille.

Henryk expira longuement, comme pour laisser échapper sa haine. Il le serra fort, brisé d'émotions. James déposa un baiser au coin de ses lèvres et, relevant ses yeux azur vers le gris orageux de ceux de l'artiste, il lui déclara d'une voix douce :

— Ne te sacrifie pas alors que je t'aime.

Henryk retint sa respiration plusieurs secondes. Ces mots qu'on ne lui avait encore jamais dits emplirent son cœur d'une lumière vive. Ces mots étaient sa rédemption. Lui, James Aylin, était sa rédemption. Il ne put s'empêcher de sourire, une joie chaude, profonde, l'étreignant soudain. C'était une décharge de bonheur immense qui montait par vagues et emplissait tout son être. C'était le plus émouvant des pardons.

À cette vue, James, emporté par le réconfort de cet amour déclaré et partagé, l'embrassa. Il y avait de la passion et peut-être un peu de folie dans ce baiser, quelque chose d'à la fois tendre et furieux, indomptable et épuisé. Henryk goûtait sa bouche avec une lenteur enivrante, il lui rendait son baiser avec autant de dévotion que de révérence. Lorsque se séparèrent leurs lèvres rougies, leurs visages n'étaient que sourires d'affection.

Autour d'eux, la pièce tout entière vibrait d'émotions. Les lumières douces ombraient des auréoles dorées sur les murs, faisant ressortir les motifs vieillis du papier peint. Les meubles sombres réchauffaient le lieu de leur mémoire de bois déjà riche du souvenir de dizaines d'autres locataires. La petite chambre s'était emplie de cette tiédeur amoureuse qui réconforte les cœurs.

Henryk guida James vers le lit. Le jeune homme s'y assit et sourit lorsque le matelas trop mou s'enfonça soudainement sous son poids, l'obligeant à se rattraper avec les mains. Le plaid, qu'il ne retenait plus, glissa de ses épaules et tomba, le dévoilant jusqu'à la taille. Henryk ne pouvait détacher ses yeux de sa peau, flagrant témoignage de leur journée de drames.

James l'observait, inquiet ; il fouillait dans ce regard intense pour y trouver la plus imperceptible trace de dégoût. Il n'y en avait pas.

Le moment était suspendu dans un silence profond. Henryk luttait entre sa culpabilité et son désir ardent, sa raison n'ayant pas beaucoup de parts dans ce combat de sentiments. Il s'approcha du lit, presque timide. James l'arrêta avant qu'il ne le touche :

— Déshabille-toi d'abord, s'il te plaît, lui demanda-t-il d'une voix ténue.

Henryk se recula, s'excusa, rongé de mépris contre lui-même. Après ce que le jeune homme avait traversé, il n'avait pas le droit, aussi vite, d'espérer... James interrompit immédiatement le fil de ses pensées :

— Non ! Non, je... Henryk, ce n'est pas toi. C'est juste que je veux sentir ta peau.

Il baissa les yeux vers les lames du parquet.

— Je veux sentir que c'est toi qui me touches et pas...

Il ne termina pas sa phrase, ce n'était pas nécessaire. Henryk en eut la gorge serrée. Il lui prit le visage au creux de ses paumes et se pencha pour lui embrasser le front.

— Je t'aime, si tu savais à quel point, mon ange, lui dit-il tendrement, la voix altérée par l'émotion.

Il s'écarta pour se dévêtir à son tour. Une fois que l'ensemble de ses habits fut ôté, il attendit encore un instant debout et totalement nu devant le lit.

James, sans le quitter du regard, s'installa plus confortablement au fond de leur couche, à demi allongé, le buste calé par un gros oreiller. La chambre, grâce à la petite cheminée, était à présent agréablement tiède, réconfortante.

Henryk grimpa sur le matelas. Il resta tout d'abord assis à ses pieds, l'admirant avec tendresse. Le jeune homme écarta lentement ses jambes, ses orteils frôlèrent la cuisse de l'artiste. James tendit ses mains vers lui. Il avait besoin d'être dans ses bras, de l'accueillir en lui, de se sentir enveloppé de cet amour auquel il croyait plus qu'à toute autre chose sur cette Terre. Il voulait que cette étreinte le brûle, le dévore, au point de lui faire tout oublier.

— Viens, je t'en prie, souffla-t-il.

— Tu n'as pas à me supplier, lui répondit Henryk en se glissant entre ses jambes.

Il le prit dans ses bras et James se lova tout contre son corps, irrésistiblement attiré par sa chaleur, par l'odeur de sa peau. Les lèvres de l'artiste effleurèrent sa mâchoire, son cou, son épaule.

— Je suis à toi. Je t'appartiens, de cet instant à ma dernière heure, jusqu'au bout de ce monde, jusqu'au bout du suivant, égraina Henryk, déposant les mots en touches délicates entre deux baisers.

De son nez, il jouait à suivre la ligne de la gorge de son jeune amant, qui en frissonnait de plaisir. La peau de James reprenait de plus vives couleurs, ses joues, son torse rougissant joliment sous les caresses d'Henryk. Celui-ci renversa leur position d'un geste souple, se retrouvant ainsi étendu sur le dos et James au-dessus de lui, les cuisses du jeune homme enserrant ses hanches étroites. Ils laissèrent un instant leurs regards se fondre.

James se redressa, assis à présent, les yeux clairs et confiants. Il posa ses mains sur le torse d'Henryk, ses doigts en tracèrent les reliefs. Il le parcourut comme on fabrique une carte, gravant en lui le corps de son amant, vallées et monts des muscles, paysage sensuel. Son âme devint un livre. Il s'emplissait ainsi de chaleur et d'amour, et assouvissait son besoin de se sentir à nouveau la moitié d'un tout. La moitié d'eux. Henryk soupira, ses muscles se décontractèrent progressivement.

Le jeune homme atteignit du bout des doigts les boucles de son bas-ventre. Il effleura du pouce son érection palpitante et finit par la saisir d'une main possessive. Le contraste entre le rugueux des ombres et la douceur de la peau de ce sexe tendu le fit frémir. Le désir montait en lui, puissant et purifiant. Il commença à caresser Henryk, guettant la moindre de ses expressions. Celui-ci avait fermé les yeux et laissa échapper un gémissement.

James était fasciné. Cet homme était beau ainsi offert à lui. Il lui livrait tout sans ne retenir de sentiment. Il lui donnait le pouvoir sur cette étreinte et aucun d'eux ne perdrait quoi que ce soit à cette offrande. James réapprenait ce corps aimé et se rendait à lui-même. Il regagnait sa liberté. Sa poitrine s'emplit d'espoir. Il se pencha pour saisir sa bouche en un long baiser intime, caressant sa langue de la sienne. Puis, pris d'un besoin de s'abandonner, il cessa sa caresse et se drapa sur lui, le nez à son oreille, inspirant et expirant profondément alors qu'Henryk parcourait son dos de ses paumes chaudes, descendant plus bas, le long de sa colonne vertébrale, au creux de ses reins, à la naissance de ses fesses. La sensation était délicieuse.

Henryk n'osa pas une exploration plus intime. Il ne voulait pas aller plus loin et n'en avait pas le désir. Il y avait quelque chose de bien plus érotique à retenir sa passion, à laisser la seule sensualité douce guider ses gestes. Il lui embrassa la tempe, se redressa et étendit son jeune amant sur le dos, l'enroulant dans les draps crème. Il était si bien, là, dans ce nid pour eux seul. Le lit était accueillant avec son matelas trop moelleux, où ils s'enfonçaient, et son duvet déjà chaud de leur amour. Il lui sourit, le cœur gonflé de joie.

James avait l'impression d'entendre les pensées de l'artiste, ses sentiments glissaient sur sa peau comme une chaude couverture. Henryk lui prit le poignet ; il embrassa sa paume, l'intérieur de son coude, touche après touche, la moindre parcelle de son corps fut explorée de ses lèvres. Il le dessina en une infinité de baisers. La ligne de sa clavicule le mena à un de ses tétons qu'il lécha longuement jusqu'à ce qu'il se dresse. Le second fut doucement excité entre ses doigts. Puis il glissa son nez jusqu'à son nombril, qu'il titilla du bout de la langue. James se tortilla et finit par rire de cette caresse amusée. Henryk rayonna encore davantage à entendre cette joie inespérée.

Il inventa mille attentions tendres pour lui faire l'amour, et parfois l'effleurait à peine de peur de le blesser. James se laissa adorer. C'était de l'amour calme, un plaisir long frôlant l'orgasme sans jamais l'atteindre, le retenant à chaque fois à la limite du gouffre. Son érection était déjà lourde contre son aine lorsqu'Henryk la prit en bouche. Le jeune homme poussa un soupir profond. Tout son corps se tendit vers cette seule sensation, possessive, aimante, autour de son sexe durci de désir. Il avait fermé les yeux et posé sa main sur la nuque de son amant, les doigts enfouis dans ses cheveux. Il voulait se raccrocher à quelque chose de réel, s'assurer que c'était lui, celui qu'il aimait, que ce plaisir n'était pas une illusion. Il se perdit enfin délicieusement, son esprit lâcha prise.

Henryk empoigna sa propre érection qu'il masturba fermement, porté par l'ivresse qui montait en son amant et résonnait en lui. Celui-ci laissa échapper un gémissement dans lequel l'artiste reconnut son prénom avant de s'abandonner à son orgasme dans un long frisson. Henryk l'accompagna de l'abysse au ciel, il avait l'impression de flotter. Il reposa son visage brûlant contre le bas-ventre de James, le goût de son désir encore dans sa gorge et l'âme bercée de lumière.

Après, ils s'endormirent enfin, enlacés, repus d'amour. La chambre était plongée dans une obscurité enveloppante. La bougie sur la table de chevet depuis longtemps éteinte, il ne resta que les braises dans la cheminée pour éclairer leur nuit.

Épilogue

Le wagon à lambris de bois vert se remplissait progressivement. Les bagages des autres voyageurs s'amoncelaient dans les filets au-dessus des sièges. Le train allait bientôt partir et quitter sa tanière de métal. La gare Saint-Lazare, toujours aussi immense, bruissait de la symphonie des arrivées, des départs, des adieux et des retrouvailles.

La mélodie de toute cette vie de transition, d'un lieu à un autre, d'un monde à un autre, peut avoir quelque chose d'hypnotisant, s'avoua Henryk en se calant sur la banquette en bois. *La mélodie de toute une ville.*

Pour tout bagage, il n'avait que son vieux sac qui le suivait partout depuis son départ de New York, quelques années plus tôt. Ce baluchon de nomade contenait invariablement un change de vêtements, son matériel de dessin et de menus souvenirs d'ici, d'ailleurs…

Nous étions déjà à la fin mars. Le temps avait passé si vite. La grande Exposition ouvrirait dans un peu moins d'un mois. Henryk se dit qu'il ne verrait pas la fête et les exhibitions, l'inauguration grandiose et les visiteurs du monde. Cela le plongea dans une mélancolie, qui lui voila l'esprit un instant. Il laissa son regard errer sur les quais. Les gens se pressaient, l'excitation du départ gagna les voyageurs et le personnel de la gare dans un brusque frisson contagieux. Bientôt, Henryk verrait la capitale s'éloigner, bientôt il quitterait le pays. Le voyage ne serait probablement pas si long jusqu'à Rouen, puis le Havre, puis un bateau et l'Atlantique à perte de vue. Il n'y aurait alors que sept jours pour atteindre le Nouveau-Continent. C'était bien court pour s'habituer à l'idée de changer de vie. Retourner dans cette Amérique, qui l'avait si mal accueilli une première fois, était un pari risqué, mais là-bas, on lui avait promis un travail. Artisan typographe pour un jeune canard à succès : *The Wall Street Journal*[60], un quotidien traitant de finances et d'affaires de Bourse. Ironique, pour lui qui n'avait jamais eu plus de quelques sous en poche.

Le sifflet strident du chef de gare le tira de sa rêverie. À l'extérieur du train, un couple de retardataires se séparait avec effusions, ils étaient en larmes. La jeune femme s'arracha aux bras de son amant pour rentrer dans le wagon où Henryk était installé. Elle jeta sa petite valise sur le siège et se précipita à la fenêtre, qu'elle fit glisser d'un coup vif, pour se pencher vers son fiancé qui lui baisa les mains qu'il parvenait à peine à atteindre.

— Tu vas me manquer ! lui déclara-t-il avec émotion.

---

60 Le *Wall Street Journal*, le journal de la Bourse de Wall Street, fut fondé en 1889 par Charles Dow et Edward Jones, deux reporters qui donneront leur nom à l'indice boursier « Dow Jones ».

— Je t'écrirai ! Tous les jours ! répondit-elle.

— Ne m'oublie pas !

— Impossible !

La locomotive vrombit, secouant sa carcasse dans un gros halètement de bête trop lourde. Le train démarra lentement, les amoureux se désunirent, mais le jeune homme continua de courir sur le quai.

— Je t'aime ! cria-t-il.

La jeune femme s'étrangla d'un sanglot et ne parvint pas à répondre. Avec l'accélération, le quai s'éloigna bien vite et elle s'assit finalement sur la banquette, le visage dans les mains.

Henryk avala sa salive. Il avait la gorge serrée. Maintenant qu'il avait appris à les exprimer, ses émotions avaient tendance à le submerger avec un peu trop de facilité. Il se sentait fragile, dans ces moments-là. Ces derniers mois avaient soumis son cœur à tant d'épreuves. Il crispa les poings et ferma les yeux. Aimer n'était pas chose si simple dans ce siècle encore corseté de bien-pensance. Les interdits grouillaient autour des amours masculines comme des insectes aux pattes crochues et aux yeux trop grands. Se cacher sans cesse pour s'aimer en paix était une quête interminable. Il fallait déjà être chanceux pour trouver la belle âme qui aurait le courage d'affronter une telle existence et, ensuite, pouvoir la garder auprès de soi relevait du miracle. Henryk n'avait jamais cru en la chance et encore moins aux miracles.

Et pourtant…

Il laissa échapper un soupir de contentement lorsqu'il sentit la chaude étreinte d'une main venir couvrir la sienne. Il se détendit et permit à un apaisant sentiment de sérénité de le pénétrer. Après quelques instants, il se tourna vers le regard azur de celui qui partageait à présent sa vie. James, cet homme assez fou pour vouloir l'accompagner dans ce nouvel exil, là-bas, sur les terres de la toute jeune Amérique qui s'ébrouait encore de son passé de guerre civile.

Je t'aime, épelèrent, muettes, les lèvres cerises qu'Henryk aimait tant.

Il sourit en réponse. Il avait tant envie de lui dire combien il se sentait chanceux, à présent, de l'avoir à ses côtés. Il voulait le remercier d'être toujours en vie, d'avoir surmonté autant d'obstacles pour pouvoir simplement l'aimer, d'avoir accepté de le suivre, d'avoir décidé d'être avec lui pour reconstruire leurs vies. À New York, tous deux retrouveraient Lisbeth et son mari, installé comme médecin tout près de l'université de Columbia, ainsi qu'Helen, nouvellement recrutée comme secrétaire au *Wall Street Journal*. Grâce à elle, d'ailleurs, un métier de typographe l'attendait.

Oui, Henryk était un homme chanceux. Lui et James l'étaient tous les deux de s'être trouvés au milieu d'un tel chaos.

James lui serra davantage la main, puis la relâcha dans une caresse avant que quelqu'un ne remarque cette innocente marque d'affection.

Ils allaient être prudents.

Ils allaient être heureux.

Par la vitre du wagon, le paysage changea progressivement.

Le train filait à travers les quartiers parisiens, puis il passa les faubourgs, tranchant les rues, croisant les chemins de la banlieue encore campagnarde. Comme le Progrès et comme l'Histoire, d'un même élan inénarrable, l'énorme machine emporta dans un brouillard de fumée blanche les deux amants loin de la Ville lumière où, pour eux, et pour des milliers d'autres, tout avait commencé.

Car...

Si l'on devait reprendre depuis le début, on parlerait de cette fête immense qu'était la capitale en cette année 1899. L'Exposition universelle allait avoir lieu et Paris se couvrait de pavillons de toutes les nations. Partout, on fêtait les arts et les temps heureux, et s'ouvraient toutes grandes les portes de la Belle Époque…

FIN

Remerciements

Comment commence-t-on un roman ? Réponse : pour tout un tas de raisons diverses, variées et surtout chaotiques. *Paris,1899* fut d'abord un paragraphe griffonné dans la marge d'une page de cours. Il parlait de quoi, ce cours ? Droit du marché de l'art ? Méthodologie ? C'était il y a 20 ans, je ne m'en souviens plus. En tout cas, soit que le prof était particulièrement barbant, soit qu'au contraire les images qu'il évoquait étaient particulièrement inspirantes, mais voilà que « Si l'on devait reprendre depuis le début, on parlerait de cette fête immense qu'était la capitale en cette année 1899… » est apparu au bout de mon stylo bille. Le soir même naissaient les deux amants, tracés à grands traits, mais déjà pétris de romantisme, et puis la scène des coulisses de la salle des ventes de Drouot et son presque baiser enflammé entre deux caisses de sculptures. Et puis ? Plus rien. J'avais un diplôme à passer, une vie active un peu foireuse à entamer, pas mal d'emmerdes à gérer, bref, de quoi coller mon début de romance historique au fond d'un tiroir. Sauf que, 10 ans plus tard, voilà qu'au détour d'un hasard, au croisement d'un coup de foudre, l'envie me revient de continuer l'histoire. Et c'était parti ! Une vraie aventure ! Une saga, même ! Et surtout des rencontres, tout un tas de rencontres, parce qu'un livre, ce n'est pas qu'un humain enfermé dans sa tanière, c'est plein de gens que j'aimerais remercier ici.

Indispensable Hermine, on commence par toi, n'en déplaise à ta discrétion. Merci pour les heures de relecture volées à ton précieux temps de loisirs famélique. Merci d'être le soutien indéfectible par beau temps et surtout par temps de pluie.

Présence inspirante depuis le début et âme graphique de cette collection d'histoires d'amour, merci Yooichi Kadono pour votre remarquable travail et le nouveau souffle de passion qui soulève ce *reboot* de la couverture originelle.

Yaya Chang, encore un énorme travail, plus d'une vingtaine d'illustrations, et ton style qui se prête si bien aux courbes et aux entrelacements de l'Art Nouveau : merci !

Merci aux Éditions Haro, à Jenn et à Alix, pour leur confiance et leur bienveillance, pour le soin qu'elles mettent à l'édition de ces romans qui sont de vrais petits casse-tête de maquettiste en plus d'être une tannée à corriger.

Et merci à toutes les bonnes âmes, les lecteurs et lectrices du tout début, celles et ceux qui arrivent tout juste, ceux qui restent et ceux qui reviendront plus tard. Chaque brique compte pour construire un château et si, tome après tome, celui des *Fragments d'éternité* devient aussi fantasmatique, c'est grâce à votre soutien.

Bibliographie

<u>Paris et l'homosexualité :</u>

W, Arthur (préface d'Emile Zola). *Confessions d'un inverti né suivies de Confidences et aveux d'un parisien (1889)*. Réédition. Paris : librairie José Corti, 2007, 248 p.

REVENIN, Régis. *Homosexualité et prostitution masculines à Paris, 1870-1918*. 1ere édition. Paris : édition de l'Harmattan, 2005, 226 p.

PASTORELLO, Thierry. *Sodome à Paris, Fin XVIIIe-milieu XIXe siècle : l'homosexualité masculine en construction*. 1ere édition. France : Creaphisedition, 2011, 303 p.

CARLIER, François et TARDIEU, Ambroise. *La Prostitution antiphysique* précédé de *La Pédérastie*, (1887 et 1857 pour les éditions originales). Réédités à Paris : Le Sycomore éditions, 1981, 250 p.*

HAHN, Pierre. *Nos ancêtres les pervers ; La vie des homosexuels sous le Second Empire*. Béziers : H&O éditions, 2006, 176 p.

<u>Vies de Parisiens en 1900 :</u>

Comtesse JEAN DE PANGE (De BROGLIE, Pauline dite). *Comment j'ai vu 1900*. Tome premier. Paris : édition Grasset, 1963, 253 p.

CONTE, Arthur. *Le Premier janvier 1900*. Paris : éditions Plon, 1975, 347 p.

MORAND, Paul. *1900*. Paris : Les éditions de France, 1931, 243 p.*

<u>Montmartre et la bohème artiste :</u>

Si vous en avez l'occasion, une visite du charmant musée de Montmartre (rue Cortot, Paris 18e) s'impose. Avec sa reconstitution d'un atelier d'artiste et tous ces documents sur la vie nocturne, on a l'impression d'être transporté à cette époque insouciante.

MARTIN-FUGIER, Anne. *La Vie d'artiste au XIXe siècle*. Paris : édition Pluriel, 2016, 472 p.

*Attention, les propos homophobes, discriminants, ou racistes se trouvant dans ces ouvrages écrits il y a plus d'un siècle peuvent heurter la sensibilité des plus fragiles. Ils sont le reflet d'une époque et doivent être considérés avec recul et nuance.

Table des matières

Chapitre 1	5
Chapitre 2	19
Chapitre 3	40
Chapitre 4	55
Chapitre 5	74
Chapitre 6	86
Chapitre 7	99
Chapitre 8	111
Chapitre 9	129
Chapitre 10	155
Chapitre 11	185
Chapitre 12	203
Chapitre 13	223
Épilogue	243
Remerciements	249
Bibliographie	251